星河

日暑

大/型/新/诗/丛/刊
2017年【夏季卷】

骆寒超 黄纪云 主编

人民文学出版社

图书在版编目(CIP)数据

日暮：星河2017夏季卷/骆寒超，黄纪云主编．—北京：人民文学出版社，2017.8（星河）

ISBN 978-7-02-013204-1

Ⅰ．①日… Ⅱ．①骆… ②黄… Ⅲ．①诗集—中国—当代 ②诗学—中国—文集 Ⅳ．①I227 ②I207.22-53

中国版本图书馆CIP数据核字(2017)第183799号

责任编辑：李明生
责任校对：菡　菪
封面题签：黄纪云
封面摄影：恒　父
美术编辑：戴小粟
篆　　刻：姚伟荣
内文插图：麦浪　等
责任印制：洛　依
印制助理：庄　红

人民文学出版社出版
http://www.rw-cn.com
北京市朝内大街166号　邮编：100705
浙江广育爱多印务有限公司　新华书店经销
字数340千字　开本787×1092毫米1/16　印张15.25　插页1
2017年7月北京第1版　2017年7月第1次印刷
ISBN 978-7-02-013204-1　定价39.00元

如有印装质量问题，请与本社图书销售中心调换。电话：010-65233595

目录 MULU

XINGHE 星河

主　编
骆寒超　黄纪云

执行主编
骆苡

责任编辑
李明生　菡苕

星河浮雕
主持人　周小波

星河组曲
主持人　怀　尘

繁星满天
主持人　袁丹丹

理论与批评
主持人　安　操

日晷 RIGUI
【夏季卷】 XIAJIJUAN

01　XINGHE　星河浮雕

- 1　陈先发的诗
- 5　王跃强的诗
- 9　蒋立波的诗
- 12　吴少东的诗
- 15　夭夭的诗
- 19　石人的诗
- 23　黄晓华的诗
- 27　星芽的诗
- 31　寒寒的诗
- 35　初梅的诗
- 39　张珏的诗
- 42　陈蕊英的诗
- 45　林明忠的诗

48　XINGHE　星河组曲

- 48　西湖练习曲（组诗）……………………………… 姚　风
- 50　为时间疗伤（组诗）……………………………… 张德强
- 52　流浪者的歌（组诗）……………………………… 李建军
- 54　出中国记（组诗）………………………………… 邹汉明
- 57　人物志：没有谁为曾经的存在作证（组诗）………… 宫白云
- 59　乡间小调（组诗）………………………………… 海　湄
- 61　故乡辞（组诗）…………………………………… 方从飞
- 63　倾　诉（组诗）…………………………………… 徐甲子

67	汤溪一组（组诗）	这 样
69	窗外的风更像一面平整的玻璃（组诗）	亮 子
71	诗物遥望（组诗）	林杰荣
73	风 声（组诗）	柳 风
75	春天有约（组诗）	龙小龙
77	时光志（组诗）	容 浩
79	以如此荒废的姿态掠过荒废的生命（组诗）	是 枝
81	好时光（组诗）	苏 蕾
83	心尖上的乡愁（组诗）	徐 泽
85	还乡记（组诗）	应忆航
88	身体里的月光（组诗）	李 越
90	大牧场（组诗）	燕南飞
93	在乡下的日子（组诗）	应诗虔
95	只有浩瀚，才配得上大海的名（组诗）	虞兵科
97	在日子和流水之间（组诗）	重庆子衣

100 XINGHE 繁星满天

100	秋刀鱼（外五首）	周瑟瑟
102	雨中的铁道（外六首）	许 洁
104	泊在夜空中的星星（外三首）	爱斐儿
106	必 须（外七首）	杨 邪
108	孤身独坐在阳光里（外三首）	阿 钟
109	饮酒辞（外八首）	苏微凉
111	无法抱走（外二首）	安娟英
113	阿拉坦山寺（外四首）	查 干
115	交接（外五首）	白 夜
117	我注视秋天直到发现了恶（外四首）	冰释之
119	生活，你养育我（外七首）	扶 桑
121	今早，或今世（外四首）	古 冈

目录 MULU

页码	标题	作者
123	传灯录（外三首）	韩玉光
125	拈花（外三首）	胡佳奕
126	熟悉的声音（外五首）	涧 星
128	柳枝，兼致一场暴雨（外三首）	蒋 卫
129	土楼王（外六首）	潘红莉
131	翠微东路（外四首）	彭 勃
133	在鹅城小学（外八首）	彭一田
135	码头（外五首）	听 雨
136	枸杞（外三首）	徐嘉和
138	公孟山（外六首）	应美芳
140	穿行的列车（外五首）	幼 子
141	释义（外四首）	蔡力平
143	走过严冬的树（外四首）	熊林清
145	伯父（外二首）	刘 峰
146	无能为力（外三首）	余家平
147	回乡（外七首）	诺苏阿朵
148	春风斩（外五首）	白象小鱼
150	摆渡（外七首）	胭脂小马
153	一匹小狼（外三首）	韦胜明
154	拉车人（外五首）	风过有痕
155	致独舞清秋（外七首）	叶 坪
156	石艾草（外一首）	陈桂珍

158　星河长咏

| 158 | 在路上 | 骆 蔓 |

164　散文诗专辑

| 164 | 边城 | 霜扣儿 |

日晷 RIGUI 【夏季卷】 XIAJIJUAN

167	失眠的窗户	语 伞
170	向金的太阳	转 角
174	与姐姐书	马东旭
177	朝 圣	张少恩
181	酒，和打虎的英雄有关（外3章）	胡庆军
183	村庄笔记（三章）	郑 立

185 理论与批评

185	论百年新诗的人性抒情探求	白 耶
199	李元洛《诗美学》与当代诗歌美学体系的建构	王 贺 莫真宝
206	彷徨于无地	
	——鲁迅散文诗《影的告别》赏析	庄晓明
211	艾青《旷野》细读	邱景华
222	升华苦难的精神探寻：评曾卓的诗	罗振亚

231 历史档案

| 231 | 历史·记忆·诗歌 | |
| | ——《杭州大学校园诗选》序 | 汪剑钊 |

陈先发的诗

精确的蝉蜕

向自己掷出惩罚的石块,但
更多时候我们看不清
自己在哪儿。
不寐的孤枕悬空。
夜雨是透明的。
瓶中的
白蜡树是透明的。
我一直醒在它不能
思想的玻璃中。
注入瓶口的小溪是透明的。
死亡中精确的蝉蜕
是透明的。
自我,是愈加透明的

清明祭父:传灯录

这么说吧,我身上
每一滴血都
不是凭空产生的。
伏身于麒麟之上,
把这滴血从虚无中
输送给我的人,
此刻深埋在荒岗上。
我为他点亮过一盏灯。
那些光线,和它
在语言中哀伤的所见:
我的经幡由我的贫瘠构成。
我在哭声中没有姓名。但
我区分尘与土。

人类的泪水和愿望
因为这区分而
永不会被耗尽。
匿身于麒麟的饥渴,
我将死掉,并将从我写下的
每一个字中回来:
看见这灯的不灭。

两具身体

窗口的远山,苍翠又令人绝望。
如何理解这绝望呢?
有时,我们完全遗忘了自己还有另一具身
体

窗下堆积着拆散的塑料玩具和
切为两半的苹果
下午三点钟,太阳正好把凌厉的
光和影交织在苹果上——
苹果的香气变得深奥又不能遮掩。
我看着两岁儿子无声地
拆着玩具。而在蔚蓝的
远洋之侧的同一秒,他 21 岁。

如何理解这令人绝望的
同一秒?
我站在窗前太久了。
窗外湖水仍在上涨。
我知道苹果永不可能被切开。
所有的爱都是盲目的。
我们有两具身体。我是时间螺旋的
晶状结构中战胜了这一切的局外人

白头妪

油菜花地里处处涌动
母亲们的白头。
那是别人的
母亲——有些早已
不在人间的母亲。
白头刺目如破冰船。
老妈妈,什么时候我能
学习到你的安详。
什么时候我能像你一样
当一种空空的名字到来
钟声就慢慢凝固了
柳条就走向均匀和垂直

嘉木留声

我需要静穆,但静穆不可得。
彻夜聆听树叶摩擦至天明。
那些地下的喉咙从每片
叶子上发出了声音。
那些撕裂的,相互否定的声音。
它在说些什么?
我们如此着迷于自身的复杂性。
我们曾恐惧于嗅觉、触觉与
味觉也可以用来
"看见"——榛林如此茂密它们在
说些什么?
我需要深深的告诫。但告诫不可得。
我们如此着迷于暗黑中的孤树并
逐一消失在它浑然不觉的海水之中。

自然的伦理

晚饭后坐在阳台上,
坐在风的线条中。
风的浮力,正是它的思想。
鸟鸣,被我们的耳朵
塑造出来。
蝴蝶的斑斓来自它的自我折磨。
一只短尾雀,在
晾衣绳上踱来踱去
它教会我如何将
每一次的观看,都
变成第一次观看——
我每个瞬间的形象
被晚风固定下来,并
永恒保存在某处。
世上没有什么铁律或不能
废去的奥义。
世上只有我们无法摆脱的
自然的伦理

街头即绘

那令槐花开放的
也必令梨花开放

让一个盲丐止步的
却绝不会让一个警察止步

道一声精准多么难
虽然盲丐
在街头
会遭遇太多的蔑称
而警察在这个国度,却拥有
深渊般的权力

他们寂静而
醒目
在灰蒙蒙的街道之间

正午
花香涌向何处不可知
悬崖将崩于谁手不可知

渺茫的本体

每一个缄默物体等着我们
剥离出幽闭其中的呼救声
湖水说不
遂有涟漪
这远非一个假设:当我

跑步至湖边
湖水刚刚形成
当我攀至山顶，在磨得
皮开肉绽的鞋底
六和塔刚刚建成
在塔顶闲坐了几分钟
直射的光线让人恍惚
这恍惚不可说
这一眼望去的水浊舟孤不可说
这一身迟来的大汗不可说
这芭蕉叶上的
漫长空白不可说
我的出现
像宁静江面突然伸出一只手
摇几下就
永远地消失了
这只手不可说
这由即兴物象强制压缩而成的
诗的身体不可说
一切语言尽可废去，在
语言的无限弹性把我的
无数具身体从这一瞬间打捞出来的
生死两茫茫不可说

形迹之间

穿大红棉袄的四、五岁小女孩
骑在残缺的佛头上
咿咿呀呀唱着歌
毫不理会我的旁观
暮色中
这两个形象
像在搏斗
又像相互哀求着在交融

我们如何才能爱上这
不同形状的同一块泥巴？
这原生物
这貌似斑斓的
单细胞
这懵懂难分的一棍子

小女孩终会脱掉
红棉袄，佛也会挣脱石头
一前一后

世上的荒芜
总也不够而
小女孩吃糖的暖流撞击我
想一想我们的栖身，曾那么
不安
从我们眼睛中分离出来的
眼睛，又这么多
飞鸟的眼睛
寒风过梢时
嘹哨的眼睛
此刻正漫过我头顶的
湖水的眼睛
每一只眼睛

大河澎湃

银白的鱼从河中
一跃而起
如果角度倾斜，我们看见河是直立的
这条鱼和它紧密的墙体
突然被撕裂了

有一次我在枯草中滚动
倒立的一刹我陡然看见
鱼在下
浑黄浩荡的大河从这个
晶莹又柔弱的
支点上
一跃而起
涌向终点
一个不可能的终点

对立与言说

死者在书架上
分享着我们的记忆、对立和言说

那些花

飘落于眼前

死者中有
不甘心的死者，落花有逆时序的飘零

我常想，生于大海之侧的沃尔科特为何与
宽不盈丈的泥砾河畔诗人遭遇一样的精神危机

而遥距千年的李商隐又为何
跟我陷入同结构的黄柯一梦

我的句子在书架上
越来越不顺从那些摧残性的阅读

不可知的落花
不可说的眼前

以头击地

仿佛同时接到一份密令
广场上数百人突然
停下，然后一起凶猛地跺着脚
一场不吭又
僵尸般一致
汹涌的闷浪让四边建筑瞬间变形

这是一个
冬夜
枯叶贴地而舞像无头的群鸟
我忽然想，如果是
以头击地呢？
数百人一起以头击地
这么重的浮世
有这么多的铜像和锈蚀的
灯柱

这是不是个奇幻的
梦境？而我记得我的羞愧
我的脚上

母亲的棉鞋底厚达千层
无法响应这举世的铿锵
那年我从安徽乡村
踏入上海
二十出头，是刚刚
挣脱绞索的新人

湖心亭

老柳树披头散发
树干粗糙如
遗骸

而飞蠓呢，它们是新鲜的
还是苍老的？
飞蠓一生只活几秒钟

但飞蠓中也有千锤百炼的思想家
也攻城掠地
筑起讲经堂
飞蠓中的诗人也无限缓慢地
铺开一张白纸
描述此刻的湖水
此刻的我

在它们的遗忘深处
堆积着我们不知道的东西
它们悠长的
睡梦中
早春造型的冲动
也一样起源于风？

在这个充满回声、反光
与抵制的
世界上

这几秒越磨越亮
它们的湖心亭
我的湖水

王跃强的诗

小声活着

我们能不能放下天空
用自己的翅膀学习蔚蓝色的飞翔
我们能不能剪掉黑暗里复杂又轻浮的羽毛
把那些雾霾上放纵的尘埃
那些苦闷而又急需表达的惊雷
举在天空落下后迅速变薄的天空
尽管这样我们的肋骨会插满疼痛
结疤的地方还会流血不止
但我们没有理由不仰起头来
不去摁下胸腔里涌动的巨大哭声

我们内心最柔软的部分现在空着
那里面曾经堆满锈铁，刀尖，伤痕
乌鸦在那里啼叫了一夜又一夜
捂住这些泪水的力气是不够的
最少要搬来一座有鸟叫的青山
或者是牵来一条有鱼喊的大河
掩埋旧伤的办法是再受一次伤
尽管这样的解释风一样空洞，牵强
但我们还是别出声也出不了声
我们应该努力去做无欲无求的云朵
不与一天翻一个跟头的天空计较
不与身体里成群的雨水着急
我们应该自己抱紧自己，自己修改自己
在天空砸向大地的日子里小声地活着

风景里的风

吹着山，吹着山上的树
吹着树下看花的人

山醒了
背着满坡的牛羊向草场跑

树醒了
挽着枝上的小鸟朝天上飞

看花的人醒了
伸手抓住了眯着眼睛的风

爱上这样一首诗

比我简洁，比我宽敞
词语做的身子，海生出的巨浪
亲近过草尖，蚁巢，蜂鸣，花蕊
寻找过短短的幸福，折断的骨头
爱过春风，爱过冰水
爱过一张白纸上的落叶和红杏
人间的烟火，没有一次
大过分行排列的思念与遗忘

这首诗被动词挤压着
喜欢一笔一划地说，一手一脚地做
即使天黑去一大半，即使烛光一生摇晃
天崩地裂的碎，文字脸上的伤
都不能拦阻句子一秒加长八千里的想象
只是我在这首诗的注视下骨节夜夜缩小
像这首诗里不需要出现的标点或星光

这样的诗，爱上一首就知足
有没有人读，它都一直深情地亮着

我的骨头是寂静的

我拥有的世界过于喧嚣
一些洁净的词语总是绕道而行
没有人告诉我,也没有人用手
为我捞出大海的蓝,花开的鲜
每一次逆风行走,都雷声滚滚
身后的影子,被高分贝的时间带走
就连一场细雨落下的傍晚
黄昏也说着半明半暗的话语
这使我潮湿的一生无法安宁
我没有拥有过真实的寂静
却喜欢躲在草丛,把月光,把虫鸣,把星座
从一个夜晚移到另一个夜晚
黎明敲响寺院的钟声时
我又愧对了花瓣上安家的露珠
辜负了山岗上等着天亮的太阳
路走过了还是路,水流尽了还是水
所有的声响都偏离了原来的轨道
我的泪找不到一张能流淌的脸
爱是寂静的,忧伤是寂静的
梦在醒时是寂静的,闪电在哭时是寂静的
我的骨头是寂静的,血液涨一万次潮
也听不到它们互相撞击的声音

一朵花的春天有多远

现在,我和风一起停下来
青山很远,流水很远
天没亮就奔向异乡的蝴蝶更远
天空下面,只有一只燕子
也牵着那根电线飞远

那么多寻春者的脚印
一群一群地分割着春光
他们才过冬的身体,需要阳光救援
一缕花香,也是尘世间的稀有资产
只嫁给结缘的人和结果的草木
不会等待轻浮的影子和叶片上的虫眼

一朵花的春天有多远
风沉沉地问,我默默地想
但决不让喉咙吹出一点点声响

看花的人

那个看花的人
一直眯着眼睛
他怕新鲜的春光入侵
扎痛花瓣上的去年的风景

他就站在一朵花旁边
像一个做错了事的孩子
风吹来一只蝴蝶
翅膀上有一朵他打的死结

天马上就要下雨了
雷声已滚到脚下的草丛
他还是呆呆地盯着花
花也呆呆地盯着他

别去春风里找我

别去春风里找我
我此刻正坐在一朵花里
借蝴蝶睫毛上的彩虹
与山相恋,与水长流
与高处的云朵交换颜色
花朵的房间真大,全天下的香
都集中在我的骨头上
没有哪一瓣灵魂不浓缩露珠
没有哪一声绽放不遇见月光
我头顶着神造的太阳
在花蕊低语的地方
等着一双蜜蜂打开的翅膀

黑夜与乌鸦

我要赶在天亮之前,把夜走完
摸黑赶路
是为了走在明早的雪上

我从不说黑夜是乌鸦的聚集
乌鸦怎么也黑不过夜的翅膀
它们只是
用黑亮的目光把夜里的垃圾
清了一次场

我和乌鸦在黑暗里翻山越岭
星星一动不动，最后闭上了眼睛

灵魂出走

夜里的花朵跑得非常快
蝴蝶的翅膀也在变轻
梦是光着身子来的
瘦小的风衣
挂在心脏的一朵乌云上

时间是一把黑色的玻璃刀
划开皮肤上匆忙赶路的日子
摘走身体里借宿的田野、小溪和山岗
骨头举着灵魂一根根远走他乡

灵魂出走可不是一件小事
我必须提着黑夜这盏灯
在露珠醒来前，把它找回来

写 诗

我喜欢面对好风景写诗
写鸟在谈情说爱时
树枝在不知不觉间绿了
写小溪弯弯曲曲的诉说
它给了我三分之一的波纹

我写白云下蹲着的村庄
梦一样的露珠
白鹭的雪，炊烟的直
就是不写痛，不写伤
不写残阳落英
寂寞很大时
我也钟情昙花一现

那瞬间的美丽
胜过黑夜的空茫

梅花的幸福

梅花总是觉得不幸福
它以为寒风是它的敌人
总想用枝上暗香的手
抵抗冰凌尖锐的刺骨
它不相信幸福就是花瓣上的纹路
它以为疼痛就是雪中的春秋
它以为自己的香
能让秋风回头
能让白茫茫的天地
翻个跟头

其实幸福就是雪中飘着的春风
路上走着的细雨
幸福就是它一抬头
撞着云朵上最嫩的杨柳

黑夜在收缩

黑夜在收缩它的衣领
西瓜、芝麻、树和石头都在变形
河流在喊叫，大山的肋骨传出了断裂声
与生俱来的疼痛，从不和谁商量
我在这巨大的轰鸣里祈祷
渴望黑夜施一次善行
留下黎明的露珠，夜莺的眼睛
我等了很久，破碎无声
碰撞着的万物也没有回应

那你就收缩吧，黑夜
我是人类的最后一株野草
让我在黑暗的最深层
聆听天空背后掀起的风浪

今夜的梦很低

今夜，睡在一首诗的高楼里

我的梦却很低，很低
低到对面五星级酒店的脚趾间
低到取款机的耻骨下
低到一个词语仅剩的根须
在这么低的梦里想到爱情，想到你
居然惊喜得满身月光透亮
随意抽出一根骨头
也闪烁着微亮的火花
唉，不知有没有比梦更低的地方
如果有，你干脆捧一把土
把我和这首诗的想法
痛快地一起埋下

仙人球

像一只蹲着的小刺猬
它身上的刺太多，太尖
很多人的手都不敢靠近
但它从不刺向光荣，刺向爱情
刺向朋友，它更不会
刺向河流，刺向高山
它只是提防着侵犯
维护着尊严，有时
它也会向知己者
抛几缕绿色的秋波
有时，它更像我
站在一小块泥土上
藏在自己的诗句里
恰似一团锋芒收敛的梦

杏花中的爱人

你一出墙
那些贪青的果子就落了下来
在我梦中红了一个冬天
那些乌鸦和冷风
全部都融化了
待到灵魂
万紫千红的时候
我的爱人

一定会在你嫩绿的树枝上
牵着早春
悄悄走动

我要小小的飞

我落脚的地方，必然有根
有石，有叶子，可以相拥取暖
且亮着灯盏。我热爱细小的光芒
琐碎的力量。它们可以
透射山峰，海水或矿山的心脏
一生的修行山高水长，我情怀如水
性淡如菊，我要小小的飞
用飘的姿势，成就流水的天涯
与你赴一场灵魂的约会
有诗歌在雪中沉默，草沉默
夜归的影子在光下沉默，我双手
柔情飘飘，不对你说永生永世
这满天颂词暴露的一切，你可懂
我把心轻轻放在你心上，悄无声息

钉在墙上的往事

早些年的许多往事
被时间钉在今天的墙上
抬头看时，有墨迹沿壁而下
发黄的纸上
谁留下的春花落叶
偶尔还能听到几声感慨
蝴蝶、杯子和诗歌
阳光、音乐和爱情
都站在墙上扮演着不同的角色
一双眼睛直直的伸过来
弯曲的日子，更加怀旧
更多的时候
画面上发生地震
天崩地裂中，往事纷纷落下
残留一片空白
好像什么都没发生过

蒋立波的诗

过郁达夫故居

一

铜像和他的影子，在共同享用这一年剩余的
阳光。
青铜的鼻孔已经丧失嗅觉，几步之外，两株
腊梅的怒放无人理睬，
像小语种的忧伤，遭遇结痂的审美。

二

他曾经出发的南门码头，已变成一个鱼市。
无党派的秤杆和老干部体的韵脚，
国家大事和漏网之鱼，每天清晨在这里讨价
还价。

三

大门紧锁，锁住一棵芭蕉，满园草药，半册
意识流小说。
铜像借用了他的身体和虚幻的名声，和岁末
的风灌进耳朵时，那一点点痒。
那些扑向砧板的鱼，留下了满地的鳞片，在
风中互相追赶。

四

而现在，我只看到一个老太太，在江边清洗
一辆自行车（兴许是她孙子的童车）；
一个救生圈，被禁闭在透明的盒子里面壁思过。
它唯一要救的，是否就是自己？

五

台阶把我的影子裁成一截一截，像岁末的阳
光在给时间分行。
或许这样的时刻，人需要青铜一般的沉着和
安静；需要
一颗枯柳般的心，把那一点点鹅黄藏得更深。

黄公望隐居地石鸡

一路上，总是有石鸡追随我们。
它们不屑于与青蛙为伍，不屑于
在庸常的田畴里，为农药喂养的水稻献唱。

鸣声铿锵、凛冽，森森然有金石之韵。
它们像是刚刚从黄子久的山居图里跃出，
还带着筲箕里漏出的米粒的清香。

总是有一种更大的矛盾，石缝里
隐逸与挣脱的持久的对峙；
总有一种复数的厌倦，为鲜甜的星光所孕育。

减速的激情，为随身携带的庙堂减去
一个多出来的观音；年轻的道士
在用旧的山川和烟岚里探测万物的回声。

农家乐的长廊下，它们还在你朗诵的童谣中
唱和或争辩，像是有一把幽微的锉刀，
锯开蛙皮下沉睡的道观。

而晦涩不是它们的错，正如唯物的卷尺
丈量不出现实褶皱里那隐秘的声带。
德语区里，格林拜恩与汉斯，拉出一条对角线。

诗性正义，或中午的餐桌

发烫的阳光下，机帆船切开大海的宁静。
这个午后有足够多的盐粒
用于腌制我从惶恐滩带回的惶恐。
巨兽的脊背微微拱动。有人
开始躺下来，聆听船底的低语。
没有录音，没有记录，但海浪的这份口供，
对我们而言仍然重要，因为它涉及到缄默的
深度、词的伦理与诗性的正义。
我想起中午的餐桌上，那一大盘牡蛎，
在镇长诗意的介绍里，看上去
就像一堆散装的乱礁。
它们一个个守口如瓶，似乎是在竭力攥紧
一份秘密，一个失传的原则。
"用力掰开它，里面的肉特别鲜美。"
这里自有一种引诱，让我们突破
修辞的禁忌，撬开坚硬的外壳，
去取回抵押出去的词。
沿着蓝色的脉管，缉私艇
穿过灯塔和鱼鳞之间歧义的部分。
取景框切换到两个小女孩，
一个捧着一本书，她轻声的朗读，
对应于晦暗水域的低音区；
一个抱着一只猫，像另一本安静的书，
用慵懒平息身体里的波涛。
在流亡的语境中，桅杆上飞起的海鸥则是另
一个祖国，
或者另一个无法被惶恐减去的文天祥。
而我们都是余数，在乱礁洋——
一张随时要翻转过来的餐桌上，
我们都有一个家国，一首晕眩的诗，
需要重新组装。

泪水的银行

一

死亡，意味着你治好了自己的疾病
意味着你终于挣脱囚禁你的
那个"血腥的笼子"①
仿佛停止呼吸的不是你，而是呼吸机
仿佛你已经痊愈，而我们还在生病
如回地短信里所言："……而我们的恶尚未除尽"
我们忍着不说的一个词，你终于替我们说出
——在破碎和熄灭的那一个瞬间
死亡的计算器暂时失效：整整一个世界的血
何以从一个人的颅腔里溢出？

二

无力回天者，终于可以把死一次性烧掉
烧成耀眼的炭，像一场意外的火灾
把诗烧成语言的灰烬
（一本你来不及阅读的诗集，教导我放弃雄辩）
顺着细微的脉搏，我分明听见
那血流的飞瀑，正奋力砸向
蛛网编织的宇宙，那"必然性"统治的世界
如同一禾写到过的那柄
索命的"血斧"，此刻静静伫立
在运送灵柩的途中

三

你终于拥有了一家泪水的银行
那珍贵的银币，仿佛在盐粒里腌制过
那赠予是咸的，因此永远不会贬值
而你已不可能跟我们说话，墓石
堵住你的嘴唇，像一种胁迫
但你仍然在提问，并且要求我们马上回答
——用镌刻在虚空里的语气和神情
仿佛我们的耳边，仍然是血在飒飒飞驰
仍然是葵盘在缓缓自转；帝国茶楼里一枚潜泳的
茶叶，仍在转述神秘的渴意②

注：①"血腥的笼子"，出自张枣《卡夫卡致菲丽丝》一诗。

②帝国茶楼为嵊州一茶楼名，王驰曾于数年前在此请我和回地，以及其他故乡诗友喝茶。

未遂的旅行

雨水中，灰烬般熄灭的庆典
几乎让我窒息，一棵被淋湿的树木

像冻僵的狱卒，守护着裹尸布般灰暗的天空
也像一枚铁钉，把我逃犯般隐藏的耻辱
连同被混淆的良心，钉入那具
为合法性定做的棺材

晕厥的加油站，疯狂的雨刮器
刺耳的刹车声，夹杂着
无绳电话尖利的鸣叫
雨水中，一个系着安全带的词语的逃亡
让我沦为一个国家不安全的人质

后视镜里，群山远远退去
像历史语境里一场面目模糊的革命
一直退到天目山脚，退到虚妄的烟雾深处
失灵的导航仪上：那个乌有之乡

一根看不见的电话线，语义的绞索
为没有尽头的刑罚和眺望星辰的颈项而准备
而我只是罪人，是虚无的人质
是一场无法治愈的疾病
那洗净群山的雨水，也无法把我救赎

献给马尔克斯

第一次，不眠的星辰认可了你的长眠
你使用过的魔术仍在迷雾中闪烁
那张服膺于虚无的脸上，曾密布城镇、山川
以及永恒的悲伤，灾难的风暴中哭泣的
野鸭。迷宫已让你厌倦，你只渴望成为一种
元素，成为世界的本质的一部分
成为你从未写出的一本书中隐匿的文字
像岩石内部的淙淙流水，只为神捏出的嘴唇
准备
你躺在贫穷的尘土中，尘土一般安然
成为整体的一部分，成为空出来的一行
士兵笨重的皮靴再也踩不醒你的梦
唯有你留下的声音，还在书页里呢喃
你派遣的影子还在墙壁上读书
你用心血喂养的蚊子，在闷热的午夜煽动翅膀
向墨西哥城环形剧场空空的椅子发表演讲

像克尔凯郭尔笔下的克利马科斯所说
"我没有学问可以提供"，你也不准备
提供担架，对于混乱、匮乏、不可救药的现实
你只负责提供另一种炽烈的"现实"
你留下的冰块，依然在遥远的大陆闪耀
行刑队的枪口，滚烫，余烟袅袅

还乡记：后视镜里的落日

后视镜里的落日，像一颗硕大的头颅
滚动在故乡的断头台上
农药的气味里，挖掘机沮丧于
已经没有多少乡愁可挖

酒桌上迟到的秘书，沮丧于一根格律的权杖
那伸得过长的手臂像非法的破折号
引申出一个"无主体"的深渊：人皮绷紧的
天空。词源里无法查找的沃罗涅什
松开的领带，让中年的乡绅
拥有了一个伦理的喉结

蚕还在桑叶上爬行
一枚生锈的图钉，把陈旧的耻辱
摁入嵊州的一片桑园：一个桑葚喂养的共和
国
地图过于辽阔了，以至那些积极的镰刀
也练就了新月的忧伤

后视镜里的落日，终于抹去垂死者的面孔
缓刑的犁沟
在严厉的逼迫中写下供词

鸟儿们组织的作协，刚刚结束了一场事先排
演的座谈
一支刺鼻的烟囱，在向天空输诚
铁钳咬紧的落日，沮丧于一条无法申辩的
舌头。滚烫的弹道上

秋瑾刚刚追上了王金发

星河浮雕

吴少东的诗

天际线

我曾从飞机的舷窗，观望过天际线
一道弧形的细云围住大地
湛蓝与白云的交汇处，一线白亮
没有什么出现，或消失
晚霞绵延，像一个发烫的火圈
等待老虎，跃起，钻过去

那一刻，我忽视弧线之下
被罩住的人寰
人类生动的实践，我看不见
万物的动静，我看不见。
我甚至不去想
等候已久的一场晚宴。
我的想法脱离实际
没有上与下，只有
里与外。没有天上人间
只有天地内外

这些年，我常在湖边绕行
累了，就伫立，或坐在石头上
察看水波推远的城市。
闪烁着灯火的天际线
与我在飞机上看到的
没有什么不同
几十年来，我穿梭其中
钻过一个又一个火圈
没有什么不同。
一个又一个我消失过
但跳出的，依旧是原来的我

以 外

人进中年，喜穿软底鞋走路，将席梦思
翻过来，睡硬板床，一夜无梦。
闲来常想石头、湖水和井
至坚、至柔和深埋的缺陷。
不是山峰和海洋。那些高大的事物
已耗费我的半生。
不去想宇宙是闭合，还是无限伸展
这个问题曾让我发狂。
专注菜叶上的虫眼，甚于
星空中的虫洞。现实以外的东西
比现实更让我失望

这并不表明我没有想法。
我将一些词翻出来，搬到另外的地方，
给青春的骨头找一座坟墓，让墓志铭
警示我的午后。或者
划定直线或曲线，在易于识别自身的空域
飞翔，没有以外，也没有意外。
将一扇门打开，又关上
往复、启合间，每有妙意。
就像这些年来，怀抱石头爬山，
一个趔趄，石头跌下山去，然后
重新抱起、攀爬。而那些滚落的声响
我忘记了

甚至忘记了山上的塔，沉于
湖底。像井。像我抑制的性欲。
在峻峭处建庙，在灰烬里插上香骨
远离轻飘的言语、呻吟和祷告

像井壁，固守着浪，又消解着浪，
青苔模样，示人以春天。
心设慈悲道场，宽恕宿敌
无动于衷的水域，也宽恕
庸常的诗句。不指认爱与虚妄，
将一座桥横陈水面之下，抵制两岸
以保持湖的完整与骄傲

有那么一两次，想否定愿力
否定湖面的犹豫、庙宇的徘徊
将自己像钉子一样钉入大地，国土疼痛
病树上开出花来

节　日

我在枕上听雨
落下的声音，看不见的雨
穿过夜幕，拍打
院子里的地砖、石头的台阶
拍打棕榈树和所有包裹钢铁的建筑
扁平的城市，像散落的编钟
每一片都发出异响

二月的丛林稀疏到了极致
没有雨，能触及相同的枝头
如我们越来越少的相亲
如我们日益雷同的日常
这雨，并不能让它更湿，
稀稀朗朗的落地之声
早已疲惫至极

黑暗的雨水扑进河面
河水开始往南流淌
一浪又一浪，来不及避让
一程又一程，忘记了岸线
忘记了一种水，投入
另一种水，融汇更多的水
一次水声掩盖的
另一次的水声。第一声滚过的春雷
只是最后一次辗转反侧

倾听雨砸向寂静的马路

砸向移动的河面，
从打着轮廓线的高楼上滑落。
我们从来无法界定雨的声响。
一滴雨在飞落中
咬紧牙关，或被捂住嘴巴
不想世界听到它的痛，或快
你在枕上听到的破碎之声
无非是左一声右一声的叹息

乌拉盖的夜

晚风将草甸推远
乌拉盖愈发辽阔

沙榆托着清晰的星光
悬起的草原比星空浩瀚

手捧蓝色哈达的蒙族人
用长调劝我满饮烈酒
让我忘记了南方的蓝

马头琴在呜咽
我揪紧马鬃和姑娘的长发
她们都是今夜的琴弦

篝火中的三只狼
在高蹈在嚎叫
篝火外的一千只狼
在红柳丛中隐匿、观望
黑暗是他们的草原

梦中的套马杆啊
套住低下来的明月，也套住
逃逸的骏马

在贝子庙

青色的云在收拢
空中的草原依然浩大。
我们坐在贝子庙的台阶上
抽着烟，看阳光穿透云层。
夏风干爽，风向不定——

我的烟飘向你，你的发梢拂及我。
远处的喇嘛，在云影里
露出臂膀，摇着一串钥匙
走来

拜炎帝陵

古乐响起时
我弯下了腰，
一拜，再拜，三拜。
夏雨骤停，阳光
拍及我的后背

崩葬于鹿原陂的大帝
此时是站立的，
目光悲欣，抚摸我
潮湿的脊背。太阳
撑开积雨的云层。
我的腰身，在他的视线之下
我的疼痛，在他的视线之下
我像沉实的稻穗，凝视泥土

一路走来，我也遍尝百草
有许多的根叶，让我麻木
甚至一片花瓣，几让我断肠。
我曾入月夜的森林，砍伐桐木
制琴，也制箭。驯兽，也驯己。
用火焰，喝阻蚊虫与狼群
用晨露，喂养心中的老虎，
逆着溪流，寻找幸福的源头。
与落叶一同腐烂的浆果，卡在
石缝中的白骨，我都忘记。
但一株燃烧的艾草，依然
让我泪流满面

洣水，正流入湘江，
雨，落在我的头顶，而阳光
照耀我的脊梁

过梅岭驿道

梅岭驿道，没有重复的青石。
一块挨着一块铺着，如

久远的琴键，每一步落下
仍有迥异的回响

音符还是前朝的，还是旧模样
悬在饶州通往徽州的路上
像古径上空的云，无法分辨
哪一朵，是孤悬的我

那些深陷崖石的断句，曾经
完整的叙述，我能认出。就挤在
几片残碑间，却生卒不详。
拴马石渗出缰绳的气味，夹杂在
众石回潮的队列中，附近
散落些许的盐巴与丝茶。
倒下的牌坊，缝隙透发
返青的荒草。道旁倒伏的油菜下
蛙鸣依旧寂寞

穿行其上，忽见许多石块站立起来
穿着朝代各异的服饰，各自行走。
我从形色上辨出他们身份与状态——
远行或归来的商旅、逃亡的刀客
赶考的士子和望夫的少妇……他们
与我擦肩而过，与我同向或
反向而行，身子如道旁的茅草一样
摇晃。我甚至得见从未谋面的祖父
也现身其间，向我走来。
自己的影子，也立了起来，走着
走在我的前面

这忽然的情境，让我惊骇不已。
我慌乱的影子，瞬间恢复原形
压向那些行走的石块，骨牌一样
倒下，重现原有的条纹与秩序
重现阳光的静穆

重现峰峦的青翠和人世的辽阔
分开春天的石径，正游过山去

注：梅岭古驿道，建于晚唐，距今1100
多年，是古饶州通往古徽州的重要商道，
全部由多种石块铺成。婺源县赋春镇冲田
村梅岭段七公里，是其中最著名的一段。

天天的诗

悲 伤

夜晚，我站在楼顶，
最先令我消失不见的是那些烟花。
对于一个习惯黑暗的人，它的美过于模糊。
像花花世界口齿中含住的那一点苦。

我总想，与自己相依为命，
或者到更远的地方下一场大雪。
是啊，我终日碌碌无为，
我有一颗羞耻之心，供于寡情的案头。

这些年，我只有一首没写完的诗，
每一个词都是衣带渐宽的大海。
它朝我涌来的那一刻，
我几乎要把自己深深地放弃。

再 见

还有可能吗？晨光中，
两辆背道而驰的火车露出了孤坟般的身子。

枯草的舌根下，压着整个冬天的欲言又止。
二月的眼，已将铁轨深埋。
如果去路艰险，雪会蹒跚着把北风送出去，
送到杳无音信的地方。

某个路口，苍茫的诘问截住你。
黄昏吐出的旧物，叫人无限感伤。
你说吧，那是什么时候，
为了替罪，羔羊和羔羊啃食了一座山的荒芜。

伤 口

需要新鲜的血来证明，
疼是更茫然的解释。
那时，彷佛暗黑的街道被猛然劈开，
我想随闪电离去。在失去呼喊的时代，
一群分食粮食的人聚集在这里，
看上去，世界一片和平。

木桌收紧了所有的森林，
一封信正在赶往白纸黑字的路上。
已没有更好的理由去推翻这些细枝末节。
沉默过后，如此多的肉体沉在哭诉里。
我说不出那些光与影之间的回声，
现在，它们围在我周围，
一片雪已按住了冬天的膝盖……

昨夜 大风

那先于我到达的或许是一面明镜，
镜像之上，有看不清的裂缝。
永恒的传说中，总有一点未被明说，
就像现在，我不知道昨夜屋檐和枯枝
经历了什么，它们的市井滑过窗棂。
不测的脸，未知的脸，
在辨不清的是非里反复摇动。

从余下的响动里掏出事物本身，
即便没有人来宽慰，我仍能察觉
序曲过后那深邃的凶猛。它穿透
睡熟了的区域，穿透无言之处的吟诵。

我摘下帽子、围巾，
我站在自己的变化中摸索。
风声渐沉，我摸到了了无痕迹的动荡。

阴天　在绕城公路上

昏暗会将所有的野心逼退，
空旷褪去了空旷。一眼枯井坐在那里，
那里的含糊其辞一直往下沉。

我懂得去年的失忆症，如一把镰刀，
尚未生锈，却老成了秋收后的模样。

分明是水天一色的光景，总也走不到尽头。
你知道，我想剥开这片沉默，
我在世人的交谈里种过因和果。天黑之后，
总有昏鸦把自己囚在碰壁的苦楚里。

很多时候，那些路并没有低头。
我攥着那些将要沸腾的把柄，心头无限感慨。
只能这样，把眼前的可能也咽下吧。
看不见肉身的时代，就一个人上路，
就一个人在昏暗的荣辱里犹疑、寡欢。

银　杏

抬头时，那棵银杏已经孤注一掷。
春天了，必然要为自身的古老作个交代了。

读远方来信，眼前有候鸟沉沉落下，
它们和它们有什么关系？
我忆起那年十一月的小院，
铁栅栏围住我们弃绝的陋巷。
风一停，一池水就翻出心里的踉跄。

必然要把稀疏的位置挪一挪，
我想看着二月闭眼，或者把头歪向一边。
"我是你的，银杏只是一个忧伤的比喻，
时至今日，我静止下来只为在人世的案头，
供上一壶上好的山穷水尽"

蓝　马

一直往天上跑。一匹蓝色的马，
与它衍生的不存在相互抵抗。

我见过它，在一段无从考证的碑文里。
稀薄的蓝从空气中溢出，
马的鬃毛浮在蓝色的旷野之上。
马的笼子里，拴着马的形状，
马的缰绳上栖着远古的草原上的鼓点。

从找寻里抠出一行蹄印，
它们的孤独是一致的。
看吧，那种蓝浑身长满了流水般的战栗。
一定有某种可能，它驮着皎洁之夜，
在哭过的窗下埋下看不尽的苍穹。

春天　在一座废弃的庭院

草已经及膝了，一座废弃的庭院
淌出一条来不及走尽的小道。

盲目的春天接了眼前的一片光芒，
它们由什么构成？
在一晃而过的瞬间，南风的脸
就映在一扇大门的摸索中。
"我们久未谋面，但月光恰好。"
可现在，已没有新生的事物可供消磨。
周遭的眼犹如钝刀，一点点艰难的移动，
它们如此不安，如此妥帖。
它们同南风一起，睡在满地的玻璃碴上。

渡　口

阴天，目光阴郁的陌生人
在众目睽睽下丢下一截烟蒂，
火不熄，那丝光亮里猛然跑出醒来的小兽。
马达声由远及近，沉闷的乐章
把人们锁在路边的张望里。
有时，会看见一座花园在人群中敞开，

当它消逝，铁和枕木已把泼出去的人往回收。

乌云耸立在天边，像灰色的遗忘。
走吧，弃农经商的失败者，
走吧，早恋的学生，不贞的麦地和瓢虫。
马达声越来越近了，人们匆忙、凝重，
仿佛走后再也不会回来。
对岸，有相同的人涌过来，
他们交替着，
不约而同的把自己送出了很远很远……

四 月

四月是一场割礼？
血浓于水。捂不住了，朝拜的人们
为心中的佛修建了共存的灵魂。

成为新枝，或者不具体的某段悲伤，
紫叶李结出幼小的果子，像去年一样，
它稀疏的嗓子总能找到可供迷恋的境地。

影子和小径，万物的衣裳披在它们身上，
一棵树与另一棵树开始自我确定、抚慰，
它们之间的缝隙含住了秘密的告白。

多余的季节，你，究竟藏在哪里？
你看，那些不断勃起的美，
正在等风暴掀起它们的裙角。

在高速公路上

一块指示牌告诉我：路迢迢，
可以与之对视，从中抽出远方的纸与火。
关于速度，和近处的身体，
它们在相互抵抗中背道而驰，
它们中间有那么一点松动。

还要多久才能抵达？我和另一个我，
交替着拥抱滚滚而来的陌生的气息。

离那里还有七百二十公里，多么深的指引，

我理解其中的含义：就此别过，
学晚来的风，用力撕扯心头的长亭短亭。
而四月是易碎的艺术，
我捧着它，不知道往哪里搁。

一个人在一个陌生的小站

人潮汹涌，没有人告诉我破壁下
与之对应的身体来自哪个朝代。
没有人知道，我替谁这么孤单，
替谁走在生老病死的路上。

我想起早年的粗布，它带领我
穿过一万头小兽的美德和绝望。
春天和母亲从岩石上退下来，播种者接过
蜿蜒的黄昏，一切都将回归最初的圆缺中。

这么多母语的苍凉，这么多眼，
像一间空房，供着模糊的言论。
哦，世间的鞭子反复抽打蛮荒的时日。
而我代替艰难的鼓点，敲在望不见的羞处。

思想者

靠近，远离。局限性的手指为盲者点灯，
余生已不被提及，灰色的瓦砾
从空旷中赶来。那些潮水般流逝的
身体终于溢出低垂的眼眶。

前生的火车，教诲中的森林及嗡嗡之声，
都将遗落，四月的尽头埋着写信的人啊。
走在晚安的旗帜下，低垂的头颅
看上去是一个无处安放的茫茫荒野。

枯坐的技艺如此黯淡，类似于一只鸥鸟，
献身阴柔之物，又从余晖里消失不见。
这样的时辰，秩序与秩序之间的裂缝里
终会淌出象征主义的队伍。

傍　晚

一些新生的事物从消亡中走出来，
雨落下来，冲刷将要逝去的街道。
屋子里，戴红领巾的小孩在画一只野兽，
画它死掉的清誉。这样的勇气是否也会
死掉？以此证明未知里有一样的轮廓。

晚餐简单、明亮，
围在一起的人慢慢顺从了肉体的欢愉。
是啊，四月尚有余温，
旧衣衫倚着门框，一切仿佛从未走远。
你偶然抬头，你怀疑瞎掉的灯
不会再回来，像一个永无止境的谜。

孤　独

旅人、前世、命运的瓦檐……
四月坐在台阶上，野草在它的
膝盖上来回奔走，世上的路又
豢养了一座惺忪的庙宇。

远方的白骨，深眠于不测中，
接受再教育，杀戮般的美将要按住
街道两旁的儿女情长。已经等不及了，
悲伤要把它虚弱的花园也献出去。

现在，由你们来说出：失去的猛虎，
邂逅的小院和碎木屑构成的沉疴、饶恕。
由你们代替绞索，在谈论生死的瞬间
抓住一座蓬松的堤坝。

迷　途

活着。用禅院的清冷喂养小径。
四月的身子并排坐着，近似腐朽，
它们如此羞愧，已分不清是哪条路
在心头哭泣。灯火昏茫，
因和果重复着疲倦的时日。

掏出整个世界的花花肠子，在纸上滑行，
或者造一座振振有词的孤岛……
这么多陡峭的日月要与你为敌。
而弃绝过后，夜就深了，
途中的人坐在含糊不清的高处，咀嚼方向。

讣　告

白纸黑字，已经把一切显露出来了。
想到人间的生死，还有什么不能放下。
此刻，它在墙上，
被几行字压着，被字里的悲伤压着。
它不动，任读它的人掀起了不幸的一角。

喧闹的街还没交出惊涛骇浪。
一切还在继续，
没有眼泪，下午的阳光把万物照得刚刚好。
多么平常的日子，
巷子里，放学的孩子跳得不能再高了。

远　山

或许，只有绿才能镇压它起伏的不安。
远远望去，它的朦胧大于美，
但事实我们无法把握，
它内部的构造有最柔软的相遇。
灌木披散着，枝条上沉溺过夕阳和苦难的兽，
另一侧，有泉眼流出深重的被磨损过的宁静。

走进去，有不知名的树突然折断，
声音薄而苍凉，
多少月光在它们身上逝去，
多少车水马龙死在遥远的天边。

雾悬在树梢，似未滴落的阴霾，
雨丝的柔韧里藏着一只冰凉的小手，
仿佛前世里有撕心裂肺的约定。
更深处，鸟鸣声伴着枯叶，
在山的低泣里不断地相互伤害又相互原谅。

石人的诗

小西街

许多年以后，来到这里
看见硬币划过清朝墙壁的痕迹
青苔在迅速褪去。回忆把城墙推倒
填入护城河。虚幻的景象
成为黑白照片的碎屑
粘附在手推车的木轮上，被带出城市

我在45号居住了三个本命年
恋爱，写诗，自我折磨。
每天把马桶拎出去
又拎进来，重复着冲刷清洗
然后，被敞开在阳光下暴晒

熟悉的面孔，无数次闪现
从临河阁楼的八字河埠上岸
消失在每一个弄堂口
那些名门望族，在高大的石库门里面
深深的庭院内
再也听不见他们的笑声

此刻，古街在修葺
我坐在康熙年的水井旁抽烟
邻居分离在城市各个角落
互不来往，他们的表情
就像我在一夜间失散的全部的藏书
耗尽了一生的积蓄，再也无法收回
日渐发黄的绝版书

郊 游

天空穿上最显赫的外衣，就身无分文了。
沿途的风景，在十月，像一群放风的囚徒，
用秋光的肥皂清洗与世隔绝的面孔，
试图让自己变得更加年轻，和我一起策划，
完成一次逃离无期的越狱。

不需要自我介绍，随时都可以收到
丝瓜、菱藕、香樟树和麻雀的名片，
字迹清晰，看不出有任何伪造的痕迹，
帮助我一路通行。
起点就从脚下开始，道路画满了分道线。
在看不到尽头的前方相互交叉，
无休无止。我只能在线条的这一边前行，
死亡从另一边回到起点。

陈旧的老宅面朝大路畅开门窗。
可以看到无人敢怠慢的灶神装腔作势，
接受最后的恭敬。夕阳西下，
秋天在锈死的锁孔里呼吸，
钥匙去寻找死去的父亲了。
我，一个异乡人，和另外的异乡人
围桌而坐，用最好听的语言谈笑风生，
掩饰我慢慢老去的面容。

屋外，群山睡去，夜色十面埋伏，
风的鞭子在竹林里抽打着祖辈的孤独，
抽打着这个家园。他们的家园，
疾驰的汽车穿越了目的地。
我已经无路可逃。

2015年11月22日，小雪

每一次落下，日光都会被收藏
进入香樟和冬青的无动于衷，随着城市，
消失在饥饿的黄昏，缓慢的车流
挤压着血红的尾灯。我在窗前目睹这一切。

湖州东门，唯一通往上海的公路，
没有人知道如此匆忙，充满了怯懦。
太多的事情已经无法抓住，像等待空中的雪花，
集中在同一个时间飘下，给予怨恨和欢乐。

寒冷随时可以进入黑夜，主宰万物的睡眠。
在睡眠达到之前，我会提供真实的地址，
证明我的无辜：人们从一个城市到另一个城市，
在同一条路上来回折返，心甘情愿地活着，

连绵的雨水，隐藏了真实的意图，
在书本中寻找打满补丁的日子，人们相互示爱
像没有咬断线头的缝衣针，插入风化的期盼中。
植物呼吸如此繁茂，从不在意荒芜已经开始。

窗口的鸟巢

又看见鸟雀飞来，在高枝的分杈处，
离去的时光生长出隐秘的绿叶，悬挂着，
在风中飘荡，在这里，我可以从窗口看到
比这一些更多的惩罚，冲上了云层
拉响音节整齐的汽笛声，囚禁他们金色的喙，
在阳光下闪耀，刺破午后完整的元音。

我和他们相互注视，彼此只有黑色轮廓，
但有足够的耐心等待，日落之前最后的暖意，
像长满芒刺的誓言，这样清脆的鸣叫，
却无法证明我的清白。一年又一年，
往上生长的密集的树干，像自圆其说的谎言，

决断了所有的非分之念，失去了宽恕。

他们来回出没的时候，苦难就找到了记忆
残留于行迹的怜悯。在风雨飘摇的日子，
每一根枯枝都会在生死之间呼啸而至，
让我的居所空无一物，还可以看到
忠诚溃烂以后青春的梦景，这是致命的
孤独，像突降的雨水洗亮了天空的眼睛。

他们转动脖子，一个城市分贝震荡的回应
进入了自然王国，挤压空中潮湿的沉默，
金属的焦味翻滚而来，埋没了他们血液之中
盘旋绕飞的最后的盐。需要表达的崇敬，
留下了创伤的豁口生长出嫩芽，从昨天开始
我就已经把自己伪装起来，无法离开这里。

走过潮音桥

我踏上这里，脚步居然会变得
如此轻松，看到那些由远而近的脸庞，
倒映在河面上，他们的表情由僵硬
而变得温柔，石板也停止了腐烂，
好像已经记录下一个历史的弧线的韧度，
从天空中弯曲下来，直到我躬下腰背。

真的是这样，我曾经匍匐在这里
阅读一本书，甚至会忘记反复多次
默诵的篇章，像通往目的地的桥堍大道，
我离开这些岁月，从出现到消失，
被重复挖开，挖进许多姓氏的祠堂，
隐藏了他们的籍贯，失去了他们的家族。

尘土在黑暗中闪着金光，一年又一年，
在我脚下，根须蜷缩在石板夹缝中
没有生日的枸杞和石榴，艳红铺满了天空，
映照他们脸庞，像那些焚书的夜晚
在河道两边人们看见了，走过了
这座桥，只坚持着低头不语，行速不变。
仅一箭之遥，运河的水闸如墓碑挺立，
水流回荡于此，像洗刷着主人生前的罪孽
限于入口的险隘，终究不会被记录为文字，
像那些消失在渡口的人们，去往更高的地方，
寻找不到他们的瓦房、寺庙和祭祀的供桌。
也看不到我已经来到桥顶，太阳泼洒而下。

整个过程仿佛是完成了一个对应，现在
我从顶部下来，像一根走出表盘的秒针，
重新制定时间的步伐，从出现到消失，
我知道，一切被停止的还会继续腐烂，
在遥远的隐秘之处，古老的残余生活
直到我离开这里，也没有重新开始。

永安木桥

这些伪证人，他们用另一个名义在发誓，
目击我曾经来到这里。从幼年开始
就在孤独中学会了绕道而行。无法避免害怕
瓜皮一样的碎语飞旋在河面打着水漂，
重复时间咒语一般的弧线，更好地隐藏自己，
晃动的倒影中，慈悲人来到岸边打捞这一切。

夏天已经在这里停顿，一只燕子陪伴我，
在桥洞下飞去来兮，哪里有树？哪里是家园？
啁啾声耗费了他们太多的尊严，扑棱着翅膀
每一次都充满了迟疑，就像嵌入混泥土的卵石
惊恐于时代的欲望，想从拥挤的布局中蹦出来，
成为巢中可以孵化的继承者，获得更多乐趣。

几经生死之变，帝国的腐木已经化为灰烬，
石板的断裂处，在我脚下发出咯噔咯噔的声音，
这些细节交叉重叠，因为真实他们无法相信
历史有它永恒的身份，却被使用了另一个名字
刻录在大理石碑上，高度没有超过我的膝盖，
等到我感觉疼痛时，可以坐在上面好好休息。

地下通道人群涌出

在城市灰墙大楼脚下，灌木的外面，
马路绝尘而去，像每天经历着失恋
正在追赶幸福时光的独裁者，控制
每一种工具回来和过去的速度。我
端坐于此：在地下人行通道出入口，
在露天茶吧，在司空见惯的闹市中心。

时间进入雾霾的光芒中，没有人看见我。

麻雀从黄沙边缘飞回，茶杯在桌上，
成为它们精致的脚，抓紧重新开始的
饥饿，用坚硬的喙驱赶我，离开这里，
像被折断的灌木枝杈，带着新鲜的绿叶
注视这些日夜沸腾的街景，聆听死亡

在独裁者的口述中传递着赦免的消息。
离开得太久了，沉没的人群开始浮现，
他们选择合适的病兆，怀揣相同的病历，
各自寻找医生。书的药片就在我面前，
让我安心的理由，是我必须遵循医嘱，
必须守住下一个时间，才能够吞服
水晶一样的悲哀，结束青春的梦想。
睫毛般的灌木生长在城市的脸上，我
在灌木中看到了一切，那些铸铁的秩序
被无端的欲望重新熔炼，岁月的火焰
层层紧逼，我是离开？还是继续端坐？
人群从地下不断的涌出，他们的病历

已经烧为灰烬如天空飞翔的麻雀，无法
飞出太远，因为它们的巢穴在灰墙大楼
不可企及的顶端，就像我们无法象幽灵
脱离躯体独自浮游，无法用流浪的眼睛
看着我的儿子在复印机一样的陌生人世，
素描无尽的摩天大楼：我从大楼里走出。

没有人看见我，在城市灰墙大楼脚下，
我端坐在灌木的座椅上，紧靠十字路口。
陪伴我的伙伴相聚离开，他们穿过城市，
回到云巢的山巅，进入脱离尘世的劫难
这是我最后看到的景象：虚空的文字
隐藏了自由的生死，携带着虔诚的匕首。

苍　鹭
——2016年9月11日送儿去大学报到途中

车过收费站大雨不期而遇，弧形匝道
保持着倾斜的惯性，在同一个时间，
在同一个坡度，迟缓而上或者迅疾而下，
无法测量过去和未来各自的速度。

星河浮雕

我专注于驾车，儿子和父亲在后座，
爷孙俩交谈的内容我几乎已经陌生，

高速的雨雾扑面而来，遮蔽了视线，
前挡玻璃在吞噬视觉的假象，我要警醒
方向的辨识，倾听陌生的话题继续前行
他们可以不断制造新的内容，无暇顾及
道路以外盘旋的一只苍鹭，雨中的苍鹭
巨大的翅影切断欲望的雨梢，隐于林中

隐于内心最深的丛林，他们经历过
和将要经历的风雨，穿透凌空的巢穴，
黑色枝杈一根一根的折断，坠落流水。
苍鹭的故乡一迁徙就开始枯朽，雨雾中
可以见证这幅哀伤的美景被循环展出，
预约的生命周期不会提前，也不会延迟，

长深高速，被终止了幻想的完整距离
有更多的车辆从各个道口进入，我坚持
以习惯的时速被重复超越，接受孤独
才能避免这些关于宿命的危机，忍耐着
获取权利的意义隐约传来疲乏的鼾声，
在湿滑的奔途中肉体只是一个狭长梦境。

瓦　罐

它是空的，我们就无需再次去掏空，
光滑的内壁在屋檐下倾斜成一个安全的弧
度，
顺着雨水的滴线，经过的人们从它的积水
开始，
彻夜猜测自己的前途，这些长满青苔的裂
缝。

这些裂缝布满了瓦罐全身，成为它失去归
宿的理由，
甚至比破碎还要更黑暗的弃落也只是因为诺言毁
掉了我们。

为此，人们可以相互安慰：这是历史的深渊，
它倾斜在我们的屋后杂院，发出低哑的灰光。

面对它，很难想象青铜火焰曾经包裹的齑粉，
我们在童年就有着要去搬动的欲望，它凝滞的双
耳
带着飞旋的呼吸声，压制住空腹内部子宫状的惊
喜，
为了生存，隐秘的刀口一次比一次疼痛。

从一个女人丰腴的词汇中，那些深不可测的瞳孔
窥探到黑夜某个角落奔涌着暗泉，正在冲洗隔世
冤情
以至进入死亡的辉煌大殿，我们怀抱这一只瓦罐，
无需再次去掏空自己，它是空的！

桃　花

三百多年了，留下仅有的几个拂晓
会是如此稀疏，可以看清那些来自幽暗之处
被羡慕敬倾的身影迈出粉红的步子，
彼此折叠在一起，又缓缓打开，
在全景的浮华穹顶划出闪亮的弧线，
如禽鸟自乐，对一个国度的幻象带去戏谑的轻蔑。

我会用最完美的想象去完美它们。
初春的晨曦，泥土夯实了围墙，用去年的枯枝
烧掉城里人的离合之情。黑铁一般的手臂
弯曲着伸向半空，像从岁月坼裂的长夜中挣扎而
出，
传达一次兴亡交替的神秘暗语，越过沟渠，
在寒风的伤痕中，在我到来之前，它们先后盛开。

黄晓华的诗

唐　卡

我愿意相信这个传说
松赞干布的血流过文成公主的手指
那么明亮的色彩
给唐卡定位

在这个世界上
比月亮更亮的是太阳
比太阳更明亮的是佛的微笑

千年的转经筒飞旋莲花
在扎曲和昂曲两岸吟唱
那些被岩石打磨的心
犹如仙人跳舞
然后落叶沉睡

最美好的事物都要向佛
那些玛瑙珊瑚和白银
甘愿安静地衬托
看着高贵的黄金为佛开眼
没有一丝嫉妒

这是一种夙愿，也是尘心的出离
用一生去绘一幅画
这样的位格只属于唐卡
至于列入非遗
只是喜马拉雅的浮云飘过
雪山有缘沉默无语

可可西里

这些越过几千万年的生灵
可可西里上空飞动的流云
阳光在背上歌唱
雪山在脚下舞蹈
卓乃湖在初夏迎接藏羚羊远行

只是藏羚羊并不知道
远行路上埋伏着凶残
罪恶总是伏击无助
当死亡的扳机被贪婪叩响
藏羚羊倒在莎图什披肩上

风沙没有价值
和山岳一样古老
藏羚羊谁也没惹
却遭遇悲惨的杀戮

雪山哭不出声
阳光也掩面凝咽
整个冬季的悲痛
在春天的慈悲里流淌
注满了可可西里的眼睛

蝴蝶标本

飞翔成了一种姿势
自由变得奢侈
精灵失去水份
梦想的河流也就干涸

春天和远山的心跳在天幕下静止
钟摆在木框里睡去

蝴蝶不喝花酒
也被制成标本
美丽总是拒绝寒冷
向着温暖奔跑
却赶不上东坡那年光景
群飞有聚众的悬疑

由此我不再赞美收藏
花朵不是飞鸟
蝴蝶也不是会说话的瓷器
当孤独成为出土文物
安静的开落流下眼泪
只是蝴蝶从来不懂得哭泣

木槿花

木槿花开在我的视线之外
七月的赣州却在你的视野以内
那满街木槿都是你的身影
青春在花篮里起伏
覆盖古老的城池

木槿花在饺子里飘香
在孔明灯上无眠
给残缺的苹果做了衣裳
在蝴蝶翅膀上诉说
飞进你浅秋的梦里

秋收在陈溪读过你的青山
微信上花朵也带着哭腔
仿佛夜莺在果园里种瓜
那些语言落在水中
随月亮升上天空

一个猎手陷入了爱里
把自己想象成一只孔明灯
或者一只朝开暮落的蝴蝶
把温柔坚持在心头好

像一朵木槿花那样老去

日 晷

一

从影子里找到时间
已经几千年
用一根针给生命刻度
把阳光等分
在头发上染色

二

太阳像一只独角兽
在圆盘上行走
每一小步脚印
都踩在我们额头上
像刻石记事

三

想抓住时间的欲望
总在雨水中迷失
只有血液流动和阳光保持一致
心跳的声音指向星空
夜色也无法阻挡

四

从博物馆里走出
在街心花园成为雕塑
雨水和光线交替昼夜
看时间如何摆脱钟表
在手机上刷秒

听禅宗音乐

高山流水,流过夕阳无数
松风明月间菩提飘飘独立
叹十万八千里太多沟壑
唯慈悲是桥

平和是一种智慧
握拳再紧也不能圆满

那就把枪棒松开

吃斋念经，烛照繁文
抛家舍业的高度抛离了意义
佛性既然是空性
放下即修行

翼装飞行

就这样冲了出去
从悬崖，从飞机那大鸟背上
睁大眼睛，闭上惊恐
像一个创业者
穿着众筹而来的翅膀
降落伞藏在背囊里
那是借来的生命

向着不可知故意越位
比如天空是飞鸟的
春天是花朵的
河流归于船
极限运动扛着春天的河流
像花朵盛开在天空
船越过飞鸟
喝彩声拉黑主裁判的眼睛

借来的钱总是随便花
从来也没打算还
没有什么比消费生命更有快感
一旦边裁吹响哨声
场外举起小旗
峡谷里又将增加一片落叶

在外滩

彩色人群像黄浦江支流
一波波涌来，又潮水般退去
从外白渡桥上走过
我们像三只鸥鸟
浮在落叶的浪花上

英雄纪念塔上是深秋
塔下是初冬
呼吸单薄，顶不住厚重的雾霾
哥特和巴洛克的石头也顶不住
和平女神在远处惊讶
新娘凭什么融化寒冷
爱情披着婚纱
在裸背上表白

情人墙掖着虾米餐厅
红色大虾在菜单上活蹦乱跳
跳到盘子里就像非洲姑娘
不像邻桌的乌克兰少女
十年后才能成为苏联大妈

运刀者说

今夜又见运刀者，从书上走过
红脸长髯，青面兽，雪山飞狐
世上有恶人，他们行色匆匆
对我只抱拳不说话

合上时光。看当下的运刀高手
不是贩运亦非偷运，是手臂
延伸手指变形，如风似水
入木则木头开花，入石
则顽石说话

没有人见过风，水的力量
也无几人知晓，人们只看见
树在摇花在香草起伏
江山如旧似新

而运刀者远在远方
近在眼前，他们的心里只有爱恨
没有刀

一张纸的距离

若是千年生宣，且有名家真迹
深藏在大户人家，一旦开槌

星河浮雕

金钱如粪土
而拍卖场外一张广告纸
扔地上没人捡
擦屁股嫌硬

一张纸的距离有时也很近
近到把两颗心贴在一起
让爱情挽手走进坟墓
也可以很远，远到掀开墓砖
让两个觉悟的人走出来
在纸上做陌路人

一张纸甚至能够把一个人
送上权柄的峰巅，也可以
把另一个人的自由锁进高墙
而一张纸最终的距离是
亲人们在地上烧，我
在地下取

在吕四渔港

来到吕四港，一头扎进了
海里，空气像海水风像波涛
鱼在空中飘浮，只有阳光在天上飞

眼睛是咸的，鼻子是腥的
耳朵里，婴儿和乳汁的哭声
呼啸着大海的绝望

昨夜月亮渴了，吸走许多海水
把滩涂送给黎明，船留给港湾
鸥鸟在桅杆上站成了旗帜

吕洞宾来了四次有没有写诗
我不知道，我只听说他既好酒又好色
我来了两次，没有看见诗
只看见满街都是半老徐娘

推窗见雪

要推就去推明清那扇窗，南浔或者
西塘，瓦檐下沿河摆开的木格子
像一把口琴，握在大雪手中

这一夜你要无眠，泡在一壶热茶里
等它慢慢地冷，从水面到杯底
你上下辗转，心诚则灵

等待总有惊喜，何况是冬夜
天亮时，雪已代替了屋顶和石桥
也代替了你，疲惫的沉浮

只见一只乌篷船，像洁白的往事
浮在流水的五线谱上
被雪吹动

星芽的诗

春天的秘密

鲤鱼一跃到半空　属于它们鳞片上的信息即
刻崩溃成疾
放学以后　我将用烟花轻描淡写
鱼浮出来的脑袋正贴着我的鞋底
我们靠隐秘的数据依偎在一块

有一天鱼返回池塘我揣着郊野的遐想回到教室
它们会和我一样不喜欢坐在黑板前面学习吗
它们的快乐是否也附着于炸开的铃声
思绪不知被什么东西占领了带着我的魂魄走
进山间

要知道　某年某月我曾脱掉鞋子蹲在一大片
燃烧的红鲤鱼面前
与它们交换了皮囊
教室里水的声音湿润了课本
鱼翻动书页鳞片上逐一映出鲜活的知识
我的同学都骑着鲤鱼离开了乡间
他们却没有发现池塘在那年春天该装有多么
孤狭的秘密

质变

伙伴们围着牌九猜测：
猫头鹰的头到底是方的还是圆的？
假如每一块牌面都可以置换一只完整的猫头鹰
它们就成功了
齐刷刷的肩膀扛住飞禽鸟兽的族谱
但它们发出的声音并没有得到大家的认可

小伙伴只会呵责
并命令它们一次次从牌面里走出来
或者永远被锁进空空如也的牌局
那些越来越像人类腿脚的动物
又在用油擦拭它们新得的鞋子
猫头鹰相信我们即将身不由己
变成它们的其中一个

刺猬的生日

我出生的时间正好有刺猬经过
它们是潮湿的　但没有引起别人的注意
接下来的几年她将要借我年幼的躯体遮蔽锋端
动物学家　那些尝试用一本教科书
就将我们分离的
事实　外面的阳光爬上了屋脊
圆圆的刺猬不适合作为我声音的一部分
不止一次　我模仿它们滚过中央公园的草坪
在机车横穿的马路上发出致命的尖叫
我回忆起与它们出生的同一天里
那日阴雨绵绵
刺猬细软的爪子朝着泥块翻动
像几片湿云

返乡

我们缴获的镍币
被投入水潭清浑的两面
朋友喜欢蹲在岸边　指着那些裂腹鱼的鳞甲
"它们背负一身红藕　披麻戴孝　却不哀之过及"
多像我们零落成泥的故乡
又在鱼儿的身骨里陷落

凌晨　太阳翻出山坳
我们折断晨露深处的细柳
竹木屐绑覆诗中的黄鹂
许多年以后　水潭里的镍币全锈成了呼啸的鱼纹
我们搀扶着双双病倒在返乡的古道上

如果活

我出世入世　身体旧了　空了
再也装不下半碗清水
皮囊险些被月亮凿出音孔
有候鸟飞进飞出

越来越多的人出生得比我晚
又一个婴儿的啼哭剥开母亲的肚脐
等到我老了　离去了　他们还活在世上
代替我吃饭　写诗　刷博客
量一量一天天胀气的小腹
拿一胚新土埋掉不必要的
死在春天的爱情
并学会祭祀　在家族的香火前
虔诚地交出自己的骨灰

积　木

积木从岭口滚下
搭积木的孩子不是蹲坐在屋子里
他们把一只黄鹂摆在积木堆上
拿羽毛做加法　用脚趾做减法
置换出更完整的积木
不被石头的压力折断
不会在光阴的堆叠中层层消除
由此　想起自己也曾在安徽以南
一处能够眺望到月全食的山岭头
玩积木　推倒积木
并在上面养一只黄鹂
打乱它身上所有的羽毛和脚趾
然后跟着它雀跃而下

二十只喜鹊

春天　他们把喜鹊的声音拿来做酒
二十只活喜鹊的嗓子
医好了村子里的哑巴
一部分的胸脯发绿如丧钟
全是中年的喜鹊
在教堂里背《圣经》　啃木头
喜鹊通体明亮　却不食人间烟火
梦游的时候单脚着地
心怀不轨的人会在它们的脖子上
系起吊绳　另一些苦命赤贫者
将双手放在喜鹊的腮帮下
拼命乞求这些幸运的鸟儿　磕破了头颅
他们相信喜鹊的身体里
藏着一轮满月　像掏出高粱里的铁器
村庄里所有的聋子和哑巴
口皆不能发声　耳朵丢在了荒野
只有这二十只喜鹊的意义
被偶尔刮过的春风
鞭打得越来越新鲜明亮

梦游症

我学学壁虎
又学学蜜蜂
我学野兔的时候
眼睛并没有变红
学蜻蜓
后背也不会拔出翅翼
因为我天生的习性
就远离了这些动物
当我看到面前有鱼
便可以把梦游症
放在水面
像取出身体里的一只卵

只有我

那个我破解了拉杆箱密码

这个我在计算一枚柿子的红离女人的裙裾相差
多少个比喻
那个我已经吹灭月亮躺下了他眉目中间的刚性
与这个感性的我　她一瓣薄唇下垮掉的女儿国
以及这些个我　手头上分到了笨重的锄头与铁具
这些个我喜欢打猎　他们是肌肉最突兀的一部分
这些个我形成了一个部落
那些个我停在部落的湖畔边　她们说
自己是五官里最精致的一部分
那些个我用坏掉的纸器过滤出一百个黄鹂的嗓子
她们逃往黄鹂的羽腹
他们裹着哀号的被单杀梦捕梦
被一轮满月照出我形单影只的骨头

乌鸦之恩

我家的瓦片屋顶曾经居住过毒草　酒瓶
《诗经》中的洪水　还绊倒过一只迷途的乌鸦
这只怀抱钟表的乌鸦把祖辈的身影打理得井然
有序
爷爷的个子在它的丧鸣声中缩短
矮成一抔黄土的那一天　乌鸦在亲人的头上盘
旋成一口古井
黑夜提前装扮成一个谋杀者将我们的双眼蒙住

母亲多次告诫我不要在家中打伞
天上有神灵的眼睛看着　乌鸦则是村落里最大
的王者
我们跪在牌九搭成的祭坛前
用桂花治愈失聪的耳朵　碗里干旱的粮食
就等待着一场大雨令其呼之欲出

那时　许多怀抱乌鸦过河的人就像捧着一堆精
美的陶瓷
祈求于这些使者把他们快要成年的孩子送到对岸
把老一辈的人送进钟表尖梢的渡船
多亏了这些乌鸦　我们才不至于对无常的事态
心生痛意
不至于捅下月亮听着钟轮巨大的指针
在世代膨胀的躯壳里沦陷

青葱的年纪想起乌龟

昨天晚上到现在乌龟只是蹲伏在角落
没有从我半椭圆形的针线盒里
爬出来　平时　乌龟把听到的外界的躁动
声藏进脚趾
用步姿暗示我
是应该给它喂水了
还是喂点音乐
它将持续咀嚼所有我会在这个初夏施予的
东西
天气慢慢回暖的时候　乌龟紧贴针线盒边
缘活动　探长脖子的次数
越来越频繁
它的身体似乎因热力变得更加容易拉伸
富有蛋白质那样的黏性
乌龟出逃了　是我应该早就料到的
即将发生的事情
我想起不久前龟壳上摸不着生长轨迹的
可怕绿藓
空洞洞的风就一下子横穿过自己青葱的四肢

写给一只叫陈大侠的黑猫

陈大侠像是从天上掉下来的
离家两公里外的汽车轮胎留过他擦身的余温
我见到陈大侠的这个季节夹竹桃正好在郊野
怒放
好像快要冻僵的猫爪在枝头乱动
这令我想起陈大侠的身世　桃花簌簌落下
来的时候
他蹲在白色泡沫盒里发出怪腔怪调的呜咽
仿佛满月就趴在窗台上
与他明黄色的眼睛四目相对　他的爪子踩
中桃花布置的陷阱
所有的落红同时悲鸣起来
我的21岁就与猫牙一起坠落进水龙头的哗
哗声
锋利的事物割开雨袍
大侠走掉的那个晚上整幢公寓突然消失的

星河浮雕

猫音
确实令人急切地想往这片空洞的地方随便
塞点什么
我们便把捡来的桃花掰碎
每一瓣的边角都可以藏进一副野性咆哮的
面谱

蜗　牛

我找蜗牛说话
蜗牛不理我
我请它吃包心菜　萝卜
再吃一点音乐　一块　一块地
咽下莫扎特和肖邦
一只艺术界的蜗牛
爬过的花岗岩
皆长出枯萎了又碧绿的图腾

来世　我还要请它吃文字　吃画笔
吃时间　吃 CD 唱片
吃掉亲戚们脸上的坏脾气
吃掉 1995 年　我坐在蜗牛状胎盘里
第一声的啼哭

现实主义的牛

枕巾上印了几头现实主义的牛
一半的牛角朝东　一半的牛背上
染了黑痂

牛像一种神谕
在灯火通明的屋子里　父亲母亲
分别抓住它们的犄角和尾巴
几头牛在同一块枕巾上
被拧出肚子里的溪水和野草
抖干净蹄子上的泥苔
在衣杆的尽头　它们继续淌汗
牛的五官被挤在了一块
像一张印象派画作
眼睛扭进了脖子　鼻孔扭到了肚脐
而父母从不会怀疑
几头牛的本质

当它们慢慢出水
在太阳底下松干膨胀
蹬蹬牛蹄
清清牛嗓
一半的牛角　仿佛收到了指令
又齐刷刷地朝向
现实主义的东方

寒寒的诗

深喉或目睹一次造访事件

接连几天,她硬生生把自己
呐喊成了一个异端。白牌黑字
高音喇叭,没有家人陪同
就这样,孤零零的一个人
与整幢戒备森严的楼宇对峙

我坐在十二楼的窗口,不时侧耳
不时起身。她的叫嚣,多么声嘶力竭
如此持久。九月的暴雨及烈日
来得迅捷和无常,她全然不顾
那渺小单薄的身躯内
像装置了一台庞大的发条机

她来造访的最后一天
我正好外出。当我摇下车窗
经过她的身边,我分明
从那张失神落魄的脸庞上窥见了
另一种山穷水尽。
当车子驶出大院,我愕然发现
行道两旁茂密的无患树
已结满了中秋神经质般的果实

瞬间我又突然想起,原来
自己也拥有一副休眠的深喉
——只不过,它已久未发声
它早在我的体内
倾圮成了一座孤零零的宫殿

白 夜

他在最近一首诗中
这样写道:这白夜中的白夜
我的孤独即我的理智 *。

——多么隐微的痛楚,何其
幽秘的美!她读到的时候正是正午
同窗外所有行色疲弱的人一样

蒙霾的正午,是黑暗的。所有
她历经的高山和流水,她写下的
每一个词句……此刻,也是黑暗的。

"如果你不闪光你就是黑暗!"
她等待他紧攥白夜的理智,领走
更黑暗的自己

*臧棣诗句

虚 构

春风追不上你。一辆绿皮火车
横亘在你我之间。此刻,
它是静止的。

那个远离家乡的人呐,
正被一件理性外套遮蔽着,唯有
灵魂漂泊,溢满了激越的海水。

太久的孤岛与汪洋。我已丧失了

自我救援的冲动，而你的真理是，
互不妨碍与赞美。

可尘埃新鲜，一天天堆积，
总有一天，我们再也无法重回，
那个繁星如盖的夜晚

——没有火，更没有灰烬。

雨 夜

傍晚的大雨覆盖了两代人
——先是极权般地占领，之后
一次又一次被掀翻的是
四十年未曾逾越的鸿沟和过往

我们端坐檐下。始终默默不得语
晚餐的圆桌上，一盆时令秋葵
正以崩裂的多籽
对抗着虚无。另两个乳鸽，曲着脖子
蜷卧在精致的砂锅底——
它们，早在雨水到来之前
献出了莫须有的牺牲

我久久注视着她
结着深红色疤痂的喉颈
——我病愈中的母亲
不知为何，却想起了
那满脸忧郁的叶赛宁

是的。我克制太久了
以至于，此刻我在雨声滂沱中
写下的每一个句子，不可理喻地
深陷于一种喑哑的循环里

我们年龄的雪

像一桩悬而终决的心事
雪突然落下。彼时
我正拘囿于同事那狭小的
红色别克车厢。而天地之大

纷纷扬扬

你不在此刻。
确切地说，是七点四十二分
——这个可疑的清晨
不在，这场比意义更为陡削的
我们年龄的雪

唉，我已无法用词语
咏赋我内心的灯火。
正如我们无法
再一次畅谈——
窗外那些失神的白

终 极

只有，晚出江畔散步的时候
她才像一个诗人。之前的厨台锅盆交响
之前的菜市世俗喧哗，更为之前的她
营营碌碌，惶惶然穿过整个白昼
沉闷、琐杂、八股且又冗长

她的终极，却是做一个
夜观星星的妇人。为了满足
如此贫瘠的热情，她惟有
让干涸的嘴唇进入丰肴
蒙霾的内心涌入滔滔江水

——当弥漫的饥饿和孤独重回她身上

那么多日渐寡欢的词
饱经咀嚼和反刍的思虑及体味
伴随着头顶的星群律动
突然就有了
舍我其谁的冲动

早公交

这儿如此沉闷。
有人在车厢后尾，开读一封长长的
夏日来信。有人戴上墨镜，低头忙于

营筑蜂巢的政治。有人走来走去，
怀着成为废墟的渴望，匆匆编造
几个离奇的句子。更有人
独自端坐昨夜梦境，默默揣想
他的语气里渐渐出现的
那个流亡的天鹅*。

*引用蒋立波诗句。

今晚我又写到月光

友人，今晚我又写到月光
此刻，街衢清静，马路锃亮
窗外的车流，默默呼啸如旧

友人，昨夜我们深聊理想与乡愁
孤旅与革命。为此，饭后我又特地
顶着萧索寒风，独自跑到熟悉的江畔
看着江水急湍，倒映凉月新升
想起"无审美力者必可怕"
心头再次凛然一惊。愚钝如我
此般耐嚼的言辞深渊，又何曾抵达？

友人，即使异乡山高水远
安之若素，做一个资深的旁观者
这正是你的过人之处。近日你又行走太多
这漫长的流亡，多像火车铁轨边的欣欣蔓草
独自峭然冷对，忧思羁旅中
不断赐予的满足与虚空——不，
这不是思想，这绝对是一种操守

友人，此刻窗外夜色如寄。倘若我
又在如此宗教般浓酽的月光下写坏了句子
请一定不必惊讶

伏波台谈诗

他们溯溪而上，盛夏端庄
将再征一程。连绵不醒的大峡谷
无人认领的空旷地，愈发衬托
昨夜旧梦

"那时，邂逅之轻如鹿群过野"
恰是。早在春之更早，她已能易如反掌
统率一群幽暗自得的词汇，径直
奔向光影的更深处

而他依旧沉默。"鹿群之外，
可否再有孤独？"——生活的秘喉突被开启
静邃的眼神，和着松涛、蝉鸣以及颂歌阵阵
瞬间，将她击中

等待吧。伏波台高处不胜寒
一株过早被秋色裹挟的未名山草，正异军突起

七月十五夜逢台风过境

突然想出去走走。夜灯下
街头一片清寂。小贩们兀自沉默
地摊上一大堆饱含粗粝暖意的棉胎被絮
以及锅碗瓢盆，静候那么多风雨飘摇的肉身
前来认领

应是最后一日。结夏安居修行
粗茶淡饭，素心寡欲
盆罗百味留给特殊的需要者，正如
"我从前是个胖子，现在
和所有躺着的人一样有骨感"……

嗯，中元节，台风夜
褪红绳，卸铃铛，勿锦衣，早归门
人间悲凉依旧，孤魂们正结伴绕道同行

不如等他骑马归来

一个人的晚餐
有时简朴有时繁复，正如
年岁渐长
孑然独处的时光总是纷至沓来

今晚摒弃传统的清炒
花椰菜成了盘中唯一的主角

免去蒜末姜片的俗套
佐以香辣肉酱，饰加三色甜椒
那盲目、那分明、那风情中的突兀
竟然不可名状

窗外无月，夜色难赋
她开始摸索到自己，愈来愈凉
舌尖颓然之际
忽接故人短信："不如等他骑马归来"

暴雨突至

一切来得突然，但似乎又是应景的
刚刚还在激烈地讨论，那无处安放的青春
悬，而未决。自责在我
总是困顿于琐事和眼色。跌宕沉溺中
雨水瞬即溯窗而下，过往彼此
了无痕迹

凝重的午后。欲且抛却不解和沉闷
重返轻盈和跳跃
却无从寻觅那条秘径
也罢。从此，没有了安静的倾听
更不会再有喷薄的泄诉，以及
处处沦陷

论消逝

突然又想写写
死亡。缘由近日晨醒
总是听闻窗外哀乐
追随殡仪车缓缓坠入
十二层的高空。我闭上眼睛
那透支的光亮
竟来自狭小棺木的
幽暗部分。我起身梳洗
那群生动的亡魂
又跳跃着
即将陨落于远处山巅的沉默

——多么纯粹的

自由落体。如果乐声消逝
有人仍将继续
寡欢郁郁

平静的湖水多么忧郁

是沉默的午后。这个喧腾的
后现代主义时代。工地上
打桩机、起吊机集体哑然失声
在一座近郊的桥上
他突然回头，说——
你看，平静的湖水
多么忧郁。枯竭的人
无以抵挡那聚拢在心头的
火焰呐

是的。湖面漂萍，那么近
那么清醒。她也正等待
一场大雨——
轰隆隆，将其覆盖

九月练习曲

九月的第二个清晨，街头
开始笼罩起理想主义的薄雾。
她在开往妇幼保健院的
第十八路公交上，带着破晓的颤栗，
练习沉思。盛夏已尽，
太阳并未在几场微雨后躬身告辞。
她不得不重视，摇撼在车厢两端，
那些满脸秋色的人们。身旁的
年轻孕妇，那耽溺的眼神
有一种不动声色的良愿。
而窗外不时闪过行道两旁
茂密的香樟，那小小新叶的
绿色光芒，多么鲜亮——
它足以使人世丰盈与慰藉
这正与她胸中不断暗涌的迷狂
遥相呼应。是啊，她近日所见的事物
总是如此，缠绵而坚定。

初梅的诗

蝴蝶秘密受孕

白天我在榆山上结为金兰的那只蝴蝶
夜晚又到榆山尕来看我
告诉我,她就要出嫁

它在我的梦境里,画眉线,贴花黄
高高的发髻上别着银簪
破晓时分,它秘密受孕

我醒来时
母亲坐在红堂堂的灶火前
成千上万只蝴蝶,正从她的烟囱里
翩翩飞进朝阳
一村的人家,都推开了紧闭一夜的街门
抬头仰望,眼睛明亮

想从前半生退出

想从前半生退出
开一间小小的茶舍,安身立命
长安城长安区长安街长安花园
——多好的舍址
站在楼顶,南山可望
我的一百二十六平方居室,将重新规划
玄关之处,用雕花仿古门框和珠帘
隔开红尘。珠帘响动时
我坐在窗前的凤尾竹下抬起头
便见我布衣素面的姐妹,浅笑着进来

是的,我的茶舍太小,只容得下我的姐妹

我的干净的姐妹们
兰科,水性,菩萨心肠
适宜在我的"无尘阁",暗香浮动
当然,还要辟出一室
供我们吟诗、作画、写小楷

每个姐妹,都配一把钥匙
想来时,自己开门
如果我不在,就是去了南山
你们自己取茶,自己品
如果我偶尔扶在老榆木圈椅上,睡着了
那是我修活了体内的神,带我入了禅境
你们,别叫醒我

颂词:和你去蓬莱仙岛

一

四百零四个岛屿,选最小的一个
和你在那里,过简单生活
白天捕鱼,晒网
晚上研诗,相爱,成为彼此,成为仙

从前枉费的好时光
神赋予它重生的意义,又交给我们
我们因此内心宁静,赞美一切
身体里充满了金黄的沙滩和迷人的蓝

你望向我时,海鸥纷纷降落
仿佛上帝抛下了眠床
海有多么辽阔,床就有多么辽阔
我们金黄深蓝的基因,就有多么辽阔

二

想象着这样简单又伟大的生活
我的心，每一天都在临近圣洁
慈悲的众神啊，怀抱我们的子孙
已在那里等了五千年

驾雾的观音，戏珠的双龙，沙滩上的九子，白
峰上的雪
还有浦门的晓日，石壁的残照
都是众神安排给我们的乡邻
它们出身名门，比真理柔软，比光阴温暖

比所有人类的情感，都更接近永恒
这一生的缘未尽，它们还会续到来生
生生世世啊，见证并传颂我们
刻满仙岛的情歌

三

每一天都是神赐予我们的最美礼物
五千年的历史和亲人，值得我们信赖

五千年的海风，将爱吹向高处的灵魂
俯视岛屿上相爱的人

相爱的人啊，扯下陆地的面纱，从中年诞生
出身变得高贵，互为母婴
爱高悬的日月星辰，爱海底的珊瑚珍珠
相信岛上的兽，海里的鱼，天空的鸟

它们都善于思考
表现出来或潜在的一切声音，行为方式
都是在自由地创造神话
托举着我们做为原始岛民，直白而深刻的一生

四

在那里，我们将开启新的时代
文字记载的，将是我们的简史
哪座岛屿是我们的产床，哪座岛屿为我们接
生，都有神谕
我们将在那里，接受完整的教育，渡过完整的
生命

将用我们的符号，为每一座岛屿重新命名
浪花接近这些新名
就成了毛色纯净的羊群
大海献出所有有光的草场，为它们终生牧歌

它们因不惧死亡而迅速获得新生
深藏在皮毛里的珍珠，携带宇宙的火种
当闪电在大海上空划过，那是众神
用光芒召唤光芒，用惊世指引创世

五

一切并未发生，我还远在长安
虚幻的长安，不确定的长安
左手执矛，右手以盾遮面的长安
千年城墙万年秦岭，皆难以阻挡雾霾的长安

和你去蓬莱仙岛，不能止于审美，止于颂词
在长安，我一直都是安静的
像温驯的羔羊
像断了奶的孩子，尚在母亲怀中

但是我知道，我的皮毛里，一直深藏着珍珠
深藏着我和你的时代，我和你的简史
日夜等待闪电的召唤、指引
和你去岱山，去蓬莱仙岛

阴山岩画

站在阴山岩画前
我的手指，有足够的耐心和热爱
寸寸抚过三头麋鹿（也许是岩羊），两个太阳神
转身，抚到一张笑脸
抚到它剥落的唇，模糊的眼神
一只小红蚁，突然爬上它的眼角
仿佛它瞬间溢出的
一滴泪珠

我有短暂的迷茫，在那滴泪珠里
看到长须的王，赤红的马，征尘，弯弓，烈酒
桃花浴血，美人沦陷……

以及易疼易伤之词里，又一次抽身而去的
我灵魂的孤绝

一只海鸥在我的头顶，久久不去

一只海鸥在我的头顶，久久不去
仿佛我囚禁已久的灵魂，跳出了肉身
想飞，又不忍弃我

多年之前
我在头顶孕育过珍珠、旗帜、童贞、蓝、
乌托邦之乡
它们都通向美——
人性之美，神灵之美
最后都难逃厄运，像一个又一个寓言
在乌鸦的聒噪里，落于俗套

现在，什么指引我一路向南
来到了这靠近神谕的小小岛屿
什么指引面前的大海派出一只海鸥
在我的头顶，久久不去，正慢慢复苏我
高贵无比的泪水？

将影子，印在黄河之上

我喜欢，并痴迷于这样的交融
一个庞大和微小的事物
彼此都有混沌的来历，恣意的野性子
都被大禹治理过，后来变得温良

在龙门古渡，我不作鲤鱼，不跃龙门
只立于黄河岸边，将影子
印在黄河之上，静止不动
仿佛我是它身上完美无缺的
胎记

进文庙，过泮桥

为官要泽被一方，作文要感化众生
我的书生啊，这是三月，春风正得意
恰好的时光里，你高抬足，进文庙
牵引着一座韩城的龙脉

花儿向长安，又开了一些
"户尽可封"的传说
在七十二条古巷，三十几座庙宇间
又多了一些
我的书生啊，你收起折扇，踏上泮桥
我便在你的背影里
望见了千年功名，万年史记

我频繁想念的一匹马

我频繁想念的一匹马
扬起前蹄，逃出最后一场战争
于天色将暮的烟尘中，渐近
末路的英雄，半卧在它的脊背上

河边浣衣的女儿
水光打在她不可预知的眼底
她看到水中晃动的马
马背上的英雄，英雄铠甲上凝固的血液

这些，就在她的身后，她不好意思立即转身
因为，她已经热泪盈眶

刹那忧伤

M，我只能看到你的今生
只能看到，你与生俱来的孤傲
高高在上
深夜的寒星一样，俯视我混迹人间
却又有别于众生的命运
清冷而迷人

我只仰望你，不轻易打扰
可是如果我在某个时刻
突然紧紧抱住你
哭泣
那一定是有人突兀地，果断地

拉开了我严丝合缝的幕布
——
我那封闭的，小小的戏台子上
无人走台步，甩水袖
（事实上它荒凉已久）

刹那的忧伤
刹那的忧伤涌出我的眼眶，淹没了小戏台

M，我这个被风骨和美德
拿住了半生的人
我这个实际上去路茫茫，只能与自己的名字
相依为命的人
除了抱紧你哭泣，大概认不出那个拉开幕布
却隐在幕后
对我絮语，完成时间的人

出　逃

裸着足，拽着长裙
她一次又一次，做着无声的出逃
从远古逃到当下，又从当下逃回远古
从黑夜逃到黎明，又从黎明逃回黑夜
从故园逃到他乡，又从他乡逃回故园
从井底逃到河流，又从河流逃回井底
从少年逃到中年，又从中年逃回少年
从厨房逃到远去的火车，又从远去的火车逃回
厨房
从婴儿清澈的眼睛，逃到风沙弥漫的长安街头
又从风沙弥漫的长安街头，逃回婴儿清澈的眼
睛
从三千青丝，逃到一枚大漠上的香疤
又从一枚大漠上的香疤，逃回三千青丝
……

她一次又一次，做着无声的出逃
直到双足绽满疼至肺腹的花朵，裙裾上密布了
蛛网
直到钟表停止了摆动，闪着悲怆的光芒

2015年2月19日兴教寺上香

一

佛前的香火旺盛，仍缺我供上的这三炷
一炷是我，一炷是你，还有一炷
是爱

二

佛前的香火旺，因为世人的贪念重
佛不说话，只看，也不看穿

三

佛，我不怕你看穿
我是俗人，食五谷杂粮，有贪念
我不止祈求你，佑他爱我犹如我爱他，我还祈
求你
佑我的孩子，佑我的父母，佑我无力爱及的
天下弱小，快乐，安康

张珏的诗

你是雪

在乌镇
却看不到黑
尤其是那样的夜
空中旋转的光
消削着厚与浓
打磨的光阴
忽然释放天大的独白
江山，树林，屋檐和人烟
都是幽径
它纷纷地行进
它风风火火地自由
它称帝王做布衣，筑国度开原野
空白身份空白功业
空白日落和月升的理由
在深重的境地里
生

二月华诞

路过年月的开头
跳过最初的光阴
无意一月里的新
躲过陆地上鳌黑的爬行物
安居这个星球
有风的性情和水的名字
容纳存藏和释放
容纳冷热和温煦
容纳生命的三态
没有开谢没有失漏

我们总是
做不成游弋的水族、行步的牛羊
做不成两栖灵类、庞大的天物
做不成丽日豆蔻、原野之王
做不成弓手、平僧
我们总是
噙着二月的时空
与一群天使
认亲

湖风

不断地看到你说的打绺的湖水
光阴被卷曲的表情
波动的眉目
起伏的声色

那么轻而易举地被闪烁和暗沉
并过渡着沥水的飘物
以及星辰与太阳的倒影
还有被鱼穿破的脸

风时常在制造粗细不均的纹理
纷繁流程
除非哪天它静息了
湖能袒露出安宁

明示毫不隐晦的细节
抚恤即开即谢的花
和平的世界
再无被抛弃上岸的游子

重 逢

我被安放在江南的山水
做桃柳少艾，莲荷伊人，菊桂乡亲，梅兰同仁
拾掇深巷的星子，饮啜黎明时的露
打亮抱青的影子
点拨玉皇山和保俶塔
水墨苏堤和白堤

我抚慰着扑面而来的妩媚
专注断桥旁的幽居
那处朝向湖水的方位
有一扇门，有一个人
正作响声色
出使音节
情景的仪式
由此开始

我必须念出乡音和你身上的锦绣
见证你的原本
分明出真相
从由来到去向
从时刻到空间
一场旷世恰好重逢
你的山水
已经与我缔合

清明情话

此刻，我以无数次与你约定的密码
敲响这方时空之门
出示旷世的
气息里的神色和体温
形影交响了
亲密

总是这样的暖春的心思
捧上四月
家园的情事

啜酒放歌，会意一烛香
敞开仪式
明鉴天大的典礼

鲜明从前、今日和未来的未来
光阴的通道里
你我以天籁的角儿
无限化身

黄昏里的动静

一些举动止于黄昏
飞禽开始转换时空
眼神的路线越来越短
林间、水边、墙角、檐下
一个身子的阴影里
固定了分秒

居安思危的情形
小心翼翼的黄昏色
翅膀应声收敛
啾鸣放逐天涯或沉落泥土
在日夜交界时完成护身符

与花香分出轨迹
与光亮分出深浅
物化成一团青紫
逃脱于人间
藏匿于人间

我和你的星球

我们背负印记和刺青
不上天也不落地，甚至
不说话也不招手
眼神交换秘籍
暗示口令

从进入开始就布下了出行
提着血肉，或者卸下
只留痕迹表述一场体会

结论将继续生长
以无数粒子的生息
浩淼开去
游弋的
相遇在原址收藏的部落

我是始终明白的人
与你一样有彻夜的心
通宵倾注和流溢
甚至穿透拂晓
随你奔放

来　往

那一轮火红的夕阳
不是走山道不是穿密林不是航海路离开的
它只是滑出了我过于笔直的视线
和我身体的平面
转投的光芒，改变了颜色
时空从一种明亮妆扮成另一种明亮
似乎夜不会随意地黑

更深时分，四下在沉沦
高挂有无限落差
准时闭关的器官不需要光
时间安排了梦或者梦游
做着日光里所有的可能和不可能
直到挖空心思
被破晓

出　发

这片风花开上沧海的波峰
高举出雪月的潮声
将曾经造化的桑田
亮出天物
千万次超越海平面
放逐时空里的时空

与岸边的阡陌分离出年轮
无以计算春秋、生息和存亡
以及黄绿更替的风水
沙滩间隔着炊烟
蔚蓝没有日夜

可以出使家园了
一尘不染地去

清明之约

你已经将毕生的时光
就此安放
声音、举止、肉体和筋骨极度精炼
以微小进入领空
那一刻，白昼的尽头辽阔起来
蓦然纷飞的，有了幽隐的航道
带着细密的来自旧日折射的清明
如今夜，你缀满星子
又一次降临

玉皇山顶。你雕琢了光芒
将年轮里集聚的剔透
点拨成明珠
镶风嵌露，还这么出色

书　信

将一个陌生的名字安放在格子里
将一笺向对陌生的心情安放在格子里
开始串联
一座城贯通了古迹
一野果穗浮出沉香
一个五月布满了图
纵横绵延的脉络里
生命中的眉目开放了基因
骨骼和血肉的凭证
密密麻麻的定格
明确成生息
破译光阴的瞬间
完成对接
意外落入了意料之中

星河浮雕

陈蕊英的诗

埠头

我常常会想起老樟树下
那一个属我的埠头
生命的河流在这儿拐弯
一只船，在等我远游

前面有怎一番美景等候
我可是无法探究
也许是熙熙攘攘的村市
兜售声，盘秤，鱼篓……

也许是公园，灰鸽的草坪
碑廊外吉他的梦游
也许是竹林边几间瓦舍
河滩上几只沙鸥

景真好，却不想上岸逗留
我只有属我的埠头……

风灯

漠原。骆驼客在寻求风灯
照着他去穿出魔鬼方阵
夜来了，北极星亮亮地说
走吧，正前方定会有人声

大海。夜航船在寻求风灯
照着它去绕过险境航行
那不就是吗？礁上的灯塔
多美，多良善，亲切的提醒

荒街。流浪人在寻求风灯
但家家门紧闭。不见人影
是进入死域了？不，街灯在
会有夜店，碳炉的温馨

呵，我也有属于我的风灯——
亮着的夜窗里，期盼的魂

桂花树

这株桂花树在院子东角
已经历三十度春温秋肃
刚植时它可是又矮又瘦
如今高大了，枝叶婆娑

它站着，从没有移过一步
只默默静观春花秋月
中秋夜，当我们树下聚餐
它会突然把芬芳倾吐

可事后它又会陷入寂寞
看天，看星，看日升日落
算着几对鸟会前来啁啾
几朵白云从头顶飘过

我想：自己的哀愁欢乐
也会在它的年轮里记着……

小巷

古镇的小巷，梅熟时分

少女有清纯的双睛
撑一伞烟雨，徘徊在
泥路上，呵，白球鞋，倩影

心头的小巷，蕙风熏人
鹁鸪有渴求的啼鸣
轰轰烈烈地相遇在
颓墙边，呵，又别了，黄昏……

如今，古镇这一角没有变
又一个小女孩长大了
出小巷，她走向迢遥

如今，心头这一角也没变
老眼却已经浑浊了
进小巷，你过往难找……

暴　雨

孤坐在临水的阁楼
望苏堤像条雾织的丝绸
我知道雨就要来了
一阵风，一湖的碧水起皱

郁云在急速地飞走
蜻蜓的纱翅斜着飘游
电光挟沉雷疾掠过
发乱了，一阵凉滑落肩头

天于是倾诉起绸缪
大地被狂热的怀念浸透
暴雨里我有了古梦：
驿桥边，客船，笛韵悠悠

天地间这场旷远的哀愁，
感喟出离人的相思缕缕……

桥

桥，接通此岸彼岸
使大地连成一马平川

此岸能延伸麦地柳林
彼岸能扩展牛羊草甸

桥，搭在你我心坎
让人类拥有大同境界
人性与美善密切交往
真理与自由永结良缘

江水在桥下奔腾向前
带走了前天昨天
桥，永远向隔漠挑战

时光在瞬间流向遥远
流走了娇容玉颜
桥，见证着人世变迁……

伞

孤独的旅人行走在
迷濛的大江边
风来了，雨来了
没法儿躲躲雨怎办？

于是有智者望着雨
设计出油纸伞
风来了，雨来了
撑着伞听雨韵悠远

心儿里风雨来时
也想有把伞
可这种伞哪会有呢？

"有的是我设计的
这不就是吗？"
你送过来一首小诗……

路

为了去追踪新的梦想
这世界也就有了路
它总以激情去迎接

荆棘巉岩的前途

为了去寻觅美的记忆
这世界也就有了路
它全凭叹息去铺筑
长亭短亭的归途

呵，超越地球空间
建条路：太空飞船
通向天宫神殿

呵，超越地球时间
筑起路：盘山驿道
攀上极顶境界……

葫芦庙

葫芦庙在山里少人进香
虽说它也算是一种信仰
十来年你架梁添柱
才搭成这小小佛堂

不管雨雪天或风清月朗
你都在祷祝人世安康
这儿的神龛也有幸
烟篆氤氲得芬芳

草青又草黄，世事沧桑
城里的相国寺已变商场
葫芦庙却晨昏依旧
你也没改换旧装——

穿着布鞋子在山野来往
兴来时，和空山众鸟和唱……

笔和表

又要去远方了
迎风暴，横渡汪洋
你说："赠个什么吧
使我能时时怀想"

"那就赠支笔，好吗
墨水是我的血液
写出来，点点滴滴……"

又要去远方了
随驼铃穿越大漠
他说："赠个什么吧
有它就不再孤独"

"那就赠块表，好吗
我在分分秒秒里
伴你到克拉玛依"……

林明忠的诗

跨海大桥

它否定了海和海水,否定了
原先时间和空间的约定
甚至否定两条腿一米的距离
它硬生生把岛与岛千万年的呼唤
传递出来,第一次不随风,不随浪
变得坚硬,同时也失去弹性
——又一座跳跃的岛消失

它能代替船吗?或许能代替沟通
但永远不能代替船的沉浮
船与风浪的搏斗,以及在
月夜悠悠地搬运思念
这一跨好痛,仿佛踏在船的肩上
帆影如蝶——伤口开满春天

桥,只是取了一个与海有关的名字
然后把海扔下去,或者说
把海排挤出去,像挤出旅程的水分和寂寞

落潮的沙滩上飞过一只海鸟

它不知道海水已换了一张皮肤
退潮的沙滩是安静的面孔
它想象那弯弧形是巨大的翅膀
细细的水波像指纹一样生动
它如兰花的脚趾踏在半空

它用翅膀把自己高高吊起
像一架风车吊着自己丰腴的大腿
滑过海面,滑过滩涂,它要寻找
落点,不能停在水面呼吸
这只飞翔的海鸟发出了鸣叫

它已吊不动自己的影子,那影子
越聚越厚,越来越低,吹一口气
就会掉下来,它拼命地把自己折叠
一对翅膀打着手语,像攀爬着
艰难的绳索,它要折成一根羽毛
快要飞过了那片落潮的沙滩

偶 遇

冬日的沙滩被处置成另一种摆设
少女的鞋靠近海水
靠近点燃,如此的疯狂不无与她内心所需
存在合理
这很容易使人产生想象

孤身的站立让她呢质的大衣垂下山水般沉
重的线条
一只双肩包完成
她出生以来所有的想象空间
如今巨大的沙滩成为她摆设的背景
她仿佛移动在唱片上
构成同一个时间的还有船

这条铁质的船代替了木质的船
铁遇水会沉,但造船会浮
一个时代淘汰了一片风浪
少女与它处在同一个波浪线上

星河浮雕

波浪浮动少女的视线，正好压低船的欲望

沙滩上一轮轮滚动的痕迹犹如木质的纹理
冬日不适宜拥抱，在海边画一个三角
铲除铁壳上长出的螺壳
吞吃下一部分船的速度
她身处这样一种孤立无援甚至被风压迫
她没有逃遁她学会自己陷入风景

衢山岛在继续修建码头

快艇在中途靠了一靠衢山
舷窗上有我的五指，滑动玻璃
浪花扑面的模糊，码头略过
轻易得如远处一艘停泊的浙岱渔04486船

密集的钢管插入海底，一个现场
在施工岛屿出行的全部修辞

回家的路上总有各种提醒
见到衢山知道了还有一半的路程
它的折中让寂寞有了停顿

正好是午饭时分，坐船的饥饿不再摇摆
吃一盒快餐，顺眼望望山的丰盛和岛的光芒

等船的人集体观望，中途
船的靠岸，像两个肉体的碰撞
激起一块输送千丝万缕的跳板

生活在停靠中有了某种内在的关联
这些年无数次经过，只是路过
广播在喊衢山，可没有我的下文

突然间，想起我的侄子的外婆就在这个岛上

饭 盒

妻子的头发，是被海风吹乱的
她背上婴儿的熟睡像陶罐倾斜的山泉
丈夫从船头伸过来一根竹篙

像钓鱼一样叼走她手中的饭盒
一天，就是在这样的晚餐中结束

他别无选择，船又将离开码头

这一丈的距离难以碰到妻子的手，这一天的
交换，省去眼神也省去语言
除了码头，再没有多余的动作
只有转身的背影像异乡的夜一样汹涌

她立在码头，曾经的水痕高过她
三个头顶，她如一卷缆绳
迟迟不肯解开她心中最细软的那个接口

等 潮

失而复得的一张渔网，引诱他
向海涂的深处划去
涂面的平滑是海水打造的，但它的
柔软可以制造一条船的灭顶之灾
他凭借一只筏子的面积，与那张网对拉
有时是他在拉网，有时是网在拉他
海底倒向网的一边，他的一边是血肉的挣扎

这样，他们之间的距离在缩短
就像他们背后黄昏的距离在缩短
筏子拖出一条明晰的印痕
像追寻而去留下的一段空白
滚打淤泥的渔网最终从海底被收回
连同自己一起堆积，筏子从上到下犹如泥塑
时光轮回，他和它们都失去了上岸的时机

船靠岸边

这些船靠在岸边，怎么看
都像一些鱼，下巴扣在碗边的一条条
鱼，家养的，当然没有人来垂钓，没有网
能够捕捉，生活无法把它当作玩具

这些船像睡着了一般，它们的
鼾声是水做的，把自己高高地浮起来

浮过岸线，并且让岛屿摇晃
像一只醉了的酒瓶，倒空了那些
澎湃而泄的想象，我很想摸摸这些船头

摸摸船头睡眠的长发，尽管我看不到
船头有长发还是短发，可我相信
它蓬勃的发型即将打开，它作为船
要四海为家，它作为鱼也已别无选择

以鱼捕鱼，算不算诱惑
也许只是模仿，却偶然的相像
不可避免如古老的装扮
命运相似，船头描上鱼眼睛
把海底看得像风一样清
那些暗礁像尖刀刺破船底
它学会如鱼狡猾地逃遁

我真的够不着，在船头和山头之间
隔着海水，隔着空白，这些船头高过
我的视线，我举起它成为我的山脉
只有小渔村的女人，月光如钩
把一条条的船钓到窗前

我坐在夜船上不想动

左舷和右舷同样对称
夜均匀地分布两边，各自承担栏杆上的瞭望

浪花又一次翻开苏醒
低下头，一个劲地看久了眩晕

船与船以彼此的灯光判断距离和
方位，似乎围着我的中央

像时间钻进我的内心，尖锐开始变软

游客反驳着游客，你以为是渔船？
因为他们都惊讶夜船的快速

我把自己缩在角落
想起坐夜船的经历，恍惚过去30年
之后只有渔船夜航，客轮好像一个人怕走夜路

舱内的灯光如织，照得一排玻璃
像舞蹈房的镜子，把黑暗推到深渊的背面
我们同时看清了自己的脸

看着一条渔船离开码头

一条船看着，另一条船
离开码头，这样本来的两条船
都变成了孤单；一群船看着
只一条船离开码头，这条船渺小得不像是一条船

随之而来的细微区别，已经不关乎
一条船或一群船，而是此时此刻的离开
离开是看着的理由，看着不知加重了多少离开的
码头

海面黑得如漆。似胶
点点船灯如粘贴在网中的鱼——遥远地鸣叫
有些船定会在不远处，寻声而来

只有一条船看着另一条船
才能看清慢慢消失自己的岸
像一条鱼看着另一条鱼的
肉体、灵魂、空腹的白色的吃水线

西湖练习曲（组诗）

● 姚 风

一

细雨在湖面撒着硬币
而西湖已有福布斯的财富
绿色的保险箱里
收藏着玉镯、钻戒、银钗、金簪
那双三寸金莲的绣花鞋
已被浸泡至可以私奔的尺寸
一块早已脱离手腕的浪琴手表
静止于23点33分：绝望的爱情
酿成一桩命案，而警方尚不知情
但在楼外楼包厢里，情人们依然在谈情说爱
只有一条鱼在水中哭
它痛着，剔净身上的肉
只留下一根寒光闪闪的刺
它以醋为敌，以厨子为敌
以食客为敌
它拒绝以"西湖醋鱼"的名义闻名于世

二

难道死有这么浑圆的乳房吗？
莫非苏小小并没有死去？
是的，她没有死
一个青楼女子也可以不朽
比大多数人更为不朽
而这，只是她追求过她想要的生活
她活着，在时代的车水马龙中活着
以自己的方式活着
她屏蔽了周遭的喧闹，她推开攒动的人头
她站在自己的乳房上
向着远方眺望
然后独自坐在安静下来的西泠桥畔
阅读刚刚得到的一本书
——《安娜·卡列尼娜》

三

我和这熙熙攘攘的游人一样
都属于人民
就像西湖也属于人民
但我们的面目敷着雾霾
不如小面额人民币上的人民面目清朗
那么，就让我在这清晨的画布上
我把我自己，以及我周围的人民都画得好看
一些
画成散点透视的风景
重要的是删繁就简
最后，我和人民还是退出了画面
只剩下西湖
我想，西湖也厌倦了天天的一日游
他想单独静处一个时辰
就像一个留白
留给一截没有被钟表标记的时间

四

三潭印月，但还是苏轼的那轮明月吗
我裸身潜入湖水，捞月
我把月亮放在镜子里
用水银把它擦拭，把它辨别
最终，是要辨认自己
苏堤上，绿树生烟，东坡先生青衫飘逸
疾步向我奔来
手里举着一把铜镜

五

傍晚,我和西湖对坐
中间,一杯龙井翩舞,却无关愉悦与忧伤
湖说:我不是眼泪
我根本没有泪腺
说着,他腾地一声站了起来
向着天空跃去
这一次,他不再轻歌浅唱
一千万吨的西湖,化身巨大的飞瀑
从天而降
呼啸着从天而降

六

西湖上面的天
是西天吗
那么,请让我用这里的云洗面
请让我用这里的水净身
哪怕洗出一身淤泥
我也欢喜信乐,不生疑惑

七

大运河,是帝国的动脉还是静脉?
我坐在舒羽咖啡馆,看着濛濛细雨中
一条运煤船驶过
但我不知道一块块黑暗是如何被矿灯照亮的
一条运粮船驶过
但我不知道一茬茬收割后的土地有多么贫瘠
一条满载建筑材料的船驶过
但我知道幻想安得广厦千万间的杜甫并不是
时代的建筑师
一条铺着席梦思的龙床漂过
隋炀帝与他的嫔妃依旧在床上缠绵云雨
大运河流动着
裹挟着混浊的沉重缓缓地流动着
帝国的血脉
渐显栓塞的征兆
它需要一个疏通的支架
当然,要用国产的

星河组曲

为时间疗伤（组诗）

●张德强

修：诊疗时间

当周遭的一切都在匆匆赶路时
在街角一隅
钟表匠试图借助放大镜
窥视时间的内核

他用小镊子撬开手表后门
眯起眼探究时光深藏的秘密
发条松弛
齿轮停转
时间缘何突然休克
病灶在哪儿？他的诊疗
准确而熟练

以一个儿科大夫的细致与耐心
治愈时间之伤痛
他让分针秒针的脚步
重新不紧不慢
跟随旋转的地球翩翩起舞

在线链接

我上网，我在线
所以我存在
当我链接，当我埋头博客或微信
生命状态便只在电脑显示屏
和手机上展现

信息膨胀的消费时代
诗歌是虚拟世界的一朵奇葩

情寡淡，词口水
美的吟诵被油滑调侃
有谁还把诗当作心灵之酶

诗的表情
已从竹简铜鼎丝帛宣纸上赶走
被流放成数字光斑
一闪而过，抒情是多余的
矫饰和无奈
只能躲在舌底偷偷发酵

等待酿造
等待在线链接

方格手帕

从衣柜的抽屉角落翻出来
一块手帕
一块浅棕色格子手帕
洗得干干净净
小心翼翼折叠着

一方用旧了的青春记忆
为我收藏着
些许美好的学生时光

抿过嘴，擦过汗，兜过
细碎的友情故事
挥舞过站台上送别的寒风
如今毕竟老了
老成一片泛黄的枯叶
夹在岁月厚厚的册页间

充当书签

而我至今仍不大习惯用纸巾
总会下意识地伸向裤袋
掏手帕
试图掏出一幅带有体温的图案
好掩饰嘴角的皱纹

魔术师的手

没人相信这是真的
但谁都愿意享受他的欺骗

空间被他压缩或移动
时间反叛甚至消失
我开始怀疑物质的本原世界

当美女被切成两半，戒指穿透玻璃
当碎纸中突然飞出鸽子
众目睽睽下，他用狡黠的笑意
征服常识
魔术师的手
在虚幻中挥舞成一道白光

我不想为他见证奇迹
日常生活中有比他更高明的玩假者
随意糊弄着人生
却无人去戳穿诡计

马头墙

马头墙昂首向天
将我的眺望
骑在粉墙黛瓦之上
它鬃毛纷披，是一篷瓦楞草
随风飘拂
它弯弯的嘴角
仿佛飞檐在勉强微笑着
但早已灰暗斑驳
逐渐衰落的
除了家乡老屋，还有我的
记忆碎片
只有乡愁越来越浓烈

如一匹马在我耳旁
长嘶

猪圈旁的石狮子

一只残破的石狮子
侧翻在猪圈旁
被当作垫脚石，沾满了污泥

它不呻吟，也不叫屈
更不愿回忆
那曾经威武风光的日子

它守护过的朱漆大门
高高的门槛，天井，厅堂，厢房
如今早已无处寻觅

只剩那棵香樟树
独自陪伴它，用落叶一遍遍
掩饰着岁月的伤口

在锯木场

解剖一棵树的身体
不是为了让医大实习生熟悉
生理结构

在锯木场，来自深山老林
沿溪漂流而至的原木
将内心秘密
彻底裸露在阳光下

年轮散发出诱人的清芬
粗糙的树皮与细碎的锯末
紧紧依偎在墙角
静静地回忆着
那曾经生机勃勃的青葱岁月

却被突然响起的尖啸声
打断，电锯
又开始切割宁折不弯的
绿色魂魄

星河组曲

流浪者的歌（组诗）

● 李建军

流浪者

流浪是一场旅行
风自由自在地飞
树举起神秘的漫画
天空蓝得纯粹
溪水若有所思，荡漾花瓣

背上峰峦的行囊
骑着流云的白马
鱼，绷紧弓弦
让我游多远就多远

寻找无花果盛开的秘密
探索野蘑菇的图案
比人与人相遇更亲切
就让我比月亮更孤独吧
像尖锐的思想
刺穿所有的壁垒

旷野是一张白纸
阳光的灵魂书写墨痕
即使资本与温暖
像狐狸的踪迹
我仍以狂草的节拍踏歌而行

老井

拎着水井里的月亮
就像提一把微醉的酒壶
它愈发深邃的镜子
穿越青苔、燕子与跳跃的树
暗生斑驳的梯子与飞翔的思绪
它是另一种围城
或是生与死的界碑
一个声音渗出来：不会筑墓立传
一只蝴蝶总是围绕井壁飞，像天空
一边采撷花香，一边播种风雨

哦，历久弥新的井盖
能否隔离灵魂的垃圾与灰尘

饥饿

我口渴
喝干一池塘水
饥肠辘辘
挖光满山野菜
我像一条翻吐气泡的鱼
毫不犹豫地吞下钓钩
它像系上黑狗尾巴的铃铛
是斑驳土墙下啼醒清晨的公鸡
不仅仅是黑人孩子伸出双手的饥饿
不仅仅是一双眼睛穿透玻璃窗听读书的饥饿
而是空城失去星光的饥饿
而是孤村失去影子的饥饿
而是一个民族沉淀已久、填之不饱的饥饿
呵！饥饿无错，灵魂有错！

雨有多大

雨有多大
寂静而明亮的雨珠系着雨珠

就像一片大海连着另一片大海
就像一颗星星挨着另一颗星星

以它独树一帜的色彩
熄灭阳光、灯光与生命之光
以它无可抵御的声音
剔清我的肉体、骨头与灵魂

收集天空记忆的忧伤
收集层云思索的苦味
改变蚂蚁爬行的痕迹
改变蝴蝶飞舞的方向
它是一支顶天立地的火把
它是一匹驰骋乾坤的野马

我与它血液相通
我与它一起融化

若这片土地缺席良知、正义与公平
我这枚微不足道的雨花,也倾盆而下

雨有多大
星光与剑影抵不进的缝隙
都能到达
它是游子千呼万唤的一个词
它是魂牵梦萦的一头牛一只青蛙

孤　石

孤石
在我的手掌中握着
缓缓地,当它有了温度
就变成一只泣血的鸟雀
玻璃般透明地穿过岁月

它以戏剧的语言
无限地接近天空
像锋利的刀剑,穿越
神秘磁性的瀑布
让片片树叶溢满泪珠
亲吻着空中花园
让它摇摇欲坠
花瓣失色,粉蝶乱飞

它的呐喊
像苍茫的云,含笑的水
生命一瞬间,跌落
自身的谷底
它仰望着悬崖
悬崖俯瞰着它

一场暴风雨

我聆听雷鸣的旋律,聆听
风暴的马蹄声响起,看见
天空舞动雨珠的旗帜

树与树枝分离
花朵与蝴蝶分离,
鱼,吹上天空去
土地上溅起一片片雨的血迹

一场暴风雨
把一个个人影重叠起来
把灵魂和灵魂重叠起来

它停了,一声声
鸟鸣,洗净了世界

出中国记（组诗）

● 邹汉明

哥本哈根的小美人鱼

从斯德哥尔摩
到小美人鱼的哥本哈根
经过一个简易床的夜晚
一大早，我醒来
转弯抹角来看你
领受了千山万水的我来看你
看你跪海的赤裸，披挂的忧伤
我知道，你也在看我
两者无解
其实不必解

我中年，无辜，人民币，偶尔花出我不识
货的丹麦克朗

我知道有一年
你曾被锯首
我愿意认为，你是为美所锯首
我来
我也要锯你的首
用千条万条的水
和怜惜的汉家

圣彼得堡，
文学咖啡馆和普希金小坐

诗完成，笔放下
头发竖起
愤怒已出鞘
此刻你正要出门——去小树林

会一会小流氓

一杯伏特加
叫醒全身的眼睛
悲剧铺垫的白雪全都烧着了
圣彼得堡烧起来
以天才和悲伤的燃料

一身讥讽
一身地狱的烈焰
你若火中归来
请一饮而尽桌上的伏特加
此时，一个女粉丝
短信我代为问候

我欲无限地
靠近尘世的你
你的眼神
分明是吃惊——
但你不必吃惊
我来
致敬你勇敢的心

哈姆雷特在哈姆雷特宫

此刻，另一出戏正开场
——帕斯捷尔纳克《哈姆雷特》

波罗的海上空的乌云
十五世纪咳出的痰迹

海鸥飞临哈姆雷特宫

你的灵魂显出俊美的身形

草坡上，虚拟的一声炮响
致敬你的魂魄

生死仍是一个问题
你的灵魂仍是一个问题

你的灵魂升高到城堡的尖顶
你和我想说点儿什么

你的灵魂变成一只鸟
离城堡一公里的时候紧紧抓住一枚警灯

这是一个警示吧
在一个无法无天的世界警察就是在帮黑

另一出戏已经开演
或许重复你搭上性命的悲剧

哈姆雷特，免除我思想的重轭
我置身你的国度——十五世纪阴沉的鬼蜮

一个没有灵魂的国族不配谈论生死
一个不会倾听的王国也配不上你的沉思

莫斯科大雪

雪，和雪
撒一大把星粒在托尔斯泰故园

机场瞬间变成一个留白的句号
白色奔赴白色白色背负白色白色生下白色和白色

莫斯科
此刻白纸铺开等着细腰蜂臀的高跟鞋激烈撞怀

我敲着机窗，由内而外
雪扑灭我的归途，由外而内

莫斯科，犹记一八一二年大雪
冻掉拿破仑的鞋子

今雪一如旧雪
那不可一世的皇帝陛下差点儿回不了巴黎——

但我必须回到词典里的江南
SU208是一只老词根，吞下我瞬间飞越塔克拉玛干

在阿尔巴特大街

一个卖旧书的大胡子
对着黑镜头咆哮：No
他完全有资格击退一辆坦克
但，俄罗斯已击退纳粹并翻过革命这一页

连鬓胡的普希金仍站着
挽着新婚的妻子
欢乐是他手上一九九九年的一枝玫瑰
滴着黎明的夜露水
一站二百年，仍听得到
年轻人彻头彻尾的情话、疯话和胡话

普希金的新房站在大街一侧
绿房子，一八三一年的欢乐是绿色的吗？
这我不敢肯定

首饰店的玛瑙——正宗俄产
还有一位正宗俄罗斯少女——美，没得说
天知道怎么听出我赞美她
美少女来到我身边，挽住
我，一个力的意念，我可以拎走似的

至于老古玩店的象牙
绝对晚清的制作——靠得住
松树底下一头梅花鹿
弯曲一条爱新觉罗氏大腿
不能再俗的元素了，在异域竟是如此耀眼
其上，有鲜红的题尚
是江南某乡贤的涂鸦吗？
漂洋过海一百年
来此阿尔巴特大街，一探彼国究竟

还有满街的俄罗斯小油画

星河组曲

还有弹吉他的流浪汉膝盖前摆开一只风情小碗
满满一碗的俄罗斯忧伤
我在哪位同行的诗里啜饮过
普宁，念珠时代的阿赫玛托娃
还是被忧伤缢死的谢尔盖·亚历山德罗维奇·
叶赛宁？

涅瓦河

涅瓦河烟雾茫茫，太阳暗淡——阿赫玛托娃

涅瓦河很阔也很空
若用联共布党史的标尺量一量
就得出了俄国到苏联的那个宽度

我很好奇
俄历十月二十五日阿芙乐尔号巡洋舰的炮弹
是怎样飞过涅瓦河到达帝俄心脏的

本来就是一枚空炮嘛
俄人到底懂怜惜
冬宫里全是宝贝

涅瓦河全是流动的水
废话——涅瓦河说出的
阿芙乐尔号巡洋舰不就是一句无着落的废话

我减法的眼睛很少废话
我和我的灵魂飞奔在涅瓦河上
我清楚——那几乎是青年果戈理的凌波微步

在果戈理墓前

尖而长的鼻子——世界文学的果戈理形象
嗅出新一代文学赝品

关键中的关键
赝品不觉赝品
又一批漂洋过海来他墓前

黑大理石
黑的栅栏
躺倒的黑大衣，一件
下摆很宽大，蕾丝边

灰烬也知天才和闪电
都是黑色的——有棱角的立方体

坟头十字架
突兀于人间够久了

果戈理奇异的鼻子
突兀于十九世纪的俄国够久了

伟大的头颅被盗够久了
一种语言的无头文学不该有如此久长的睡眠

瑞典乡村抒怀

奔驰大巴奔驰着——以北欧的严谨
乡村以模糊的印象扑地一声跳出一幢铁锈红
别墅
乡村潦潦草草的虚线拉过了也就算了

我的眼睛拉过了
我的心灵说这个不算数
那我就再眨巴一下，用我的眼光给你们刷一
层好奇的漆

好奇和好漆的漆
好上加好——好到不了了之--好过了就算了
我还好，没赶上前车之鉴

乡村贼亮贼亮
好像嗜睡的北欧撕开了它的胸膛
"喏，那是心肝，
那是我们的肺。"瑞典人说

瑞典的乡村我看不分明
绿的绿，红的红，白的惨白，戴了面具似的白
偶尔看过一两个瑞典人
腿长得像鹭鸶——瑞典人的腿长得像北欧冬
天的一个春梦

人物志：没有谁为曾经的存在作证 (组诗)

● 宫白云

朝圣者

山水各在其位
偶有几声鸟叫擦亮颂词
灯红酒绿下多少头颅抬不起来
半空中的麻雀站成一面经幡
不必问世人都来自何处
他们忙前忙后
一生经营着死的事业
每棵草的头顶都有过露水珠
生命没有对错
太多的人活得不知所以
仿佛骨质疏松的雪
不知所以地飘在街道
河面，树木，村庄
飘在一路跑向故乡的火车
飘在匍匐在地朝圣者
白色身体

创造者
——题宋晓杰画作

谁能预言灵性的来去呢
当悬着的心悬起一张床
那躺下的地方，荒凉的壮美
在这里，创造者找到了拯救
无拘无束的呼吸
如一朵云或一棵树
伴着一声鸟叫
那延伸的舌头延长了触觉和听觉

美妙活着的肌体
就像花园弥补了大地的颜色
飞翔的小鸟
弥补了天空的神性
你念想一个梦的实在
像一个信徒
念想某些神圣的出处
你需要获得却不了解失去
你一次次哽咽
什么也不能阻止向上的生长
当四肢拱出僵硬的身躯
成为向上的树
小小的尘世响起了风声
直到雪使它们柔软
使它们成为另一种秘密的活力
宛如哗哗的溪水承接
另一处清晨

占卜者

嘴里念念有词
掐指算计着人来人往的前世今生
仿佛通晓所有的因果报应

而我也曾三生有幸
在另一个往世花好月圆
和爱我的人放牧过羊群
一起制造蜜糖、欢愉和传说

西风起，占卜者嘴角一圈光晕
我极目搜寻那片好看的山坡
一行泪水不知为谁所倾

星河组曲

花朵在自己的花蜜里打坐
虚妄蹲在自己的牢笼
占卜者蹲在自己的摊前
占卜别人的一生

太阳落山了
黄昏很美
美得我无从描述

恋物者

收集朴拙的日常器皿
酒瓶，奇形怪状的坛坛罐罐
残缺的纸币，邮票
老旧的照片、书画、杂志
总想让日子变出一些
出乎意料的花样
不可想象这些物品曾被多少次抚摸
在明亮与黑暗时
但它们从未真正完成过理想中的高潮
它们被摆弄，被搁置
被挽留
好像它们是从未离开的眷侣
未安葬的情话
未抵及的禁地，未擦亮的墓碑
未开始的破碎
未亡的水边双白鹭

异己者

取一杯酒，听鹧鸪唱歌
偏有不知趣之人破坏这一幕
掏出弹弓对准鹧鸪身上的黑白眼珠
手心捏一把汗
想象鹧鸪化成空气逃走
想象何其漫长
仿佛衰老的一生走在阴郁的街头
路遇树下的繁花

难免孤身凝视
那堆白雪在内心的呼应下
渐渐发出鸟的欢叫

倒退者

常在江边走
鞋也湿了几双
大概还想遇到几个有意思的人
倒着行走的人把鞋
拎在手里

晚风又吹起来了
前方的小男孩牵着宠物狗
也在倒退着走
天空的蓝
褪色的比预想来得更早

落日的余晖烁烁地翻动江面
那些后退的潮水
青青涩涩
又涌了回来

扫墓者

来的路与回的路是同一条路
太阳晒着——
满山坡的落叶，泛着金黄

谁从外面，走进去
谁从里面，穿出来

谁闭上眼，看见他
谁捂上嘴，说出你

谁能挽留——

世上无声无息的消失
伴着头顶温和的微光

乡间小调（组诗）

● 海 湄

种一棵自己的菠菜

种一棵菠菜
结种子，生养小菠菜
四月寂寞，野花白而繁忙
可以咣当的
内心空旷
静止在静止前
失控，清明，大团的柳絮
阻挡车轮

说不清这一站
会停多久，活人陆续
赶来，有人点灯，杂色的鸟屎
纷纷落下来
有人问：下雨了吗？
眼看着在他，她，返青的菠菜脸上
滚过一声春雷

快乐，像一那么简单

当枯树枝向天空播放音乐时
有人哼起陕北小调
妹妹送哥哥
送到了浪边边上，光线刚好照着
他的游离，如果他是陌生人
我希望光线更锐利一些
如果他是熟人
我会给他一个附加
简单的，酥脆的，形象鲜明的
不需要佩戴，他望着我，像荒僻山野间

文明的兽，黄昏正在消失
歌声卡在他的
喉结上

看不见的地方

我踩着你的膝
你让我看，看不见的地方
那段攀缘后，我重新坐回到时光
听薄暮日日
呼唤

岁月的墙，越来越陡峭了
回音一天高过一天
我抚摸过的地方
一口急待出水的井，一个时时打捞的
桶，撞出空空的
碰壁声

做一件事比想一个人重要

想起一个人，就想该晒晒毛毯了
就想该翻箱倒柜了

太阳把秋草的味道
照在陕西国棉三厂的标示牌上
仿佛照着你金色的头发和薄如蝉翼的肌肤

多年来，我把你执意送我的毛毯
当做一群漫无边际却朝着一个方向行走的羊
现在，他们长出了一些明亮而又尖锐的

星河组曲

毛，依着门框，你也
一定能看到

四月的站台

总有那么几天，山丘的另一端
会传来煤烟味和蒸汽声
片刻后，山丘沉默
铁轨，枕木，继续折磨陈旧的山河
我回望的童年，常常响起岁月的摩擦声

四月，燕子在柳条的缝隙处
贴上自己的甜
它，病中的小窝
负着三四只鹅黄的小嘴
三月过完了，四月却迟迟不肯到来

雪下面

清晨
刺开窗帘，一个更空寂的时刻
就要破窗而入

一条麻雀的
小命，在窗外
如果他肯，我想，请他进来

雪，带来了更多的雪
麻雀，带来了更多的
麻雀，窗外
依旧是雪前的世界

正午

最安静的，是植物接触植物的声音
我真想在上面跳一跳
或埋头哭泣一会
之前，我蜷缩着脚
茅草蜷缩着另一只脚
每一节草根都纠缠在独立中
每一寸茎都保留着被割到的声音

一微米的秋天

跳，甚至还没有离开地面
我就融入了秋天
在最后一片黄叶飘落时,我看到了整个夕阳
它，轻轻一晃，交响乐，缓缓地
一坠

我选择了泪流满面
我不得不仰头注目
数个绿色的果实
我要歌颂这个时刻，我兀自唱起荒凉的歌

有一种豆荚

有一种豆荚被夏天的季候风
送进田野和人的鼻孔
微醺和鲜嫩的
我骗你了么
避开看园人的眼睛和野草
在内心藏好安详的虎，我看到浑圆的豆
被拉出红尘

故乡辞(组诗)

● 方从飞

在城市,与表弟相遇

村庄已经散了
山上的树木也偷着跑出来
表弟努力用麻绳
把自己和城市捆在一起

表弟在街上看见我
隔着湍急的车流,不放弃地喊
像孩子认出故乡,真心欢喜
我们点燃往事
一口接一口
把劣质的生活深深吸入肺里
我们多次说到粮食
但自始而终
没提及荒芜的土地

此 刻

鹭鸶落在养殖塘中央
数量,仍然是一只

而大密草是更多的后排观众
波浪藏在丛中

我赤着脚,沿盐碱路走
如果能走向过去
需要多大毅力
才能让喜悦不那么明显

沾满泥巴的渔民,百米外
与我聊起收成
声音那么清晰
弹胡听到了,鱼虾听到了
当我转身,它们在滩涂上藏匿无踪

只有小船的彩旗仍在挥舞
如果主人不来,它们会这样
固执地度过一下午

故乡辞

压在西兰花上的阳光
轻得不能再轻,仿佛懂得
故乡已背不动太多的光阴

风吹到沧桑的事物
那么小心,仿佛知道
窗户的破洞,蜘蛛刚刚补好

山脚土地庙
像长辈答复晚辈的常用语:一切尚好
与土地打了一辈子交道的村民
在庙宇里,顺从地弯下腰

河边柳树,那么多年迈不开腿
等我树下抽烟发呆
成群的鸭子拍打着水面
往事,仿佛就要游回来

三岔路口遇见一只羊

它站在五菱车斗上

星河组曲

受伤的后腿被迫抬起
像要指出
宿命无从避免

它颤抖着,从空旷的人眼里
找寻同类。让我想起
山坡草地甚至荒岛,至少
能让它坐下来歇歇的地方

它不停咩叫,脖子上的
麻绳像一小段路快要走完
稚气未脱的脸,越看越像
一个少年,突然懂得了艰难时世

三月,看牢一棵盆栽树

没想到,一棵盆栽的发财树
也让我如此操心
它的举动近期明显反常
靠墙的枝叶
依然耷拉着脑袋
靠窗的叶片,却显得格外娇艳
有一次,它还把枝条伸出窗口
被一场大雨弄成骨折
我不得不把它非分的念头拽回来
下班时,我将门反锁
我担心它一定听到了什么
会一时冲动跑到野外。说真的
在春天,谁都想干点坏事
但经不起风雨的
必须让它忍住

推心置腹

珍惜嘘寒问暖的机会
多与风烛残年聊天,多向生活请教
哪些日子可以缓交

节俭使用你的脾气与性格
剪去多余的毛边

没完成的哭,被弄皱的笑
能打包的尽量带走。收拾表情
要不动声色

珍惜纸张与墨水,别写错别字
三山五岳自带风水,常来常往
便是亲戚。你的才华所剩不多
得勤奋居中,耐心研磨

用挫折喂养阅历,用智慧修饰年龄
向卑微的事物学习感恩
有爱就分给朋友与亲人。日落时分
咬牙守住,值得赞美的部分

天丰塘上

阳光停顿那一刻,野菊花
顿时失去束缚

也不是一时的冲动
几只蝴蝶闯入这季节
把未完成的梦,坚持做完
越飞越美,在风中

桔子站在红的高处
等待乡亲们接走
一个个箩筐像欢乐与欢乐
挤在一起

一片草地便是远方
牛羊的一生只跟草走
落在草上的蹄印,有时间差
有路的哲学

像一道道梁,大棚
用母爱压低蔬菜的天空
不安份念头就藏在泥里
模仿马齿苋模样
发出麦苗的声响

倾 诉（组诗）

● 徐甲子

"若有人跟我走，就当舍己；背起十字架跟我前行……"

——引自《马可福音》

引：一个词

一个词，失落于杂草间
满身污垢,面目难辨
我把它小心拾起
透过微光，屏住气息
谛听废墟里隐隐传来的
求生的声音
这个词，我曾使用多次
如今，失而复得
就像我丢失的许多美好的物——
此刻，伤痛挂上琴弦
太阳挂在石榴树上
我要擦去它身上的污垢
使之再次发出光来，然后让它
重新上路!

第一章：铜蛇，雪中之豹

（转过身去，打开耳朵。你会听到废墟里铜蛇爬行的声音。现在，小小的铜蛇已爬在我的心上，那声音，多么小心。铜蛇要引我何处？死荫幽谷，还是摩西的身边？从废墟到荒野，四周一片凄厉。黑夜正朝这方漫来，没有围栏，一望无边。牙齿砥砺着灵魂，而灵魂却站在目光之外，打量我……

小小的铜蛇，爬在我的心上,看不见一丝绿色。沉落中，透过昨日的光，雪中之豹正朝这方款步行来——）

就在雪中，豹
张开大口，目视前方
雪无声地落着
豹踏在雪野，一动不动
在这安静的世界
豹的内心充满孤独

雪落着，继续落着的雪
使豹愈显威仪
雪之下，埋着多少白骨
豹不知道

此刻，豹将自己的足迹印在雪上
为那些迷途的兽们，标出归家的路

第二章：伤痛，墙上的羊头骨

（白骨是否已燃起火焰？伤痛是否被压隐心头？干涸的血是否呈现出红色？苦难的灵魂是否放射出冷艳的光芒——）

我的皮肤在燃烧,热血膨胀
烛，这人为的物
如惨遭欺凌的女子
手无寸铁，以泪洗心

光芒在照亮好人的同时,也照亮了强盗
是谁教会我以烈火熊烧自己的皮肤

面对暗藏凶器的朋友,强盗
已无关紧要!

(洁白旳墙上,挂着一颗羊的颅骨。
现在是傍晚时分,一只小羊正在归家——)

整整一个下午,我与你对视
我把你挂在墙上,在我写作的时候
你总是与我对视
你在墙上,我在地上
你是我仰目所及的唯一的物

此刻,你注视着我的一举一动
当我的目光投上窗外的草地
仿佛看见小羊眼里盈满泪光

第三章:生灵之舞,火焰照亮灵魂

(听!谁用残指叩响了命运的大门?泛黄的经书在烛光死灭之刻化为灰烬——听!谁用利刀刈割空中的花朵?咽哑的灵魂在半空呻吟——
成群的生灵在舞蹈,成群的生灵,像跳动的火焰,惊散黑暗和夜中的鸟群。简约的舞姿通体透明,沉重的夜暗放磷光,只有低缓的埙声在舞中走动。是什么将光明摁掩,一百个生灵在栏中安眠;而心,被挂在夜幕的上空伴着埙声,进入泥土,升上天堂。)

所有的秩序都已混乱
那些人间的苦痛滋长在心中
颠倒一个黑暗所换取的光明,是何等微弱
梦伴着灵魂,让我把心灵的大门敞开
让我把罪恶的心房敞开——
陈旧的光,正消耗世人的善与情感
时时把罪恶照亮,谁以梦的形态把我的愧疚
坦露于烛光之下,安然于废墟之外
我要向你诉说的又是什么?
黑暗中,我寻找着的黄金,还有我的恶

那些陈列于废墟上的灵魂,正以何样的面目
暗藏起往日的狰狞
心门已被启开,随后跟随的是风是火焰
我的肉体将暴露于黑暗,在光还未到来之前
难以惊起的风华正向高处攀援
上帝垂恩的目光写着慈爱,它将清洗的
是我与生俱来的恶,是被虫蛀了的灵魂
火焰已经升起,铮铮白骨使火焰变得坚硬而纯洁
灵魂回归之前,我将手持火焰与花束
站在教堂的上方

第四章:秋歌,大地吟唱

(我看见经书在烛之死亡过程中渐渐泛黄。
比夜更深的心里,铜蛇逃离,将死亡之音留下。我手捧经书,精心苦读。身边,成群的蚂蚁正啃着人类的骨头……)

一种声音在歌唱,穿透黑夜走进肺腑
这是一种怎样的声音,低缓、厚重,带着深秋的气息
让我重新进入昨日的光,让我看到落叶上遗失的爱情

秋天到来的时候,埙迈着沉重的脚步
像远游的魂灵,逼进秋天的心脏
谁在说,房屋正在坍塌,鲜花美酒将被埋葬
这时刻,那首秋叶上的诗正在向你诉说
缓缓老去的秋叶呀,请等待我!
我要将这仅存的爱保存在你的心头

这寂寥的夜,我看见词语在风中奔跑
它们被风吹进埙囊,再由埙缓缓吐出
它们在风里散开,教会人们
日后怎样为苦难而歌
此间,开启的门已经临近
深秋里雷声稀薄,什么翅膀在风中颤动如小小的草叶
埙在说,宁静让秋天成为先哲
开启的门已在面前,进入或走出都是必须

这时的大地，花朵正在枯萎
他们在埙声里呻吟着，要把最后的花香献
给最后的亲人

什么歌已在埙声里展开，什么歌满含世人
的呼吸
深秋里，是谁裹住弱小的身躯把爱的言辞
抛洒
什么时候，悲凉的埙歌让北去的大雁列阵
南飞
什么时刻，所有的落叶会重回枝头？

第五章： 归去，海水退回源头

（浪花怒放，洁白的浪花随海浪将我带向远
方。我要把一滴乳放进大海里，让这世上
最为洁净的物随水回归源头——）

海水退回源头
鲜血退回皮肉
所有的眼泪啊
都将退回眼中

感念于谦卑下诞生
裸露的灵魂，得救的灵魂
此刻正在上路

鱼儿被放进水里
兽儿被放归森林
鸥鸟飞向远方
大海退回源头

雪在高山
水在低谷
雪化为水
流入深渊

第六章： 倾诉，灵魂上路

（那小小的铜蛇，雪中之豹，那焚烧的经书
和烛火，女子与强盗，蚂蚁与白骨；那只小
羊，鱼儿与鸥鸟
那滴洁净的乳汁，此刻，都已上路——
废墟里拾来的灵魂啊，此刻正被火焰照亮、
洗濯、提升——）

这些文字，以及
每晚照临的烛火，泊在眼中
此刻，我坐在你们时常光顾的圣堂
拜读你们留下的声音

一些花表情凄迷，形同神龛
让我窥见秋的杀机
圣人，你们曾踏过的光辉
仍然彻我的门窗
不去的梦，暗传樟气
弥漫着我的魂灵

我不能不将你们的头颅
置于书案，我的圣人
耳边花饰环绕
面对扑鼻而来的真理
一种神谕，倾听你们不朽的呼吸

阳光已普照大地
我想起曾走过的高原
想到曾经历的风雨的黄昏
孤独的牧羊人，我的姐妹兄弟
他们手捧阳光，仰望苍天
粗糙的面孔简单而真挚
圣人啊，你们是否知道
漠中的驼铃，高原的风雪
形成怎样的音乐
音哑、哽咽、勾魂

我时常诘问自己
在我均匀的呼吸里，是否含有叹息
在我缓行的血液里，是否含有不安的因子
以及香火前的虔诚——

我日渐麻木的心灵，此时正濒临死亡
道路上布满荆棘和病毒

星河组曲

久别的马匹负难而去
在更远的山上，圣人啊
你双目低垂，冷漠如冰
杰出的容貌令我寒心

还有什么，能叫我终生纪念
我想到死去的一个黎明
雨水打击着灵长，我的双手生满苔藓
流过的血、泪、汗水
伴残喘的光芒，四方飞溅
而在这满目秋色的时日
只有反复杜撰一种光辉
仿佛看见与我同遭冷遇的树木
任何一茎翠绿，都会占领我的一生
我似乎看到一种罪恶
潜行人类中间，爱、憎恨和张狂

高悬的犄角上沾满血花
人们纷纷落在尖厉的语言里
圣人啊，沿着血气纷扬的驿道
涉过泥沼、丛林，寻你而去
茫茫的塬上，哪里才是我追寻的神明？

蓄养生灵的马厩，我面朝天空盘坐屋门
圣人啊，你们可听到
榛林里最后的鸟语
那凄厉的歌唱，划破疲惫的魂灵
顺着一种旨意寻声张望
我看到生长光明的土地上
花朵微笑，灯火沸腾

2016年5月改写于万卷山

汤溪一组 (组诗)

● 这 样

城隍庙

石头做成桥就不是石头,人死了以后
莫去再害人,我描绘的灵魂
供奉在推门可见的殿内,花五元钱
可以看见多钟死法,死,从来没有这样具体

有的锯头,有的切去五脏,有的含冤
有的不再转世做人,在这里
连死也不能由自己做主,连死也成了
善恶的标杆,不敢再看了

真怕在其中找出自己,从大殿出来
一种阴云充塞胸腔,仿佛死亡从四面八方
向我逼近,想起十殿刑法
如血的帷幔,和梁上硕大的算盘

如钢针悬在头顶,每次梦中惊醒
都看见一根钢针悬在头顶
一生没有欺瞒别人
没有做过坏事,我到底是怎样的死法

梯 田

这棵香榧是我的,半边坡上的马铃薯
和山那边几十亩梯田,是我的

生在田里的禾花鱼,和它的子子孙孙
也是我的,包括这条路上的猕猴桃,和烂菘菜

说话的是岭边村承包人,带我们一路走
一路上把看到的东西,划到名下

他的二分法则,让田里的水一层层分下去
放眼望去,好像世界由几根线条构成

每根线条分割一块天空,该插秧了
每一层分到一捧雨水,多出来的给下一层

每一层都喂养着一家人,多么有序的世界
把每一天分得如此谦和,又无争

九峰山

我们走了以后,苏波伏在栏杆上
望向对面,鲸鱼一样驶来的九峰山

那一刻,他想到了什么
头慢慢低下去,像是给破雾而出的一天鞠躬
风吹开裤脚上清凉的叶子
他的落寞和我们的喧闹,构成一种均衡

栈道上赶路的蒋立波,借用陶渊明的背影
转过来见了一面,山路就更陡了
为了让五月不再凭借九座峰,一路走险
隔一段路,我安放一个亭子

崖壁上的鱼鳞草,像是一位熟客
张乎说也叫石长生,旁边的是洛石花
你们说得对,鱼鳞草的尽头
是落日也是天相,为了获得均衡
我在沿途的柞木中寻找达摩和龙丘苌

星河组曲

呼喊的每个人名，都以八角叶的形式
来到面前，我有滑坡的孤独
这一秒，和下一秒即将形成的孤独
构成我均衡，而又浅浮的一生

姑蔑溪

溪水从远方赶来，带着某种神谕
溪水上也坐着一位白银老人，拎着蟠龙一般
游动的溪水，从早已失传的旧地址
从我举起的照相机顶端，奔赴到
下伊村一号，确实是
太安详，这归来般的安详
让裸露在下午的一切，顿生羞愧
突如其来的敬畏，让两边墙壁掩面后退
我看见的一切，都在镜头中退去
什么也不可以阻拦，我指给你看的小巷
瞬间生成一条幽长的历史通道
时光在通道中，刮下的石灰
簌簌脱落，恍若是银发，恍若是
一个古老的国度复现，当我再一次
举起相机，有位先人，在我镜头中微笑

上境村

你也许没有注意到他的胡须，也许没有看到
他压低在草帽下的眼神，腼腆地
看了我们一眼，缩了回去，挑着有把手水桶
腰上扎着洗澡巾，贴着墙根走来
多么质朴的相遇啊，他和我们让路时
一退再退，就要退到墙里面去了
没有说一句话，就要成为墙壁的一部分
就要长出黑黝黝的苔藓，就要从身上
掉落一些破碎的瓦片，他避让的墙壁上写着
此处危房，过往行人注意安全
是啊，他像一座危房，走在我们旁边
退一退，让一让，生怕身上的残垣伤到我们

堰头村

他坐在椅子上一动不动，他不动
墙壁也不动，鹅卵石排列到脚边就停下来
门永远在关闭中，上面贴着
红色方联，永远写着一个字
这是一段拦截的光阴，一个木讷老人
坐在巷子口，像是在缅怀什么
他缅怀的时候，光线从堰头村一直
照到大厅路，悉数落到他身上
似乎得到了恩赐，他的不动
是浩大的，无边无际的，让我们停下
贸然闯入的脚步，从这一幅画中退出来

寺平古村

凳子在红漆中返乡，靠在门楣上的是
银娘，多少个朝代过去
你依然穿上吉祥衣，望着寺平古村
吃饭的夫君，转世为平民的夫君
穿着拖鞋在村庄走来走去
青苔爬满墙，从此不上朝，对面的山顶
云落在叶子上就不是云了，竹杆撑着
蔓延到银娘的厢房，富贵何如
清贫何如，银娘啊银娘
在月溪上洗子孙们的蓝花瓷碗

每个人有一个家门

如今故乡缩小成一间瓦房，如今你坐在
以前坐过的门槛上，如今的天空
像一块拭泪的毛巾，如今的风吹往哪里

蒲扇一样散开的人，到家门口来坐一坐
每个游历的人，到家门口
坐一坐，有多少出走的人，就有多少个家门

静静等待，你坐在那里，逐一辨认
刻在土砖上的名字，哪些还在
看一看晒谷坪上，蓬头追逐的晚辈

你坐在那里，光阴像晒谷坪一样归来
不需要推开门，只是轻轻地
靠着家门坐一坐，坐一坐，再赶路

窗外的风更像一面平整的玻璃（组诗）

● 亮　子

一截斜斜的风碰到了树梢和落叶　斜织着
一面镜子样的冬天；
白杨叶的金黄反照出孩童的世界
冬天　像一把撒下的蝴蝶；
翩飞的翅膀尽情欢呼着却未曾听到
我和一截斜斜的风　隔着
一面平整的玻璃；
冷杉上的鬃毛开始脱落　用它的柔软铺着空
旷的地毯；
我和冬天隔着窗外的风喊话：
粗线条的枝干、潮湿的冬雨、未擦干净的窗沿
细微的事物都让我听不到窗外的声响；
冷凝的冬天起了一层雾　一双透亮的眼睛还
有所余留
停在缠绕沉默的枝蔓上　空余的亮擦洗着校
园这块玻璃
我站在四楼的窗台上看萧瑟狂舞
把落叶堆成说话的小人　赶往
一个比雪花还轻飘的世界
望着我　望着千言万语的尘埃
一截斜斜的风碰到了这些惊讶
按着我的嘴唇　亲吻了窗外平分孤寂的风
在冬天的心里
她更像一面平整的玻璃

跳落一些不想说出的

我总在张望一棵法国梧桐
它的叶含着一些欢笑并漏下让阳光跌伤的疼
从秋天开始张望
硕大的叶像一只只手掌　握住

还未远行的颜色
像极了我珍爱一封信的缘故
然而
冬天也在张望　它在春天的犄角
或许还埋在生长的土里　但我好奇
春天里我没有顾及的那一抹
它长在夏天的阴影里乘凉　换做了现在
即将跳落的欢快
我总在张望一棵法国梧桐　却从未想到
它跳落的时光
包括跳落时不想说出的
秋天的手掌、冬天的犄角、夏天的阴凉

就这样独自寒冷起来

校园里的冬来得整齐划一
像一群学生涌向上课的教室，能听见
跑过来的脚步声
推搡着一股股门口的风
报告　报告　报告
一个接着一个的落叶踮起停止的脚尖
推开了冬天的教室
我该让谁站在外边？羞赧的小柿子？调皮的
银杏？还是乐观的白杨？
让他们都进来吧
我瞟了一眼独自寒冷的冬天
这堂课我要讲一讲完美的世间　更像三位刚
跑进来的同学带着发热的独白
回到开启繁华的可能里
就这样独自寒冷起来

星河组曲

抬头去看柿子的星空

校园里有几棵柿子树
几棵我的故友站在原地与我分享自由
它说我太光滑没有鱼鳞般粗糙的尘垢
与星空里的乌云一般容易溜走
溜走眼皮底下的难堪和尖锐　它还说
我总在它的周围看星星一样的看它
它说它的红带有生命
从漆黑的身上打着几孔分明
用土壤里的潮湿才能分清一颗柿子的红
扎根在斜云的一角
像我的双脚但又从不挪步　直到
秋天枯萎成一截树桩才挂出星空

我喜欢那样——柿子，我的故友；
可我不能像你一样斜扭成一座雕塑
张开云一般的树冠
再说了你有撑起枯干的空洞像我的眼神
你有粗大的手脚抓着我失去的幸福

它又说我没有失去幸福
我总抬头去看星空　忘记了
我身上的体温就像忘记了落到我脚下的秋冬
可我还是不甘心：柿子
为什么红彤彤的你像小灯笼被挂在天空
而我只能远远地看着你的红
进而被小鸟吃掉甘甜的青春

它说朋友：
你看看我的树干吧；还疼吗？
还有什么比结痂的皮肤更疼
这些我都喜欢而你只喜欢过我高出的红
我下半身的丑陋才是我最想对你说的
爱有一个模糊的理由

只有夜晚才清如一条小河

我一直在呼唤翻滚着柳叶的呢喃
走进路边
排成一行刚飞过的思念
深深浅浅撂起来　藏住相行渐远的脚步
你追着洁白的月光去了　伏尔加河
躺在故地的外衣重新散发木箱味
这样你就清澈了　去了河流的腹地
但你忘记了多少光洁
挽着白天从小到大拍打泥土却从未离开
我也想就地成风
躺在夜晚的河岸上不让你泥沙俱下
但你终归走了　往河流的下游走了
忘记了清波似的红掌忘记了你白天鹅的脖颈
走吧　我亲爱的小鹅
飞到天上的彩虹中去掩映你孤单的背影
朝着落雨的天空　呐喊
美丽的伏尔加河你是我拨动红掌的夜晚
虽然我还未去过
但你真的知道只有夜晚才清如一条小河

诗物遥望（组诗）

● 林杰荣

北 望

北望，那里的曙光格外苍茫
断崖横过了天空
谁还在风霜闭门的长安
借一道退潮的金令

不可忽略城墙的硬气
绝食几代春秋
从未向风沙屈膝

丢失了影子
就到残阳里捞一把血色
大地本当凹凸不平
何必在意这满眼的荒芜

被放逐的也依旧沉默
额头上的枪痕
挑起融化积雪的灯盏

继续向北，沧浪不再顺流
连绵的天地进驻空旷的寒
我不知道这里是否只能有一个音
火把已被丢进了乌云，而雷声
却迟迟不肯到来

群 山

从日绵延到月
秦时的波浪席卷大汉江山
云端是融化的黄金
难怪哪吒执意在此弄潮

听涛，需攀越几座古城
在最后的坍塌前瞭望群星
野心家们高举仅剩的良善
为歇斯底里的疯狂预留一块绿地

匍匐而进的人学会大开大合
包揽宏愿，亲吻尘埃
大地与天空只消一面之缘
自有口吐真言的隐者打马而过
将芸芸众生踏出起伏的悲悯

植物学

血液里流动着骨髓，于是
有了与风抗衡的本钱
寄宿在腐尸与黑暗中的伤疤
褪下的血痂令岁月疼痛了千百回

你说有时候扭曲是迫不得已
需要蒙受尘埃，并且学会张扬
那把剔骨的尖刀持有不同观点
它只喜欢有血有肉的顺从

或许你的关键词都与饥渴有关
死亡，无知，以及冲动
只是，打个死结就能规避圈内外的对话么
沉默如我，也在此深表怀疑

星河组曲

静夜若瓷

静得宛若一尊瓷器，这夜
为蜷缩的孤独打磨出合适的胚胎
花纹都是孑然一身的音符
与流水相爱，便得到漫天星辰祝愿

无人区是文字和黑暗的把戏
它不计较有多少声音沉沦
这里的战争亦十分圆润
兵书和忏悔都护上一层朦胧

醉饮者与昙花共同进退
双目的距离是一片碎瓷的两端尖处
呼吸时还在缝补大地与天空的交错
焰火燃尽，远方开始直立行走

高墙之眼

没有过境也不需要悔恨
裂缝与偷渡者至今不敢呼吸
我的眼睛如约朝上
弹指间长河落日分道扬镳

蜘蛛网充满血丝
暗自契合眼角危险的皱纹
如果此时需要颠倒黑白
可把尸体挂成头重脚轻的高山

饿死于空荡的风逐渐暗淡
岁月同时拒绝豢养
苦难的地图长脚，且一步一次锤炼
谁不是以斑驳收尾，将一生
稀薄成一次琐碎的空想

死水潭

与天空为敌，与大海为敌
阴谋论者在这里大放阙词
既照不清自己，也背不动一言半句
五官和肢体功能丧失

自己为自己的囚徒
你浑浊的视野便是牢笼
蛙声和虫鸣已死
杀机收敛在黑色的沉寂中

不想解释就不去解释
与其无病呻吟，不如放弃辩护
加重的情节无非掀起风浪
这却不是积弱已久的垂死者所要担心

走失与虚构

一个空空的下午
我已走失多次
除了坟墓林立的灰色物群
迷途的理由还来自于落叶的诅咒
以及，城市中一只无关紧要的蚂蚁

有什么值得一再虚构
时间的把戏也都是凹凸不平
我并不为自己留下记号
可供参考只是自我囚禁的说法

风还在继续忧郁
翅膀忽大忽小
我们太热衷于计较某些症状的表现
就连清冷的月光，都已身中火毒

风 声（组诗）

● 柳 风

风 声

云影依旧，波澜不惊
想你想得深了，箫里只剩下风声

风是一根白发。一株芦苇。一片雪花
一朵合欢。一抹笑靥。一阵呻吟……

梦已经跌入了更深的闪电
柳条要把我硬生生地从风里抽了出来

内心的隐秘

柳在波上寻欢，天天对饮菩萨蛮
云朵即将融化。清明即将失身
风挑着雨——沿途叫卖春天

桃花的寂寞，已经离岸
入木三分的诗歌
还在感叹雨丝的长短，若河的深浅

画 面

星星始终守着无底的黑洞
雨在云里藏得太深。一场电闪雷鸣
它才露出了自己的行踪
露出了被压抑很久的呻吟

那天，风在雨里迷途难返
雨在风里死去活来。风过了桥
雨过了渡，风把雨交给了江山

雨把风交给了美人

春 风

柳弹了弹，月弯了弯
相拥而眠的风
比水里的影子更轻

更寂静。一场温柔的雨水
一直在镜子里潜伏
我们遍植春风，守口如瓶

隐忍的雪花

风守着雪花，一直站在梅园之中
雪花就是隐忍的蝴蝶
抵达寂静的内心，仿佛风不存在

闪电泄露的春光，静静地卧在我的毛孔里
在一根弦上，雨捂着伤口
对风喊痛。雪好像消失了一样

夜 色

花蕊上站起来的风，马鬃上晃动的风
静静地卧在我的内心
卧在夜的深处

柳在浪上蛮腰，鱼在水里吃草
风扶着风，柳依着柳
白月跳进了清凉的深井……

星河组曲

风上的雪

雪压枝头的时候
体内的风一刻也没有停息

守着一段雨水,隔岸观柳
一片雪花的沉默,就是风的沉默

大悲咒点亮了孤城的怜悯
点亮了梅的火焰

放下欲望,放不下的是肉身
退出彼此的肉体,退不出彼此的灵魂

风

不给它骨头,风也会站在枝头

如果给了它骨头
它就是弓,它就是箭

它抓住一片寂静,抓住
自己的影子,以及雨的呻吟
终于——把闪电磨成了利刃

风是伊人的颤栗,风是芦花的孤单
低于两岸的浪花知道
薄如蝉翼的风
正在自己的影子里,隐姓埋名

春天有约（组诗）

● 龙小龙

春 天

都在说，燕山南麓是人人向往的港湾
风一样的女子倚靠大山，歇着，歇着，便进入
梦境
醒来很自然地成了柳树的新娘

春天是鸟儿高声呼唤梦中情人的季节
林子里荡着心跳的鼓点
寻访青梅和竹马。蝴蝶花履行着媒妁的责任

八面追风的游人，从梦里追到梦外，一直追到
怀柔
最后才明悟逐爱的真谛
把秘密锁起来，扔掉钥匙，将盟誓与石头刻成
永远

长城边上，北方汉子粗犷而坚硬的性格特质
就这样被一点一滴地融化
成为水流，缓缓汇入潮白河，溢满明澈的天空

清明，谷雨

我不会解开冬天的衣襟了
让你再次看到怀里一场没有发作的暴乱
让草纸、浊酒、熄灭的烟头，成为诱因，续写
悲凉

哪怕想象力肆意张扬，情绪一度失控
也左右不了斜风细雨带来花开春暖的美好格局
就像泥泞与坎坷决定不了道路的走向

我要你在木质结构的记忆模板上
刻上念念不忘的名字：祖父、祖母、曾祖父、
曾祖母
光芒锈蚀的文字跟时间一样久远
抬起头来，用坚定的眼神暗示孩子
过了今天就该柳絮纷飞、风筝飞翔了
且用密实的针脚缝补忧伤，这，也是一种时尚

春天辽阔，万物伴生。水与火并存的原理如此
简单
北方天空还沉浸在酒樽的余温里
南方的红高粱已经开始酝酿关于播种的那些事情

清晨，我格外冷静

请原谅天空不慎将最后一道帷幕垂落下来
清晨的视网膜受限，神经受阻，遍地蔓延雾霾
的幻觉
被错判的时令带着镣铐，步履蹒跚

早该打开窗户了，就像挑开遮掩多年的话题
让阳光穿透腐朽和尘埃
为倦怠的盆花注入春天的干细胞，激活成长基因

有些人因为热情而利令智昏
过度渴望会让人大意，饮下果汁上飘浮的灰
烬、余毒
或梦里的疼。我决定为内心保持纯净而干杯

然后盘算一天的活计：送孩子、上班、开家长会
对了，今天我要做一件更伟大的事

星河组曲

领上收养的流浪狗，探望那个留守在尘世边缘的老人

整个下午

村庄保持土生土长的模样，晒太阳的树木像慈祥的老人
几头水牛仍在低头啃食，动作默契
石头、花朵、睡眠的黄狗，各自处理心事，互不相干

水牛专心致志，一遍一遍地用唇和舌头亲吻青草与泥土

宽阔的绿草地像一滩延绵不断的水流
从它们嘴里缓缓吐出

整个下午，我就这样被安静的温暖包裹着
像一颗快发芽的种子，即将冲破宿命
大地早早地打开了金黄色的经卷，任由飞鸟自由朗诵

一阵风吹来，带着青草和牛粪的味道
很快将我仅存的疲惫和尘埃吹走，吹到白云之外
然后，与夕晖形成另一阵风

时光志（组诗）

● 容　浩

地球仪

得了肺病的球体
举着水和土壤
地图将世界变小
小国更小
树皮旁
有碎木屑

很多地方都长着
相似的苹果和土豆
很多爱，都在一个
看不见的小点上

而可见的，都躺在那里

中俄之间夹着蒙古
南朝鲜上面是北朝鲜

一个人

我有时也会想念一个人吃饭的日子，
一个人，一枚邮票，
一封信，

没有投进邮筒。一些柔软的话，
夹在书本里。

一个字，也可以是全部。
有一秒，真的是一生。

不用慢

蝴蝶很近，从草坡飞过来，像一束折射的光。
它和儿子都爱糖，爱飞。
花很近，
他们却又都跑开。

时光黏在这里，草地上是小写的生活。

我不再叫慢点啊慢点，
树木由不得斜阳，金光由不得你。
爸爸爱我，他在荔枝树下回头，
孩子已长大，戴着红领巾。

新闻似旧闻

现代未必就不是古代
权臣不得好死
皇帝多骄纵

今天的寻人启事旁有冷笑话
冷笑话的对面弟弟杀死了亲哥哥

云中客

雾霾在下面一层，上面
是光亮的，

斜阳打在幸运的鳞片上，那里仿佛要跳出小孩。
而我所俯视的中年人，灰色的海水，
涌向球体的西面。

星河组曲

高楼的高是一个伪命题，
在这个罐子里，
蜂蝶和鸟尽失翅膀，骄横的县城
像一颗浮埃。

事情的大小并非如我们原先想象，
昔日高远不过是小高远，我看不到田野却
看到你挥手。

后来灰暗中多了一点闪耀，有另外的飞机
在远处攀升。

而我们，马上就要下去了。

大业寺

十一月，天空，云火烧，
红难以描述；

大业寺，秋风减，榕树的一部分如绳索，
下垂难以描述；

鱼池，硬币，锦鲤游向饵，
竞逐难以描述；

竹签，黄账簿，长凳坐和尚，
光头难以描述；

小我，真诚伏下，脚跟朝上，
命运难以描述。

梨

削开它
露出白肉和甜，
才看到它的那些淤伤，
才想起前天进门时

它们跌落，
在地上
滚了几滚。

皮下的伤看不到，
所以前天它是好好的，
昨天也是好好的，
直到刚才被削开，
它才是现实的
并未挣扎的
带痛的
梨。

哈哈镜里

假如这样世界就是弯曲的
相貌平等

假如这样大王椰俯下身子
好人大摆宴席

我愿眼含泪花

迟到者

当谷粒长成，风吹一望无际，我迟到了；
当它们被脱粒，暴晒，脱壳，被堆起和赞美，
我迟到了。

已不在农业时代，我与稻谷的关系
变得疏离。

这尴尬的角色和年纪。望着田里的妈妈，
我不可能虚伪地抒情。也不可能由木头
变作金属。

我追不上那饭粒，
它已经熟透，经历过集体的金黄和寂静的低垂。

以如此荒废的姿态掠过荒废的生命 (组诗)

● 是　枝

夜行记

你是几瓣的，在疾驰而过我的一刻
那些广场上的人被阴影一只一只捉住
自由着的，只剩我与你
我像一朵蒲公英划过你的视线

去那条街走走，我说
路灯排成鱼脊状，一路蜿蜒一路昏黄
墨色的夜连同雨滴的下坠都被踱长
再没有一场树影，可以静静走着去等

你的一生安放在这个夜晚的角落
被我拾起
微微的清凉气。天明若太远
不如，转身再走一趟

猝不及防

修剪指甲，踩一枚凋零的梧桐叶
忘记关的纱窗，在秋风中
局促不安
发圈在指尖忽然崩断，近如一个谶

我已经不再收听新闻
怕入耳的尽是悲剧。人间与秋物一同黄落
只有我，依然伫立在夕阳之下
问最后的白昼：

你会重新醒来么？我会重新醒来么？

我们自始至终都在虚度
以如此荒废的姿态掠过荒废的生命
灯一盏一盏乌掉，寒冷的贴身形容词
匕首藏在深海的腹中

当青月光栖息在冰凉的石头上
敲醒黑夜，翻开一块无人问津的砖
捞出一个湿漉漉的梦

外婆的铁皮罐

她的衣裳曾经开满花朵
在家乡小山坡变绿的季节

她每天与木梳、银钗婆娑之后
打开十指　劳作不歇

她的对襟棉袄脱下之后仍挂着霜
过腰的长发也披着亮白的霜

入不敷出的是岁月
是那只长满锈斑的铁皮罐

外婆的铁皮罐
一生都放在她的床头　静静呼吸

散发出外婆身上
松木、青草与海水的气味

装着外婆隐隐作痛的泉
和一切受伤的风景

朝南微弱光线里的一次驻足

世间那么密实
我却是空的
一株秋天的泡桐,也
显得比我富足
它拥有摇曳、坠落、优雅
于是,我往湖水里打捞
揣测鱼儿悠闲的秘密
我拨开一颗明妍柔软的柿子
试图体味成熟
我伸手在阳光下摸索秋风
它却在我指间穿越而过
下一阵雨罢
至少衣衫会湿透
让雨水装满我
让我在摇晃自己的时候
叮叮作响
可到了清晨
我朝身上戳个洞
就如纸鸢,开始飘翔
坠落,什么时候
我才能够坠落
像一枚杏落在坚实的泥土上
那么真实,分明

九子沙滩

唯有一回,除了我之外
细软的沙滩上出现另个人影
天黑落以后,浪一排一排的仍泛着白
在亭亭的草亭附近
打赤脚的人影仿佛醉着晃动着
夜晚已很清凉
海岸边界处发出巨大的寂寞潮声
我偏转着头
一遍又一遍地打量空无的沙滩
那个醺醺的人影早已如同星辉隐没在礁石后
黑幕之手低低地垂下来快要捧起细沙
这样的时刻好像发生过了然的事

又好像静止不变的恒久不改

正　好

我们还是没有把走路学会
那么轻易就踩进回忆的巢穴

比如在雾气氤氲的海面抵达黄昏
远处有礁石山和模糊的灯塔

而我们不会看清它们
唯独看清雨珠、灰尘
还有经久的陌生人

比如在衣柜撞见陈旧的大衣
一颗失去踪迹的木扣
一截带有磨损痕迹的衣袖

某些过去站不住脚
惴惴不安
是因为它们太过诚实
或是太不够诚实

也许都不是,也都不会是
是我们正好逢遇悲伤
是那些正好开满悲伤的眼神
捕捉到了正好开满悲伤的梦境

十二之月

我再不会将坚硬的石头掷出
在这不断落雨的人间
我将身穿雨衣
风,或者更大的风
成为夜行的叙述
我的雨衣是它的注脚
细细一行
会的
在翻开与合拢之后
我想我终究会认出风暴

好时光（组诗）

● 苏 蕾

好时光

第三日，天才晴，太阳出来了
夜里结的冰，在地面上慢慢融化

我有两只鸟。一只黄色的
一只灰色的
因为缺少了食物而跳跃
而啁啾

村庄安谧，和谐
有点无聊
有人在村子东边挖好了大坑
准备埋人入土

这是我的好时光
逝去的一切教会了我活着的技艺
再过两个月，春天就来了

简 历

我看见我自己了
支离，破碎，阴暗
散落一地
面积超过我所存身的房屋和国家
我几乎欣喜若狂
手舞足蹈，癫狂
我终于找到了我此生的任务和意义
或者说
我终于看破了一个秘密
我要细心的耐心的虔敬的
把它们寻找
并把它们拼接在一起
以让我有机会给它们
穿衣服，梳妆，戴花
给它们完美的教育

脸

该拿这张脸怎么办
现在老了
化了妆也不会
更好看了

它就像是一块
不知不觉中
接受雕刻的岩石
越来越显现出
它曾接受过的力量

现在
骨头露出来了
灵魂也露出来了

姑 父

姑父年轻的时候杀猪杀羊
后来他越活越废
一直琢磨自己的死
有一次他想酗酒而死
没有成功
有一次他想上吊而死
没有成功

星河组曲

有一次他想鼓动他的表弟打死他
但只是被打了个半死
没有成功
直到有一天
他开车在路上,"砰"地一声
他碰到了别人的死
在别人死的地方
他想到了生

礼 物

今天黄昏的时候
我拉开窗帘
看到窗台外面的水泥板上
开出了两朵白色的花
感觉有点熟悉
仔细看看
我觉得那应该是月季或者牡丹
真好看啊
我从来没有见过白色的月季或者牡丹
它长在一个不大不小的破花盆里
在我视线的正中间
我刚拉开窗帘就看见它了
外面正下着黄昏的小雨啊
它多像是不知道谁送给我的
湿漉漉的礼物

在老家

跟着妈妈洗衣服
井水清澈温热
是从地下五十三米的地方抽上来的
跟着妈妈去教堂
教堂是全村老少耶稣的信徒们集体搭建起来的
一人一本圣经,其他的书都不需要
文字和词语只认识圣经里面的就好了
跟着妈妈休息,吃苹果,晒太阳

太阳晒得我们暖暖的
晒得我们的院子暖暖的
剩下的暖,都是别人的

天 空

在地里干活干累了
就抬头看一看天空
家乡的白云真的很白
像是每一朵白云里都住着一个神仙
但只有天上有飞机轰轰飞过的时候
我才喊他们来看
我指着它说,快看啊
飞机飞得多像一条鱼

信

很想写一封信给你啊
没有你
写封信给陌生的人也好啊
我的信里不会谈重要的事情
也不会谈到我的心情
我的信里只有被我精心挑选过的
很少的几个词
是我前半生攒下的
几块金子

赞 美

我不爱灵魂
只爱肉体
为此我愿意活一百岁
赞美她的美丽
然后看她如何渐次衰老
用神的律法和魔鬼喂养她
如此交替
每天一次

心尖上的乡愁（组诗）

● 徐 泽

何处是故乡

妈妈，串场河的水还在流淌，
云和灰喜鹊擦过平滑的水面，
你还记得痛苦的忧郁和伤害你的波浪？

那坐在风车和云端的天使可知道，
那坐落在磨房边开满紫云英的田野可知道，
是哪一棵老树和垂柳的发辫给你最初的安慰？

如果我们不能握着开花的手杖走上山坡，
妈妈，你是否还和我从前在家时一样，
忍受着黑暗漫长的痛苦以及说不出的忧伤？

谁还会把我们当人，
你的眼睛是井中最深的善良，
一匹老马等待着奔跑，
我不知道谁还能抓住命运的缰绳，
妈妈，寂静的天空也空了，
没有了你我不知何处是我的故乡？

远方落雪了，没有光，
一个月亮，或且两个，
已经爬上来，披着秋天僧人的衣袍，
我要用歌声感动大地的嘴唇，
你会看到我和大地的佛光。

低处的光

我们一直向往高处　向往天堂有风的地方
我们恨不得提着自己的头发飞上天去
在一朵白云上生存　向往雷电和高飞的鸟
我们很少回到内心　看清河流苍老的面容

土地在低处　庄稼在低处　生活在低处
从天空播下的种子在泥土里萌芽
我们的汗水和劳动的果实也在低处
但我们从不肯弯腰检拾泥土里的金子

我们总是梦想城市　忘记乡村和故土
我们的父母兄弟姐妹都在低处
生活在低处　但我们总不肯弯腰
捡拾一枚硬币或汗水和镰刀上遗落的麦穗

风筝飞得再高也要落下来
向日葵在成熟后也终于低下了头
生活在低处　脚下的流水也在低处
每当我们低头寻找　总会发现那温暖的光

暮年回乡

世界已将老去
旧石板上留下我空空的足音
那是阴雨的四月
山风从骨头和心尖上走过

婴儿含着母亲的乳头睡着了
故乡的雨把童年照亮
心永远漂浮在水上
乌篷船驶进了远方的苍茫

水鸟和梦同时飞起
惊醒星光下的渔火

星河组曲

苍老的记忆里
遗落雪白的浪花和两岸的涛声

平原上马兰花开了

平原上马兰花开了
祖母点燃清贫的油灯
巨大的夜覆盖了河流和村庄
早起的麻雀在田间觅食
宽广河流的对面
有榕树和高大的稻草堆
有人在严寒的冬季去逝
乌云低垂　那些响器
使大地更加寂寞
我抚摸祖母的琴弦
我熟识的女子头戴草帽
无声地从我面前走过
是的　我的故乡
和乡土里埋着的亲人
既亲切又无比陌生
一团雾水的村庄
让我忘却家园
一列火车远走他乡
故乡的平原啊
在你泥土的怀抱中死去
是一种幸福也是最好的安慰
冬天的脚步已经走过
田野里的稻草人一身白霜
我四肢冰凉身心憔悴
露珠无声地浸入土地
平原上马兰花开了
是谁提着纸糊的灯笼
走到平原的深处和黑暗中

村口瘦小的树多像我的奶娘

多年把乡土装在心里
村口瘦弱的树啊
多像我的奶娘

如果不是眼花
怎能梦见一位老妇
将枯草一步步背下山岗

拭一下泪眼
原来是我的奶娘
一根拐杖让大地摇晃

谁还能从夕阳里走来
谁还会抚摸村口的树桩
奶娘啊，让我扶你回到村庄

我的故乡已没有姓氏
飞鸟已折断飞翔的翅膀
大地的良心在苦难中彷徨

从今往后我会常回到乡下
我还是你从前的徐二小
你就是我的亲娘

起风了，我喊着羊群一起回家

在故乡，我挖过野菜
也挖过土豆和花生
也掏过鸟窝
有一条小花蛇
曾做过我的新娘
我从没看过这么柔软的腰姿
能把月光和星星捆绑在一起
起风了　我喊着羊群一起回家
那时太阳还没落山
那时故乡的炊烟多么香甜
像一个多情的女子
把故乡的青草味
喂到我嘴里
那片白云一样的羊群终于回村了
直到用粗大的嗓门把故乡喊疼……

还乡记（组诗）

● 应忆航

云中之城

沧海远去，桑田走来
大地之上的群岩，习惯保持沉默
一次次跌宕起伏的悲伤里
瀑布飞泻，一些叫不出名字的花
在抓住悬壁，攀援向上

云雾如一句出家的诗
溪水一样从千秋天空流过
时光是可以轻盈虚度的
尘世间的伤害、疾病、黑暗与背叛
与生相伴，却从不示人

端坐在天空巨大庭院
花开羞涩，飞鸟渺小，树林谦卑
永安溪，如一枚出土的骨针
被弥漫的仙气磨得透亮
从三月的小城边经过
戴一顶油菜花编扎的金边草帽

突然想对自己高喊一声
一直隐居在人间的低调名字

好好地爱一次人间

走远了以后，我的鞋有太多的泥
风有太多的沙，泪水已干
打着绑带的岁月渐渐松开
像一朵皱纹里布满秋霜的菊花

一个流浪已久的孩子
终于找回母亲
仙居，借你西罨寺清风，永安溪绿水
把我的肺重新清洗一遍
好好地，再爱一次人间

秋风里的村子

泛黄的秋风，请不要吹落
我长大的村子，风中喘息的老屋
不要吹落寂寞黑瓦下
蜷在阳光里生病的叔叔
和走在白发炊烟间我的善良婶娘

不要吹落童年板栗树
小小坚果砸落土地的那声喊叫
不要吹落池边的石磨
它习惯于沉默，不再唱着歌谣
燕无音讯，狗入孤单，花已衰颜
生锈的农具趴在泥墙
童年的青梅，嫁到了更深的山里
仿佛被默契的命运——安排

泛黄的秋风，请不要吹落
我思念的村子已经腾空
小溪裸露着孤单，桐花开满了空虚
儿女们都已经进城
后山坡上的亲人们在长年熟睡
我的身影越走越远，心灵却盘根错节
一直缠着故土，不要吹落
我噙在眼角的泪，它已老去

星河组曲

仙梅记

我孤独地爱着一个女子
八百里之外的夜，在思念中自残
锯着骨头里的粉末
当每次见面时
意味着，我对你的爱不断增加

端坐在五月山谷
你是风中纯情又灿烂的一枝
即使混迹于众姐妹，即使眼睑低垂
掩饰了天然的耀眼光芒
我只要望上一眼
就能把你从红尘之海找出来

你这个被唤作梅的女子
沉浮沧海，依然守信，冰清玉洁
四月开花，五月挂枝，六月嫣红
至死不渝地恋着这片土地
红唇烈焰，点燃了一场吴越情事
只为大地上一次追梦行走

你纤细的腰，握住我的目光
你嫣红的唇，涂抹我的毒药
你多汁的青春，用光我携带的盘缠
一次次往返故里，如果不是
为了吻你，甜蜜又有什么意义？

唱歌的芦花鸡

一进院子，就看见童年的
芦花鸡昂着头、戴着阳光走来
"咯咯哒、咯咯哒……"
想起光滑又漂亮的蛋握在手中
不久后它将幸福坐窝
成为一位安静又从容的妈妈

突然，一只斜插进来的手
把它倒拎起来，磨亮的光芒一刀
割下去，血便窜了出来
一条怵目惊心的红带子掉落盆中
仅仅几秒，我的婶娘自然又娴熟地完成
一只土鸡的宰杀过程

我也呆若木鸡
刚才还骄傲地畅想未来
快乐唱着一支农家歌谣的芦花鸡
仰身躺在地上，脖子断了，血已流尽
睁着圆鼓鼓的眼
望了一下最后的人间

许多年过去了，那只
头戴一朵阳光走来的芦花鸡
那颗从鸡窝里掏出不愿冷去的蛋
仍握在我不肯松开的手中

溪边洗衣的女子

一卷画面被山谷下来的风
收拾干净，清冽的溪水
在春风抚摸中明亮，她赤脚走进的
流水更柔软了

一群小鱼立即围了上来
啄她俯身的水影，青葱的脚趾
木槌在起落，一声声宕开悠然云朵
连禅坐对岸的青山
也回过神来侧耳倾听

一摞衣物摊开水面上
任上游下来的溪水
轻轻搓揉时光积下的泥点、汗渍和心事
……她索性脱去外套
将解开的长发放入水中
一片片无名的花儿漂到了头上

有谁比一个村姑更美呢？
从头到脚，将一条妩媚的溪水穿在身上
年轻的乳房，撑开衬衣滑了出来
那些娇小的羞涩的善良的花儿
贴着她的曲线开放

养鱼小记

一件礼物，被主人的目光
锁进鱼缸，转动小生命，吐出小泡沫

身体那么小，一座天空
或一片大海，又有什么用呢？
从小，被安置于美丽的小
古典的案头，风花雪月，静静时光

春天，与花朵虚构对白
秋天，与寒流模拟微笑

只要拨弄起一二朵浪花，这个
可怜的孩子，就以为大海在深情召唤
便摇头摆尾，开始歌唱

电话号码

有人疑惑，在今天崭新岁月
还使用一个旧号码
怎么说呢？一个有恋旧癖的人
为一支檀香点燃起弥漫的怀念气息
小心守候着那些名字
如大雪纷飞中守候隔年梅花

我相信去路比来路漫长
今生的缘分是一点点修来的
他们有的实在太累了，补一个睡眠
有的日夜兼程赶在回家途中
而滞留远方落寞天空下的
或许会突然来电

在某一天的深夜或者清晨，
那一抹愁苦和欢愉的眼神
一定是尘世间温暖的念想
我在世的亲人不多，朋友有限
害怕风不小心的触碰，就折断暗香
他们会在另一个世界的背后联手
惩罚我，装着听不见
黑暗中没有回声的喊叫是多么凄凉
寻亲的白骨无人相认是多么孤单

白　露

转眼吹进河水的风吹进了骨头

如歌的蝉鸣，突然沉寂
携家带眷的芦花，娓娓叙别
鸟雀们婉转一啼，惊醒挂了一夜的露珠
提着一盏盏小月亮
它们走在秋天回家的路上

沏好的茶，煮热的酒
接到请柬正赶在路上的朋友
一心慢慢去爱的日子，来不及
细聊，细品，细赞美；来不及说出爱与被爱
就走散在越吹越冷的风中

庄稼泛黄，故乡凝霜
父亲的天空母亲的云，已悄然改变
有几多清风明月
可供生命欢娱？秋风只读完半句
就用光了大半辈积蓄的光阴

星河组曲

身体里的月光（组诗）

● 李 越

远方歌谣

你留月光搓衣
我蘸夜色写诗

虚无的月光泻在水面
虚无的夜色内部空空

但我不为你歌唱
也不在月光里颤抖

蜜蜂和樱桃归你
爱情和流浪归我

金星在你屋顶上踩步
风暴在我胸腔里呼号

但我不为你歌唱
唱的是荒凉的大海

雨和月光

雨整夜下着，雨是一只
整夜失眠的猫
爪子亮闪闪，抓破了
纸窗户，窥见一个人
在床上翻来翻去
梦中突然喊出
一个女人的名字

我也梦着，梦见的

不是雨，是月光
象喂过我的奶水
亲切地流来
洗我肮脏的手，肮脏的脚
和我不肯跪下的
白森森的骨头

身体里的月光

月亮掠过鼻尖
月亮纵身跳过大海

月亮是一口荒凉钢钟
挂在老屋的古柏下
被一群孩子敲响

但梦中的月亮在飞
带走石头，土里的暗火
甜美的银色砒霜

你听见月光的蟋蟀在叫
在你体内。这些伤口
是月亮造成的，爱情是月亮摧毁
你美丽的脸也由月亮弄脏

事实是：真实的月亮从未显身
另一个月亮，更多的月亮
正弯腰挖土
凡月光照见过的
都要被安静地埋掉

词　语

幽暗。水流回漩
鱼浮出水面，吹起
一串串泡沫

网眼闪闪烁烁

推开阴影
鱼逆流而上
弹向空中的姿态
象一柄弯刀
赤裸，完美

但鱼从不嚎叫
鱼只唱自己的歌

月光的手掌上
鱼开始安眠，梦见
雪，灼烤自己的火

踏霜而去的人
网里空空

只不过是秋天

只不过是秋天，说不上悲伤
也说不出幸福

只不过果实的灯笼亮了又熄了
马敲响骨头跑到远方又瘸了
只不过新娘的头巾鲜红
鳏夫的衣衫空空
只不过有霜的夜晚，一些孩子出生了
一些面孔被风吹散了

循环的秋天，是同一个秋天

就这样告诉你吧：三十年中
我只不过埋好了父母

收藏了泪水
只不过一次次触到了大地的血管
歌唱的嘴唇：是颂歌，也是葬歌

黎明击鼓的人

黎明击鼓的人，也敲着
自己的胸膛

眼睛被黑暗弄脏，我仍要歌唱
无比的水的寂静，正如你们
歌唱地震和飓风

击着鼓，也敲碎岛的心脏

为何我触摸的总是衰老
死亡和轮回？象你们如此珍爱
生殖、破裂和新生

击鼓的兄弟，燔火的兄弟
星辰的带子紧束在腰上
而我能否骑上光的马匹，为葬礼
吹响最后的号角

十一月的村庄

十一月的村庄盘腿而坐
星星的屋顶高过天空

十一月的村庄举碗喝酒
醉翻了落魄的老光棍

十一月的村庄从井里打水
洗鱼洗自己泥黑的乳房

寡妇们打扮得花枝招展
在草地上缓缓行进

十一月的村庄啊头枕月光
口中淌下亮闪闪的涎水

大牧场（组诗）

● 燕南飞

一

止不住战栗。莫名的光在四处碰壁
终会有一场相逢
奔腾在草原上。
谁的旨意在指点春秋
我的神灵
在牧场。
枪口验证谎言：一大堆野火
驱赶一群小兽
大地尸骨未寒，支撑起一块石头
收留它们，一层一层，暖。

——都是洗劫时光的暴徒
谁是最后的苦主

二

已被喂养多年。体内挣扎的刀锋
一次次熄灭，又一次次点燃
黑暗深处是更大的黑暗
路的尽头已被野草埋没了
一切陌生的旅行，会让一切更陌生。

骨肉分离最憔悴。我相信
故乡会被举过头顶
终场的铧片，再一次被黄沙洗亮
它在响，并且将要落下
掩埋大地的伤口
收养那些活着的人

三

在午夜，云朵被马蹄的节奏洞穿
那是空白的水在腐蚀情欲

北方以北便是藏身之地
皆是失语的囚徒。
越是靠近，就越想看清彼此的真容
啊哈嗬
朝思暮想
咿哈嗬
光阴越瘦，日子越长。

匈奴的铁蹄一直逼到大漠尽头
——蹄声是凉的
戈壁和荒路也是凉的
枪尖上挑着月亮。

四

一锤又一锤砸下，我明白。破碎之灵夺路而出
只有到达才能找到起点。
山之南有一场风和红尘有染
贫穷如一粒沙
划伤一世苟活的念头
那才是你枯萎的领地。

风干的脚印，还在逆来顺受么？将有一段余生
噙着泪水匆匆赶路。
如果跌落也是飞翔
还有什么不可以
还有什么是真相

死亡，不过是一瞬间的事，等到别过才发现
太迟了。

五

所谓结局，不过是一个冰冷的词语

牧场是无辜的
一生只活过一回
它让整个草原受孕。

我们因此深陷,并在眼底养活另一些人
盛满夜的荒冢覆盖火焰
你的刃口上有一句暗语
跌落尘埃。
只晓得杀机四伏
一个个生锈的亡魂
在一曲琵琶里弹奏不朽。

六

泥土里种植天生的苦命,然后放牧自己,佳人和羊群
影子是失散半生的骨肉
小心地掘开,也许还会记得我,也许也只是茫然而过

打开我吧,如同打开一把纸扇
摊开了便是一副山水
我将沉溺多年

提着阳光的人,在岩壁上开凿一架梯子
兄弟,你在一片荞麦花香里居住
我去取走一具躯壳
来为你我超度

七

炊烟越过门槛,人间的火四处弥漫
我来晚了。
往事已成漏网之鱼,不曾相遇
放养一池月光全然是苍天的恩赐。

唯有刀斧才能找出落花流水。它受伤便是为了好好醒着
放下一些虚名
恰恰是寄居在一场硝烟里
我不习惯你的弓箭对着我的胸口
我要和你一样,见证一场崩溃。

八

一场雪可以盖住冬夜,大片大片的喑哑落下
只有这辽阔是宁静的
它们睡在哪里,才可以度过这场大寒?

来不及忘掉一柄剑的沉默。光阴还活在世上
尖刃刺下,"容我把温暖藏在眼瞳里"
打死也不说。松下有雪,雪下葬一怀骨朵

九

风依然走在路上。

无论走多远都卸不掉疲惫
自己和自己交手
自己也是观众,一直演下去。

说不定将有一张面孔浮上来,它是空的
它和卑微一同存在,一日日苍老。

十

所有的消亡都值得尊敬
关上门,雪的利爪撕破黎明
花瓣无声地开着
开得好冷。

亲爱,此刻的北方是一片坟场
小心地跳动,驻扎一捧悲怆
逃脱简直是太难了
咬紧牙,让颤抖舔舐裂痕
欲言又止。

十一

让北风后退,到此为止吧,和村庄达成默契
停顿于锋刃之末
会有不安向暗处滑落
人在旧土,魂在他乡
我和你的答案一样。

今夜,肋骨已坚硬如冰。在无人的路上行走
来不及相遇便走散了
你比我更陌生。

旷野多么干净。消瘦的身影越走越慢
风一吹就疼。

十二
没有悲伤,一边挖掘一边稳住阵脚
花瓣上隐藏一双耳朵,一堆土怀念一片牧场
这片阵地就快守不住了
那些失散的问候,找不到失散的人。

不想问。表白,只能藏起
把惭愧披在肩上,谁给了你同样的身世
磨旧的火穿墙而过,身在荒凉里,即便是想退一步
或者闪一下念头
也不能。

十三
你我同居一粒尘埃,在等待中忍耐
蘸着月光喝酒,昨天,又被伤害了一次
许下的期限到了,沿着草库伦的铁丝围栏
像我们这一生
也不过是一眨眼的事。

相视而笑,做梦,叹息
不会再有你的月光碎落,生前阴阳两隔
死后却能紧挨在一起
在北方,骨灰盒一般大小的暖,才可以委身于
大地。

十四
推开门,雪落地的声音渐渐衰老
落还在继续。
跟我走吧,我就是那片咀嚼寒冷的羊群
饱含温暖和寂寞,清清白白地活着。

旷野里弥漫着不死的时光,风安静地啃着它们的骨头
这个杀机四伏的季节,终归会有一片牧场
被伤得尸骨无存
再忍耐片刻就是村庄了。他们的气息不远,三三两两
路上的人还在路上。

十五
盐碱坡上的白落寞地生长
哪怕为此终生受苦,把无尽的伤痕尝遍
哪怕就是一口钟,敲一下,便响一声。

身后就是雁阵的哀鸣,喊到极致,便是爱到极致
我听不懂
我也无需听懂
拼命地拍动翅膀像挥动手臂,纵是一丁点消息
都抓不住。

面对着陌生的年轮,读不到刑满释放的日子
眼看着把自己一层一层埋进。

在乡下的日子（组诗）

● 应诗虔

剥 笋
——给祖母

六十瓦的电灯光下
蓝布围裙摊开
在宽厚的大腿上
晚上的世界都安放在这里了

地上一堆剥好的笋
是春天的收获
每一个春天的笋挖不完
所以要努力活着

对于过去有多少回忆
看看屋外的竹林就知道了
哪个坡地上，会有哪些念头萌生出来
会有哪些一直烂在地底

透过一扇门，人间的光线微弱
剥掉的笋壳啪地一声
落在地上。如果说
这个世界有一丁点改变

那便是笋变成了笋肉
年轻者变得年老
炉灶上传来烤笋的盐香味

你为笋活着，笋也为你活着
也许，这一个春天的赢余
可以换来一点水泥

修补一下灶头裂开的缝

在河水中隐现

洗芥菜的时候，她和河水一起游离
连衣裙，像樱桃花一样鲜艳

河水安静流过，她的背越来越弯
赤脚翻石头捉螃蟹的小女孩，在水影中消失

她的男人喜欢土地，每次回家身上都带着泥
最终，他把自己也留在了地里

水面上粼粼的亮斑，让她模糊的眼睛又模糊了
这些年，她腌制的芥菜还像当年一样偏咸。

倒春寒的风吹过，我们习惯咬紧牙

老砖，老瓦，一眨眼就剩了一堵墙
风把露天的瓶罐吹得叮当响
像是卖糖的货郎摇响了拨浪鼓
不会再有谁家孩子和妇女听到这样的寂静
喧哗。风从砖墙背后
吹落窗户外的镜子，破碎的屋子是张拼图
一不小心就会割破手。
墙角下，风把一堆破鞋埋进了灰尘
留住鞋子，也留不住脚步。

草 籽

单位门前的花坛上，门卫种了草籽
值班的时候，他领我去看了看

星河组曲

他的丰功伟绩。他向我讲述
如何把一茬一茬的草籽变成菜肴
他的样子，让我想起我的奶奶
那时一放学，她就嘱咐我到田里割草籽喂猪
在我家，人是不吃草籽的
直到我进城，才吃上了山里的猪吃的粮食。

春干物燥

祖母的腰上系着一个小竹箩
她随身携带镰刀。屋檐下多了一堵
柴捆堆成的墙，我们时刻都提防。
风吹到柴块，会钻木取火。

她卸下镰刀，就喜欢在春天的晚上
酿糯米酒，隔几天就酿一坛
整齐地摆放在她床边
酒坛下面是两只长方形的谷仓
她睡觉前，吃完糯米酒
就翻起盖子，拨开谷子后看到包裹着钱
再把谷子拨拢。

我一直替她守着这个秘密，等到
我再次打开谷仓是空的。我担心的事情
总归是发生了——
风吹着她，她像一堆干柴一样，亮出了火苗。

变 化

第一次感觉穿上单衣
与平日不一样
背，便故意驼下去
祖母盯着我的胸部，我发烫的脸颊
晾晒在阳光明媚的天气

第一次痛苦和恐惧

让我担忧——
我再也无法挽起裤腿，赤脚踏进菜缸了
墙根下丢弃的南豆逾越干涸
在它仅有的立脚之地，开出了生命之花

仿佛祖母甜蜜的笑容还在一一呈现
一觉醒来，天上的白云吹散无数
祖母坟前的石狮在剥落。

四明山

田里不长农作物了
老鼠夹子都生了锈，像老物件农耕具一样
等待自生自灭。

田里长出了一棵棵的树
我所有的乡亲，恐惧弯腰拔稗草的日子
他们抬头仰望高山，泥土滚落下来的时候
身后的烟囱不再需要木柴

我的乡亲，双手正在田里挖金钱
用连根带泥的树，换青菜，萝卜，大米
我的故乡，乌鸦沉默了。

子 夜

我还醒着。凌晨的夜
雨已缓了。雨水落地摔碎的声音
很稳。窗外
流浪猫叫得惊悚，它们的叫声
像是刚坠地的婴儿，
乘着夜黑雨急时被人抛弃。

——我不过是听到雨碎了
猫叫了。除此之外，一切悄无声息。

只有浩瀚，才配得上大海的名（组诗）

● 虞兵科

千军万马。挟持雷电、风浪
三千里潮声擂战鼓
谁的江山，被闪电打磨成尖刀

死亡和苦难
还有鱼翅上的风声与阳光
这荒海上仅存的火种
是我不能忽略的图腾呀

亲手放逐的渔火
把所有的鱼骨，燃烧
时间的手指上，古老的渔谣
正背负疼痛的火光

等待风暴的固执与诅咒
不能摆脱巨大的陷阱
在一片浩瀚的水上，也要摆上我的头颅
用高傲的姿态
在胸膛上杀出一条血路

撕开自己，渴望被暗流击伤

谁也不会怀疑大海。风把浪的心事
一个一个地解开，
一茬茬浪花一边生长，一边消失

黄昏的轮廓在坍塌。
许我以辽阔，夕阳止于水的边缘
步步逼近的是锋利的鱼刺
盐含着泪认命
醒着或睡去都已毫无意义

撕开自己，我渴望被暗流击伤
用一滴血清点生锈的骨头
不能把它们丢弃，便把它们收藏

在辽阔的生死簿上
我不想记住对手的名字
死亡和生存
不过是海手中两枚性格不同的牌——
翻手为风，覆手为浪

用风暴和黑夜，跟大海交易

交出收藏的盐和灯盏
擦亮生锈的季风
我已打理好汛期的行装
真的不需要捕获潮声
每一枚盐都是鱼的诱饵

抽取一根岛的肋骨吧
挑起瘦小的渔火
风暴和黑夜总是来得猝不及防
每一个渔汛，总是早早准备
就怕，月黑风高
搬不完累累的鱼骨和宝藏

浪花点燃了火种
云朵爬上桅，鸥鸟丢失了翅膀
洄游的鱼群露出丰腴的胸脯
这不是大海，无与伦比的诱惑
这一场孤独的交易
只能交给风暴和黑夜

星河组曲

忧伤不能阻止浪花的盛开

忧伤不能阻止浪花的盛开。请原谅
我和我的小名，苦守契约

不小心遗失了风暴的咒语。岛的遗骸在水里
安营扎寨
——这是冰冷的眼泪呀
加一把盐，燃烧
足以把海的余生烧为灰烬

海水足够敞亮，能够容纳风和鱼类
还有圆寂的桅杆和铁锚
给一个腌制月光的理由吧
把渔火唤醒，一起收割三千里的渔汛

我已交出大海安排妥当的圈套
可以想象，在漩涡里寻一剂
良药有多难。旧伤还在
鱼骨上滋生、复发，泛滥成灾

一尾鱼提着渔火
像一个手无寸铁的囚徒

所有的水都是伤痕

像风干的尸体一样挣扎
浪为自己寻找出路

锋利的牙齿属于风暴。夜的鳞片
被层层剥落
那些泛黑的歉意
让阳光也变得蹑手蹑脚

揭开鲜艳的伤疤，引诱一次无关痛痒
的汛期。渔网伏击最后的洄游
鱼的气息一再隐退

不必原谅铜一样的肤色。海的面具
被雕琢得恰到好处，却掩盖不了苦难

等待一场悲鸣落下来
所有的水都是伤痕
此时，只想让海把痛喊出来
让逃离的借口成为证词

从春风十里的海边走过

桃花般的身世，拯救腌制的月光
打开一朵浪花，一生未说出口的爱
潜回冰冷的宫殿
是悬崖阻挡了洄游的时光
海的喘息止于一个黄昏的瞬间
喝一口灼心的烈酒吧，春风已回到了门口

我只是迷路的归人。弹一曲高过云朵的渔谣
涛声淹没了一座岛屿
谁把多余的孤独逐一解脱
守一盏渔火，已抵不过燃烧的火焰
路过的鱼儿说出了秘密，唯一的身世
在水里挣扎。应验了风暴的咒语

此时，忘记自己是一个意气风发的诗人吧
捡起丢弃的面具，用一壶烈酒
换回尊严。春天是我的
我从春风十里的海边走过

一尾银翅闪耀的鱼，正穿越海的心脏

在日子和流水之间（组诗）

●重庆子衣

在日子和流水之间

晨光与暮色里，所有房子，连同生活的炊烟
仿佛都在时间的流转里，依序进行
婴儿的啼哭令人欣喜，老人的离世充满悲凄
幸福的情侣带着信任与期望，步入爱情和婚姻
离异的夫妻，怀揣伤痕，走出民政局
这是普通而又平常的一天，远行的远行
回归的回归
降生的降生，离去的离去
富贵着的仿佛依然，在高档生活的圈子混迹
贫困着的，依然在贫困与悲哀中，挣扎哭泣
我的每一天，也在平常中静静流逝
没有梦想和荣光，也无绝望的败迹
在繁华城市与宁静的乡镇之间
我和爱人开着小车，开开去去
也在日子和流水之间，荡着小小的幸福
历经小小的悲喜
平淡的生活就是这样，除去生死
就是劳作、休闲，就是
把短暂的一生，过成漫长的一世

那时，我们也在晨光里道别

仿佛年轻时的爱情，那时，我们在暮色里相聚
在晨光里道别
每一道曙光，照亮开满野花的小路
也照着我们，依依不舍的身影
清晨的风，吹着我们难舍的足音
相依、相拥、热吻、挥别
一条沸腾的小河，涌动着热恋的歌声

那时，一日不见，如隔三秋的渴望
诱惑着我们，也折磨着我们
在暮色里，我们加快脚步，用温热的爱和身体
迎接彼此
那时的夜晚，仿佛整个星空，都是我们的
整个夜晚的浪花与温暖，都将我们
紧紧包围
而清晨，催促的晨光，让我们痛恨生活的距离
在不得不暂别的桥畔，我们总是
热烈相吻，不舍分离

把忧伤交给花朵

把忧伤交给花朵，把栅栏交给阳光
把愤怒交给花园，把叹息
交给蓝天高远的想象
在春天，我们和月季花一样活得鲜亮
在夏日，我们和孩子们的笑声
在林荫里一起荡漾
你看见扶桑在开花吗？闻见玫瑰
散发的芳香吗？
我们含着花瓣、追着蝴蝶
把苍老活成年轻、把压力活成放松
把追求功名成就，活成简单无为的日子
把花园外的山，活成时间的骨骼
把窗前的海，活成教堂的钟声
夜晚的星光和梦想……

浓缩千年的时光

千年之前，谁也在欣赏牡丹的花香
谁在用柔软的笔画，画下一片牡丹的富丽与鲜亮

星河组曲

千年之前，哪条古街，哪座古老的院落
一丛牡丹，在静静绽放

千年之后，我的目光，停落在这幅牡丹图上
鲜红的花色，粉绿的嫩蕊
苍劲的枝干，轻飞的蝴蝶
一幅牡丹图，鲜活我所有想象

浓缩千年的时光，我们相遇在一丛牡丹花下
永恒的植物，散发永恒的香气
略去朝代与风云、略去各自生存的压力与烦恼
我们都在牡丹的盛开里，爱上春天
爱上生活，爱上这个世界，自然而美好的花香

一泓瀑布轰鸣着自己的水声

一泓瀑布轰鸣着自己的水声。一树红枫
燃烧着生命的热情
一块青石，生长着厚积的青苔
一湾流水，曲曲折折，朝向远方奔去
在世间，每一种事物都有自己的生命轨迹
它们的悲欢，和我们一样
同样沸腾在晨光和暮色里
谁能说一缕风，没有沉重的悲哀
谁能在一只鸟的飞翔里，忽略它们的欢乐
和眼里噙着的泪水
别去追问一棵老树，百年风雨的辛酸家史
别向一棵嫩柳，打探它们在弯曲之中
所受的伤痕
笑着路过每一个秋天的身影，向它们的花朵
和果实问好
必要之时，我们也要停驻脚步，向每一座悬
崖的陡峭
默默致敬

我们搜遍群山和诸多江河的美景自然

黑暗的依然黑暗，美好的，却在失去美好
这个尘世，每一天都有灰暗与罪恶
扑进我们的眼帘和心窗

群山的骨骼依然耸立，谁却在将森林和大地
的美好
不断破坏，不断砍伐？
在日渐减少的物种里，我们有没有鲜血和恶迹
沾染自己的心脏

开发还在继续。我们也喜欢在新兴的楼盘和
开发区
找到快乐与希望
可有谁知道我们膨胀的野心，早已侵蚀万物
的家园
雾霾和沙尘暴，在以回旋的方式
向我们进发

利益熏心的野心，还在膨胀
有时，人类也不知，将要去往何方
我们搜遍群山和诸多江河的美景自然
却并不知道，我们早已将万物的家园
破败成，满目荒草

活成草木的眼睛

活成草木的眼睛，我看到秋天的荒凉
也看到春天的柔软、夏日的青翠
活成街道的眼睛，我看见阳光
也看到行人眼中的雨水
活成梅花，我看到冬天的寒冷
我也看到春天，即将带着温暖的桃花
轻快走来的步履
……活成霜，我看到雪
看到温泉，看到阳光中的云朵和水蒸汽
活成黑夜，我看到光，看到美
看到花朵和路人，带着明媚的天光和色彩
朝着他们热爱的道路，继续走去——

沿着一条光影的道路

沿着一条光影的道路，走向心灵的静寂
有和无都在并不重要的地方
时间依然鲜明，宇宙和世界

依然在我心上
悲伤和苦难是这些挺立的幽竹吗?
内心的光明,仿佛高耸在前方的殿堂
生活,这一时刻我不再愤怒
也不再惆怅
在幽蓝的天宇之下,在永不停歇的流水之间
我听见风吹落叶的声音,我也看见
老人安静的墓碑,婴儿恬静的欢笑
他们还在说着梦想、说着辉煌
说着意志、忠诚、背叛与邪恶
伟大与善良
我只见,仙鹤轻飞在云雾弥漫的山岗
一片月光和阳光,在将河流和土地
百年千年地,依序照耀

雨水还在继续

雨水还在继续。有人还在渴望,雨伞下的温
暖与干燥
上坡和下坡,城市和乡村,都有生活的背影
在喘息、在踌跚,在遥望前方的太阳
我不是佛,我没有强大天光
将所有湿重的天地,换为晴朗
谁的窗口重复着雨声,谁的屋前
积水成涝
这生活,一揭开花朵和香气
便有雷声和闪电、雨水和哭泣

横陈在,生活的长街之上
谁给你有温度的怀抱?谁把雨水中的灯光
递送到你心上?

世间万物,让我们一起祈求天光
祈求幸福和温暖、光明和爱,落满我们的眼睛
落满我们,雨雾之外的天堂

在牡丹和花香深处,我想起春天

在牡丹和花香深处,我想起春天
想起我们拥有的温暖和阳光
一个乐观者的生活,总是把雨水转向太阳
而我也在你的感染里,减弱叹息
增加快乐生活的力量
旅行和休闲,鲜衣和美食
我们渴求的美好,并不太多
容易满足,这是生活给予我们
继续前行的希望
你说,对,我们都要爱上潇洒
可有时,我仍有沉重的碑石,湿重的青苔
横陈在内心之上
转过身,我看见你,看见花朵和阳光
那是简单生活的朝圣者,在以晴朗的笑音
引领我,心怀清音,眼朝光亮

秋刀鱼（外五首）

● 周瑟瑟

我大叫一声瘦鱼
它们晃动一下
但不过分慌张
我探下身
观察它们
一条秋刀鱼
眼睛又圆又突出
我看见它的眼睛
闪过一丝不屑
隐秘的
鱼的态度
很长时间
我没有说出
秋刀鱼的不屑
它们挤在
栗山塘的浅水处
像我们小时候
衣衫单薄
在秋风中张着嘴巴

继续死

一场童年的雨一直下到今天
昨晚在雨中惊醒
摸到胸口湿了一片
脸上的雨稍有停顿
我在雨里陪父亲死了一回
现在我醒来了
父亲还在继续他的死
我问天上的雨
我的父亲
他何时能结束
他的死

蛇皮

银色的蛇皮
渐渐凉了
白天蛇皮发亮
到了夜晚
还是发亮
在栗山漆黑的树上
蛇皮
我童年丢弃的外衣
穿在漆黑的树身上

汽笛

我站在窗口看天
突然汽笛叫了一声
天空日光晃动
室内气温适宜
室外气温或许更好
远处大河流淌
河上的轮船又小又慢
但我看不见
但我知道
不远处有一座火车站
旅客匆匆，火车忙碌
此生我大约有八十次进出其中
现在我看不见那美好的一切
汽笛叫了一声
被城市的声音淹没
我期待听到下一声汽笛

手电筒

躺在床上晒太阳
终于迎来新的一天
终于迎来中年的强光
就像一个巨大的手电筒
从天空向我扫射
想起小时候
我们从漆黑的夜里跳出来
揿亮手电
有时候照见惊慌的水獭
它们趴在池塘边
哗啦一声栽入水中
有时候照见父亲
他眯着眼睛
在光柱里叫喊我们的名字
兄弟们消失在夜色下
水獭消失了
父亲也消失了
我再也回不到幽暗的夜晚
你看今天手电筒高挂天庭
照亮了整个世界

风　速

车厢里娇儿啼哭
窗外麦苗疯长
枯树还没发新芽
高铁奔跑在几朵白云下
一觉醒来
已进入河南
中原大地房屋与鸟巢错落
路边老人一张清瘦的脸
那是谁的愁容
高铁行驶相当于
17级大风
风啊没有吹翻
杜甫的愁容
广播里说因为风速
高铁限速行驶
我将晚点达到书房
桌上的书页
请耐心等待
我均匀的呼吸

雨中的铁道（外六首）

● 许 洁

或明或暗中，你总在等待穿越。
此时铁道如蛇，如远方女人的腰肢。
这个雨夜，有谁不想轻轻拥抱？

在夏至日静坐，湿漉漉的都是潮水。
一条坚贞的铁轨试图穿过雨花，
试图带动另一条铁轨飞翔。

有无数的铺陈，在哐嗤哐嗤中延伸意念。
一场暴雨激动了，有虚构的大房间，
远远地被丢在了深山老林后面。

但铁轨从不放弃。哪怕只剩下一个人，
也从不改变它的光泽。即便是老了，
依然保留着一如既往的性感与沉淀的红……

农庄抒怀

一切都在路上。车子饱含情绪奔跑
受了寒的树带动秋风，节疤挤出明珠
娘啊，不知道此刻我比您暖和多少

光阴平静。痛与爱彼此相扶
有尘土和笛鸣默默起舞，有筑路工
穿过池塘，铺设着明年的铁路新闻

鱼儿已不知晓乡村的巨变
塘水已经很混了，有一个风干的缺口
跟着举累了的荷，一起控诉晚秋的夕阳

栾树林依然在壮大，它们巨大的阴影
覆盖着一些有爱的动物。而秋风不问

一夜间让农庄的红灯笼七零八落

拾起它们。与整理竹架上的咸鸭子多么相似
在这片举行颜色革命的田野，在朝南的院子里
谁也无法掩盖母性生生不息的萌动与凸现

一天歌颂一次沙滩

每天一次歌颂，都有你退我进
沙滩的纹身是最裸露心扉的胎记
花开和舞蹈，都可以说出
一面风的走向和气息

沙抚摸着沙，一层层地推搡
金黄色的衣。它们有伴娘的气质
它们熟知，鱼与鱼的旅行
与内心的激越和隐退多么有关

但潮水依然会回来
倒下的船桨和贝壳也会回来
它们紧紧地拥抱沙滩
就像拥抱情人，或者歌颂母亲

哑巴店的雨

雨一直下，大地如一面鼓
有人企图打落花朵。鼓听不见
屋后桃树的声声叹息

天上的水实在太多了，逃跑的鱼
从不顾及我的感受，它们愿意

被抓,愿意去草地里殉情

真想拦住它们。用泥土垒墙
用铁丝做网,用赤脚在池塘里来回召唤
却找不到一条听话的家伙

雨水牵出了我内心的盐。在哑巴店
守候的睫毛能飞吗?鱼可以
漩涡呆在原地,无话可说

淋湿的小黄狗和屋角发呆的土鸡
默默相依。今天的天气发霉了
隔壁的周嫂又颠痫了一次

招牌被雨水越擦越亮。路边手书的
哑巴店有些古意。风起时,灯灭了
不知道闪电那边,谁在大声讲话

初夏,无法入定的中年

雨过之后,地板都要急出汗来
隐忍了很久的喷嚏,想止痒的灭蚊灯
让失眠的房价眼往高抬

口干舌燥的示儿,蘸着蜂蜜水的爱情
想吃黑的老窗帘,不断啃电的朋友圈
赞与不赞,都要想几个需要陪伴的影子

什么时候的小夜壶,想喝淋淋沥沥的雨声
啦
飞蚊眼神色慌张,款冬花与伸筋草
突然想做爸爸的咳嗽,妈妈关节里的风

有信仰的图书,不小心打翻了药瓶子
想在一顿饭里开花的酒,伴随饥饿的
笔记本,吞下难以下咽的文字

在很美好的初夏,近视里的老花朵开了

靠在床上的中年人,让一朵含泪的小棉花
供出了肌肤里麻木的针……

小药丸

小药丸从瓶口滑出,又从掌心逃离
这些天生的小蝌蚪,注定与水相关
与一条河流的单纯、清澈和活泼相关

我很费解。相关的存在、躲避与消解
会是一种怎样的结果?小药丸五彩斑斓
总有释放不尽的分离和破碎的意义

寻找并捡拾信任。得失总在怀疑之中
这些带毒的小药丸,是否可以挽回
一个人的失忆,或者偶尔泣血的纪念

治愈系的星座,在黑夜中不断闪烁孤寂
药丸是它的孩子。在春天里害病的两个人
一定要等秋天才能拥抱彼此的欢娱吗

误入禅房的小麻雀

小麻雀不知道,我也是个修行之人
它被什么吸引,是否承载了森林之心
我得承认,打坐也是一种飞翔

禅房饱满。一只手正紧扣另一只手
有混沌的万象和缭绕的黑云出没
但玻璃看不到,院外大把茁壮的
野草和馋猫看不到

光阴西斜。小麻雀不愿离开
此时有一只蜜蜂归来,探究着
一盆花的力量。我们一起偶遇
学习。有人悟到了甜蜜
有人懂得了逃避

泊在夜空中的星星（外三首）

● 爱斐儿

夜风中泊着海精灵的腥气
鸡蛋花香也偶尔参与进来
航船已回到港湾，陆地上灯火璀璨
焊接着锈迹斑斑的梦呓
我并非钉子，并非黑幕的一部分
我不过是一部分事实
看不清是源于距离和高度
我也并非你熟知的迷迭香
目光并不迷离
我只是恰好栖身于星群
每天都调整自己的位置
爱一切所见。确切地说
是爱你所说的上帝埋下的伏笔
爱臣民拥挤于尘世
如果此刻，你正站在一座房子的面前
我就爱你脚下的尘土
并取出体内的金银镀你
如果你厌倦身边的滴水莲
终日滴着令人麻木心烦的水滴
你说，给你种植一片极慢极慢的时间如何
配置一世阳光，满目青山
再送你生命的长度
活过万事万物

白兰花

你被遗落，像云朵倒映海水
一副端庄的样子颇似哲理本身
玉肌中盘踞石头，任新事物云集四周
反思命运、时间和路径
无形之光，穿越可见的事物
四面低目颔首的山丘
潜藏深黛，深埋不变的秩序
我想，与任何事物相比
你也是极轻盈的一朵
有自己的信使、光亮
与黑暗保持清澈的关系
随时可以飞离
却不愿放弃地面的如火清凉
我从未离你如此近过
就像聆听圣人的声音
需站在远处
我为自己布置好了位置
决定从下往上看你
远离激情、风暴、阴暗与火
这样，我就不必总是想着
去手刃手持花朵的时间
好让你无处不在
而不是仅仅路过

七夕

今夜，天上的月亮吐着新芽
所有的喜鹊都往天上飞
要为一对相爱的人飞架一座天桥

今夜，地上的祖母端出针孔和七彩线
葡萄架将要屏退光阴
乞巧的人，侧耳聆听云朵散开
他和她将从星辰中走出
成就夜空最生动闪烁的爱情

此时，多少人心怀喜悦抬头望天
从满满一河天水中

获取自己的温暖和闪电

亲爱的，我相信你是神赐予我的
风形神貌全都暗合心中期许
说好了今生两心相印
我岂能辜负神的好意

献祭的鱼

在这个午后
之所以和你无语相对
是因为我在一次仓促的行程中
遭遇了你的死
我以为已掌握了词语的秘钥
却不能用任何一种语言
送你返回生
返回江心葱绿的水草

以及自在游荡的往昔
我为自己的看客身份
也为你和你成群的伙伴
不能逃脱的一场预谋
以及将被置于冰上迅速冷却的尸体
而羞愧不已　阳光刺目
它令你周身的鳞片
冷冷地陷我于反思
让我忽然想从胜利般的喝卖声中
退回寂静的一角
陪着你
并向你忏悔
作为一个肉食者
我也曾闻腥膻则喜
也曾哼着小曲
轻松地抹去过砧板上的血迹

必 须（外七首）

● 杨 邪

必须把树身上的那枚钉子
拔出来

那是刺入血肉与神经的
永久的痛

不能心存奢望——
时间可是一剂暧昧的毒药

钉子，不会自行腐烂
伤口，无法不治而愈

亲 戚

她总是揣着个算盘
算盘子儿随时会，啪啦拨动

一滴应该落在刀口的水
她决不让它落在，刀背上

冷漠，是她惯常的表情
但我见惯不惊

最担心的是她笑成一朵灿烂的花
花朵中有两颗，巩俐般的大虎牙

一些，锈

死 亡

顽强的仙人球
凛然不可侵犯的仙人球

假若你把沙漠
窜改成，一个
雨水充沛同时缺乏阳光的版图
它的脆弱
让你大吃一惊

顽强的仙人球
凛然不可侵犯的仙人球
有一天，突然蔫了
像泄了气的篮球，耷拉在
花盆的沙漠上
你用笔杆挑起——
原来它早已腐烂，中空
只剩下了，一张虚张声势的皮

孤 独

孤独是一个人
大家都在抬头数数
而他却在低头嘟哝

孤独是一棵树
那么多的树扎成堆儿
而它远远地，戳在树林之外

孤独是一条虫子
春天了，别的虫子都在亢奋地交尾
而它在翻来覆去迷恋一茎草叶

孤独是一个词语
逗号过去了，分号也过去了
而它无法赶在句号到来之前，挤进句子

诗 歌

今天，一个向来朴素的诗人
他的诗歌
让我读出了，满嘴的甜
发黏发腻的甜
甜得我忍不住要去漱口的甜

今天，一个始终晦涩的诗人
他的诗歌
让我读出了，浅浅的简单
干干净净得
像清凉溪水中的卵石
让我忍不住要，举手致敬

收 获

偶然捡到一个语词
在街头纷乱的布告栏里

那么熟悉的一个语词
仿佛一张，皱巴巴的旧纸币
再也没有丝毫新意

可不经意间
我发现，它就像是
泥地里的一块破玻璃
当被我擦去表面厚厚的污垢
它突然变得，异常闪亮
让我不由得
吓了一跳

恐 惧

静坐时，经常有
细丝般的恐惧
缠绕过来

它们来自对面的挂钟
那裸露的指针，滴答
滴答，发出陈旧的声响
老是跟踪着我搏动的心跳

如果突然，指针静止了
——这是挂钟的事
当然，于时间毫无关系

——而一只挂钟
显然还是，会扰乱到
许多人的生活

书 房

书房里堆满了书
它们中的绝大部分
是我所尚未仔细阅读过的

对于书籍，我的变态心理
几乎类似于古代的皇帝
——每当在民间看到绝色美女
皇帝就会眼睛发亮
意欲据为己有
而在书店，只要能从口袋里翻出钱来
我就是一个色迷迷的皇帝

许多年前我曾设想，当我身陷书房
这与皇帝身陷后宫
状态应该是完全不同的——尤其是
当我和皇帝都上了年纪的时候

而如今我的感受是，每当面对一些书籍
尚还年轻的我就越来越
像是一个面对嫔妃们的老皇帝了
——虽然心向往之
但我却已经，翻不动薄薄的书页

孤身独坐在阳光里（外三首）

● 阿 钟

我进入了北美的冬季
阳光下车流滚滚
我坐在路边
回忆往事

天空是想象中的纯净
我内心的杂质
也在潮湿的早晨横陈

一棵棵向着天空挺拔的树
尽管绿叶尽除
也依然应和着天空的垂顾

这盏灯曾经飞翔

这扇窗曾经飞翔
这盏灯在对面人家的屋里
比太阳明亮

这是下午
我刚生完一场病
天空里有一点点雪意
但雪的光芒并未如期降临

这扇窗曾经飞翔
这个人在地面上开始崭露锋芒
无数太阳的碎片
犹如飘向梦中的晶莹雪花

我坐在窗前
这盏灯曾经飞翔

附 灵

你有两个或三个
在我的身体里进出

迷幻的空气里
我像一个啃食垃圾的人
在泳池蓝色的波光里
吐着舌头

我不能忽视你
我生命的幽灵
我的前世今生

我在地球的尽头
看着太阳向西方落去
我吐着舌头
看着你在我身体里进出

在英语的海上飘零

我坐在窗前
面对游泳池的蓝色反光
高高的椰子树渐渐模糊
家家灯火
唯我孤影飘零在英语的海上

饮 酒 辞 (外九首)

● 苏微凉

饮酒者,对着瓶子吹了一口气
在他的胃里,沸腾着大海
除了二斤烧刀子*,还有故乡的驴子
空气、泥土、柿子树,扑面而来的
灼烧感,来自于一个秋天的空瓶子
醉卧异乡的树杆上

*指小商店买的散酒,度数偏高。

盐官辞

火焰融于大海。在水边观潮的人
看见悲壮、浑圆的落日,犹如
走失他乡的白马少年,能否看见
曾经字正腔圆的呼喊,以及白发须生
老去时在海底微弱的呼吸,睡眠——

虫草诗

一只蚂蚁,经过夜的草纸
发出"沙沙"的声音
"沙沙"是人类在叶落时分
还乡的脚步吗?

只要你动一下
陌生的指头,这小小的虫子
便和故乡,地图册上的顿号
一起消失在茫茫月色

鱼骨图

这是故乡的石斑鱼
下一秒便要老去、腐烂
但我不能失去
骨和时间的对峙
鱼刺和鱼刺较量、碰撞的
小河流

哪怕一根,也允许扎进我的咽喉
或者骨头。占为己有

火 车

火车,不是交通工具
火车就像一个火柴盒

只是为了把每一根火柴
按照约定,送往不同的黑夜

微 鸣

麦苗、苞谷,一只秋后芨芨草
一滴倒挂在母亲腰间的露水
落在大地上

不多不少
恰好喂养一只异乡归来的蚂蚁
风尘仆仆,满身疲惫的蚂蚁

只剩下幼小、妇孺
只剩下故乡
最后一只,和另外一只年轻
以及微小的虫鸣

落雪辞

雪落在父亲的头发上
65年来的
越来越稀疏的头发上

多么整齐,两束草一样洁白
枯涩的头发
风刮来,我都会担心
会不会吹倒或者落下来

还好,下雪了
雪落在后坡的山地
雪落父亲的头皮和毛发上
滋润了麦田,父亲幽黑、瘦削的面孔

故乡辞

一

不珍惜身体的年轻人
脱发、阴阳两虚
医生告诉他要补肾
要吃鹿茸、虫草
动物的肾以及脑袋
把掏空的精血,补回身体

把掏空的故乡,掏空的父母
交还于故乡:两只空荡荡的窑洞

二

把牧童还给黄牛,把鸣蝉还给杨槐树
把小草还给山坡,把雪落还给天空

在故乡,把春天还给一片叶子,把双手还给母亲
脸上,第三条皱纹深陷,以及最后两颗牙齿脱
落的危机

把故乡,还给一步、一个脚印
走回去,又出走的打工者

致

在落城,我愿意成为一切
你喜欢的样子

比如:名人街的一条小巷
一个漂亮的女孩子
秀发上的卡子

一个乞讨者,蓬头垢面
裤子上掉尽的扣子

这个世界,那里有悲伤的苦水
那里就有柔软的风,轻轻晃动
你,疲倦的马尾——

无法抱走（外二首）

● 安娟英

如果你走进
红黄蓝江南三月的梦境　我会在你的背后
轻轻解开贴身的绣花红兜
闭上眼睛等着你来抱抱我
让你的呼吸让你的心跳
使我在惊喜的惆怅中失去清醒的感觉

夕照的黄昏传来
晚唐悠远的琴声
将包孕吴越的倒影拉长
窥探你我各自的心事
花飞絮落谁的片片花瓣泊向往日的风骚
风生水起谁的一叶扁舟在湖心久久打转？

再设想你——
离别时侠骨柔情的眼神
已叫我失魂落魄地放纵
等着你来抱抱我紧紧相依
我们一起去细数鼋渚春涛
溅落在天边云层中的星星

总想真的有那么一天
我们相逢在太湖源头
你可还在为
江南的青山绿水
江南女子的炽烈丰满
独特的风韵悸动不已

而我却只会轻轻向你诉说
有关惠山脚下的古运河
老浦闲谈的精彩
以及留守儿童

以及二泉映月……
并不是我没有领会
你的心思你的爱慕
只因为　无论是虚幻的来生
或真心真意的今生
亲爱的，今生今世
可以爱你的人并不是我?!

我在安渡坊的渡口等着你

今生今世
也许我可以忘记乌镇
春秋青墩,乌墩
秦时红墩,紫墩命名的记载

也许我可以忘记一
落日余晖下码头上的半朵悠莲
有关妙普禅师的传说
以及通济桥和仁济桥
桥里桥最美的古桥风景

亲爱的
我唯独不会忘记的
是1950年乌、青两镇合并的姻缘
我真的不想放下
大红油漆阁楼上的那个绣球

元宝湖上依然浮光跃金
瘦竹斜倚鸟儿双双飞过
我不应该忘了昭明太子
在乌镇读书的书香味
我不应该不迷恋乌镇的桃红柳绿

西栅东栅鸟语花香的美
始终为那年你的阵阵心跳
为你甜甜的江南男子的气息
忘记了自己所有的一切

还在为那一个夜晚
我们对着一轮清月
许下的诺言
任凭岁月老去
任凭风吹雨淋
独自一人在渡口
眺望着你远去的背影

亲爱的
如果你到乌镇
一定要到安渡坊的渡口来
我还在渡口的乌蓬小船里
等着你

我发现

尼罗河的西岸
底比斯卫城的环山公路旁

那帝王谷的半山崖上
有几行中国的汉字密码

这象形文字是越洋过海
从东方吹来的风
用汉人的石器刀青铜剑
一刀一刀刻上去的

这汉字密码
不是为历代新加冕的法老记功论罪
不是用它来束缚伸缩着血色信子的巨大蛇神
不是来陪伴守候空荒与寂寞的太阳神和一具具的木乃伊
而是华夏黄帝为天下所有用生命与心血建造帝王谷的手工艺人
所赏赐

并在恭候中国的习大大再次来到
这个用孔雀石彩色赭石铺建的祭祀现场
将这几行汉字秘码
向全世界打开……

阿拉坦山寺（外四首）

● 查 干

香火
把一山的香客
送入归途
野铃兰垂手站在石径上
在夜露的安抚下安静了下来
挑水的小喇嘛
飞走于古老的栈道
水桶里的明月犹如一只
木鱼

山寺门前的山榆下
松鼠们来此聚会论道
它们评定　在来来往往的
香客之中
哪一些是属于
虔诚的信徒
那一些属于利己的小人
而此刻

一声声的晚钟漫散开来
使扎鲁特草原的
溶溶夜气
充满了
禅意

登岳阳楼

吴国和楚国
消失于一片烟水
惟鸥鸟的咻咻里还带一些些
那时的方言土语
年迈的杜甫感叹人生的晚秋之时

岳阳楼上的那一排栏杆
也有些苍老了
八百里洞庭水浩淼如人生之梦
一帆哀愁
怎抵得过危楼上的两眼迷茫
我有些来晚了
未见到万禽飞鸣的那一种天籁
而银色的苇花仍在风下坚持着
犹如慕名而来的寒士墨客
潇水和湘水连袂流入洞庭
只是湘君的容颜　有些像雾
舜帝南巡从此不归
有一种叫斑竹的植物
从此泪水涟涟
请问云梦大泽　今日你可安好？
只有一杯浊酒我来凭栏祭你
今日下得楼去
你我云水相隔

落日与草原

落日　是一面古老的铜镜
它的别名叫做苍凉
苍凉的额头
有白草飞扬
飞扬的白草下
就是我宁静的故乡
故乡的旗帜
是蓝天的颜色
即便风摧霜侵
也不改初衷

繁星满天

草原
是个简单又简单的地方
一顶蒙古包
一群牛羊
一碗醉人的奶酒
一具雕花的马鞍
还有灌满大野的长调牧歌
鞭儿一甩百灵飞翔

草原
是一处少有劣行的梦境
晨赐一轮慈祥的朝阳
夜送一轮安魂的明月
还有空气还有水
还有微笑和犬吠
还有一声声天籁般的马嘶
召唤着仁慈
召唤着爱

偶闻鹧鸪林中啼鸣

拄杖登山
最忌一步三叹
也不要迷信破钵芒鞋　是
云游的唯一
在千岁万岁的大山面前
你不过是一个刚刚起步的婴儿
何况风中还有唐时鹧鸪
仄仄平平地啼叫
这总是叫人想起
柴门鸡啼以及那一些
牛角挑起的缕缕炊烟

你就别在意脚下的坎坷和孤独
骨骼上刻有云字的人
还怕什么此处是
天堂还是
地狱

诗与时间隧道

小说是只金龟
只能在结构的土地上缓慢地爬
而诗是虫洞里的蝙蝠
沿着声呐在时间隧道里
自由地飞翔
宇宙多么小　星球行距也就寸长
正物质与反物质
相尅相依
只要有诗的联想
就有一条暗物质的隧道
在梦幻之外舒展
白发三千丈是怎么长出来的
日行八千里是怎么行走的
母亲的地球是我们的基地
其它星球则是我们的百草园
海底隧道不过是最初的游戏之作而已
而时间隧道　则是我们
不是科幻的
神速
只要你骑上诗的快马
距离就不成为距离
梦想就不成为梦想
星球与星球之间
鸡犬可以相闻
炊烟可以相招
记住　虫洞在你的暗处
只要你点燃诗灯
你就是一位自由的
神

注："虫洞"是连接宇宙遥远区域间的时空细管。

交 接（外五首）

● 白　夜

多年以来，我竟然没有仔细端详过
这个生养　哺育　默默为我
操劳一辈子的女人
她现在四肢迟缓蹒跚
躯体也微微躬曲
黑色森林，白发霜降
秋风初起的夜晚
秋寒鞭了一下我的筋骨
我侧过身，望着身旁另一个
默默忙碌的女人
她身子娇小，手脚如母亲年轻时
利索麻利——

桔 子

从青涩到橙黄
除了阳光和雨露
还需要细心的呵护和
些许期盼

桔子，南方最常见的水果
熟透的时候
柔软　芬芳　温暖
拿在手里
恍然忆起
——母亲温暖的乳房

黄昏
一只桔子，放在桌上
橙黄色的
像一只小小的灯笼

透过那微微发黄的光影
我忆起一个女诗人
一个山村的夜晚

瓷 器

像擦拭一件瓷器
每擦拭一次，纵横交错的龟裂纹
就一次一次清晰地凸现

父亲住院后
每天下班，我都要急急赶去
给他擦洗身子
额头　脖子　肩膀　后背　腋窝
胸膛还有下身
这个时候，父亲都会闭上眼睛
像在享受最后的时光

但我知道。父亲不是古董
越老越值钱
我真的好怕。哪天，一不小心
碎了

装满粉末的小盒子
再也擦拭不出，瓷器一样的釉泽

树

观察一棵树，就像看到了自己的灵魂
有细小慎密的心事
有永不屈服的呐喊

繁星满天

树叶在风中奔跑,像火车开动刹那间
千万只手在挥舞。风停了
又像教堂里虔诚的信徒
每一片树叶都闪动着银色的第二面

在树下,你听不见树根在泥土中的呐喊
但你可以想象它们的挣扎
不屈不挠,努力向下地探究

为观察一棵树,要靠近它,和它们肩并肩
这些或粗或细斑驳的身躯
就是永不屈服的斗士,钉子般站成永恒

火柴盒

一节小小的绿皮火车
二节推动着时光慢慢前行
一座小小的庙宇
贮藏着无数个光明使者
一幕小小的舞台剧
只为点亮一片小小天空

你要光亮,他给你点上
你要温暖,他给你点上
肚子饥饿,他把生米煮成熟饭
悬命一线,他给你生的希望

当然。在阴谋家之前
他会稳稳地给你点上一支香火
然后,迅速地熄灭自己
——在你面前

家中少了一只碗

大雪不期而至
白茫茫,像我的悲伤延绵千里
父亲100天忌日
我们上山
去给父亲扫墓
敬香烛
盛斋饭
烧纸钱
跪地叩拜后
和父亲依依作别
走出很远
我回头
想再看父亲一眼
却发觉
父亲的坟茔
在大雪中
像一只白瓷碗
倒扣在山坡上

我注视秋天直到发现了恶（外四首）

● 冰释之

每颗秋天的心都结成了果实
每个沉甸甸的脚印都走向了堕落
我把蝴蝶倒回春天重新播放
看到暴力和美相拥着死去

我在春天的山上栽培流浪
把白云抚养成快马
我打算骑着它去放牧腥红的狼毒花
我知道那是秋天最美的伤口

正午的时候我会解下秋天的外套
满山都挂着赤裸裸的果实
我这样保卫爱情。一直到深夜
看月光的手臂偷偷伸进寂寞的窗户

我还是孤独。还想剪掉森林多余的长发
我无法读懂闯进生活的同类
那些新鲜的贵族，站在岸边的狼
我阴谋在高处和瀑布一起逃出秋天

我注定只是秋天的一枚果子
面朝黄土向往天空
我不敢跳下从种子开往花期的列车
哪怕春天将我重新召回子宫

搬到梦里去住

我决定搬到梦里去住
从泸州老窖的出口拐进去
大概需要两个时辰
如果空腹前往可能会更快一些

住在梦里的好处是清净
见不到不想见的人
偶尔飞来一只熟悉的鸟
也不过挥挥羽毛而后没入草丛

梦里的天空干净
山高水远都在咫尺之间
南水不用北调
即使雨季我照样浮在水面到处巡游

梦里的饮食也很安全
一口清风一口霜能活上百年
有幸喝口龙骨汤满嘴都是千年的风尘往事
我只是听说。没喝过

梦里的住宅很是土豪
随便一截横梁都是万年老松
龙眼一闭窗帘落下
夜明珠是最环保的光源

不过梦里也有不尽人意之处
常常被不明身份的野鬼紧紧追随
两条腿就像陷入沼泽
没办法我只好沿着酒精的味道逃了回来

父亲这条河

每次从桥上走过就会
想起父亲
想起他最后一脚没有跨过去的
四月的河流
那时的一场春雨后来一直下个不停

繁星满天

而我刚好四十出头
也没来得及推开疑惑的墙
父亲却撇下了
长在他心头的几座大山
约我在四月的岸边坐了很久

父亲其实不是一条河
他老家缠绵的群山只出产小溪
兜兜转转的命也早已注定
幸好皖南枪械所的土制手榴弹没有提前开花
大上海深夜出没的组织也没人告密
否则父亲这条小溪可能折断
我就会堰塞在父亲年轻的欲望里
大概要等上四百年才会有意外的力量
将我从神秘的夜色中解救出来

反正父亲一马平川赶往他的终点
三年灾害以后我伴他同行
我只是他半个同路人
父亲一生的智慧多用来防御
我的进攻年轻又鲁莽
父亲很快就走到了医学的极限
他告诫我要敬畏生命
幸运的是道路淹没在河里的时候
我们都爬上了各自的桥
如果我用尽一生
还是不能学会优雅
原谅我，你的笨拙我也要紧紧抓住

父亲这条河就这样流尽了他的一辈子
如今静静地搁浅在我的梦里

醉酒以后

醉酒以后，要把街头的人性
收集起来把散落的光芒
一片片还给黑夜

醉酒以后，要把车停在驾照的里头
把警察逼退到路边的罚单里
你要比制度站得高一点

醉酒以后，要试着把体制洗干净
哪怕瞎了酒精的狗眼也要
劝说路灯照亮维稳的另一面

醉酒以后你也有可能
站在规则的窗户里向自由眺望
而自由是更多的不省人事

我在等旧世界传来的消息

大批新人在网络安顿下来后
旧世界已经找不到出口
一些细节绕到了事实的前面
一些情节因为受过伤而变得非常尖刻
其实每个人起初都挣扎过，后来也都谄媚过

不必回忆
那些在历史里找不到的往事
它们已经不会在新人的窗前醒来
有时候晴朗的天空
也上演悲剧
光芒闪过到处是迷人的邪恶
谁会在事物的表面祈祷
然后将模糊的痕迹养大成证据

而新世界正好相反
它们更像远处走来的一对父子
相互依赖为情感的矛盾
时间在他们脚下铺设了两条平行线
有了疑问就在月光下点燃香烟
两颗星的宽度
足以培育被对方抚摸的角度
哪怕之间有浓厚的雾霾
也只会停留在未来病人的脚边

旧世界已经远去了
我们在努力学会目送新人走下去
虽然记忆和长夜在我们背后
虽然崩塌掉落的声音一直在回响
新世界那边
总会有一些透露给未来的消息

生活，你养育我（外七首）

● 扶 桑

生活，你养育我

生活，你养育我
用，泥土那样
又黑又聋又哑的
仿佛我是吃泥土的蚯蚓

我知道我还没活过
只是在昏睡中，朝
阳光世界探出
一枚，叶芽的脚尖

在秋风中，萎黄了
——这就是我生命的故事。

如何达到真实
——观画家卢西安·弗洛伊德

真，是残忍的。

你敢于直视？
这些裸体
这些男人、女人、老人
这些畸形的肉
一丝不挂的疲惫、茫然、悲伤
他们意识不到自己悲伤

这是人类的模样
这是十九世纪的模样
这是孤零零

正待被宰杀的动物躯体
没有祈祷仪式
没有受洗

闻山口五郎尺八

剑气是孤独的
剑声，有时是哭

如晾衣绳上的水珠
我们凝聚着生

天地茫茫
无非要完成各自的死亡

黑暗如何变成光

煤石般，他们投身于大地的怀腹有如
播下一粒粒种子。于是死亡有了

金雀花的眼睛形状
在春天的岸上

黑暗，也会迷路，在深达百米的地底
光，也找不到出口

坑道，像官员的钱包那样难以示众
坑道，挥舞着蜘蛛的一千只手臂

雨品尝我

雨品尝我

一滴，一滴

少女的我
青年的我。渐渐
成形的中年
（一个空空的蚕茧）——

它品尝
我命运的盐

承认这双手

承认这双手
没有爱人，没有朋友
只能握住自己。在慢慢
赴死的路上

你只有这十根
手指骨、薄薄
包裹着的肌肉皮肤
不断磨损的手指甲

用它们你在湿冷阴暗的井壁
攀爬

失 语

我的话语丢了

整整一年，我不去寻找

乘黑，我摸入一只干燥的茧
枕着那粗糙发硬的内壁

那些丢了的话语不是星星
也不是萤火虫

是被我捡回的流浪狗，再一次
流落
并失去下落

也许它出发，寻找失踪的我

赞美上天的赐予

一个女人应该配备
三匹马或三把剑：
美貌，才华，和智慧。
我有一匹
瘸了的老马，一把豁了口的钝剑

但，从未象此刻
我想赞美上天的赐予，他给了我这双
手：丰满、柔若无骨
它并不美丽。然而带着上天赋予的体温
不会消失

今早，或今世（外四首）

● 古　冈

醒来看窗，天阴，
不落雨，温度低七八度。

温存的东西咯噔，
善意在它嘴边。

飞走几个叽喳的鸟，
集体地俯视，自在啄食。

罩在笼中的机关，
我们打湿了翅膀。

明朝是周日，下雨，
一天天捱的种族链。

泡杯茶，窗外高架，
淡汁云絮，露白光。

想着扮演和即将
抽搐的肌肉，脸儿诡秘的笑。

一会儿我就站起，
低斜掠过这阴空。

出　走

日日忙的同事和机关
上级的上级，吐纳像花蕾的屎。

落下或鸟儿飞过，
我不用"驶"的美意，它无损花之脆。

比之钢筋水泥，
摞他们的置放地，安抚的深睡。

起而奔走，夜是我们白日，
飞着，儿戏颠倒的事业心。

小巧的官僚，
会议桌成世界方寸。

铝合金窗紧闭，
偶尔是我坐那儿。

飘的星云，点亮了骨磷，
趁我们身体的时差出走。

职员的晨曦

沉浮的升降梯，
门合拢来，隔音
徐徐地吊起。
塞进文件柜
每格分类、剔除，
每人被罩上
纪律铁栅。铃
突入人心
喧响的源文件和水笔。

内壁隔层，楼当中
被竖起一条
通天的钢绳。
增值，延年
树状图和钱漂白

繁星满天

白领成就的衣襟。
你用它造房,放下身段
冷的朝阳,碎玻璃窜溢。

小区光灿灿地
小孩子的天光,
一日之晨在于此。
新活力,煎蛋的平底锅,
润滑楼道一梯
多门洞,通地基
的穿梭感,阴森
小边门。盘旋着上路,
现实蚁群换穿人的制服。

口音和遗骨
奇特的手势,盛情在。
寒风空刮穿堂,过街,
预案里,他们想抓
往日笑靥的团队。

亲戚躲着安睡,说门扉中
梦话连篇的一声,似敲门,
响了却无音,无人在。

下 岗

上班的伦理支配私家车
失灵的红灯乱亮,乱闯车间和主任室。
私营化挪用工会会费,集体犯的病
戴高效口罩,人人礼貌口臭
容不得辩解的残羹和条纹工装裤。

太干净的账目和健康
像上进一般可疑。文凭
秃头的名牌效应,加体面。
我们游弋的年终奖和定额钢丝球
免不了擦去私欲的启蒙和小心眼。

他盘点工龄空饷
他噎住前辈的副科级。
企业文化的钢筋呵欠,
上岗随即病退。

硬档工矿随你挑,城隅
街道生产组,脸皮拧干
绽开的幸运意味退休金
注入新鲜的年岁不干胶。
榨取的承包工头顶着董事少白头
股东的腰围多积水,空手
递来星星的肥肠、空腹便便。

昔日大马路活像开膛的洋肚皮
淫气和地租浇柏油。他成了
她下半辈国统的开裆裤
囤积的不平等溃疡化开。

厂子看门的能上哪儿夜游?
我们顶替父母的老茧和盐汽水
顶着车床咆哮的指标和异化机油。
抹黑的指尖,像是赶赴行刑的资产。
每一个下岗工人后背
被哄着拖一个产业墓地。

缺钙的理想教育,成了副科级
嚼舌的负资产。一下子老了
夕阳红落下像糖纸片。
钱生出钱的创可贴,四溅的
刨床屑和欲望扳手直愣愣地
下岗,下岗,腐肉生现钱。

冷 暖

出地铁站,潮湿、带棕榈
散淡的南方味。热的毛孔。

遇着冷的街气,
打烊店铺铐的环形锁。

上班不是自己的身,
莫名、厌倦的套话。

钱和糊口,
使得休假成了自欺。

割了脐带的痛,
绕紧儒家的器官。

传灯录（外三首）

●韩玉光

我希望临终的时候
珍藏在身体里的那盏灯
还在慢慢发光。

如果是晚上，它们会和月亮一起
用洁白、明亮的光泽
来安慰人间的贫穷、疾病和痛苦。

我想将它传给我的儿子
韩烁辉，就像我的父亲
在2001年的冬天传给我一样。

一盏灯，也是一颗珍珠
在我的身体里，仿佛眼泪
清洗过太多的疼痛与忧伤。

——同样像诗。
我用完一生，在美与爱之间
写出的那些文字——

仿佛一只精致而温暖的茧子
将我度过的所有日子
一层一层包裹了起来。

我将这盏灯带到了
人生的边缘
你看，它们已发出了传世的光芒。

美不可言。但我必须说出
生命的圆满，万物的消散，像光
说来就来了。

2017年的第一首诗

又一年
被我用完，早上看见新一年的光线
鱼贯而来，又有新的安慰。
三天前，在龙门石窟
看落日御水西去，不禁怅然
若失，已经是第四十六个年头了
我还是不识人间烟火，只顾纸上清欢。
低头清理时间的废墟
看见几行文字："我们都是赫拉克利特的
河中的水滴"
有一种清澈形同远方，仿佛我
不遗余力，只为这不同寻常的归乡。
总会有时间的新生儿，嗷嗷待哺
我总会重新萌生以身饲之的念头。
不为成佛，只为成全岁月的更新。
出门，上大街
步行二百米，举起右手
向2017年打个招呼：我来自2016年
我有一棵垂柳
没来得及吐出的新绿。

哨遍词

远眺一座青山，两朵闲云，不看则已
看就要看到
山的腰，从不为时光弯下
云的心，只为辽阔而生。
不再迷恋
一个人的天涯，两个人的海角。

要爱，就要从尘世的苍茫中
退出来
带着她，犹如带着古老的荣耀归乡。
种下一百亩玫瑰，每天
为她采下含露的那一朵。
写下一百首情诗，每天
都在她如花似玉的心上。
没有爱的日子，可以当作
远未出生。
噫，看看昨夜的月亮吧
多么像我的新娘，为了爱而出落得无比清澈。

惊蛰日，想起许多人

猛然听见
春风像个疯子，按响了门铃。
多日不见客
我已疏于迎来送往。
还有很多人
会纷纷涌现，他们死了很多年
却活得逍遥自在，像吓哭孔子的老子
像渐渐苏醒的雷声和云杉。
沐浴
更衣
读《捕光者》，为龙须树浇水。
我深知他们会来，我要利用
这上午的好光阴
好好想一想，那些令我迷惑的
被我比喻为山峰的事物。
想一想诗
为何物。想想
那位林泉僧，我还需要为他找一座寺庙。
还有很多人
在惊蛰日的路上走来，我得好好
想一想，春光太亮
正照着桌子上
母亲端来的几只酥梨，我坐在光线里
光线如解冻的滹沱河水，渡我的人
犹如花朵，从窗台上落了下来。

拈 花（外三首）

● 胡佳奕

石头的树下长满了时间
时间死亡了我
我与梦境和我的
空气，自由躺在戈壁上
戈壁也与风一同跳着月光的舞

星星微笑着颤栗
彩虹在大海游弋
风沙拖拽树桩
血液搅动悲伤
今日一切都很油腻
要用缄默去撞击日月
要用暴怒去打碎黑夜
要用狂欢去击破那场暴风雪
而你
你来回答我
奔涌不止的纵深而入
究竟有没有意义
这场旷日持久的对峙中
谁才会赢得那朵峭崖上
白色的花朵

今日有诗无酒禁烟火

天有氤氲　狂风离散缠绵的雨
山川颓唐　情绪是一口变味的汤

思想的土地一片荒原，杂草丛生
言语贫瘠，有与世界叫板的勇气
决议在此地种一棵橡树
以此证明我同你们一起
都活在恒久的黑暗里

碰撞着撕扯出光明

我现在厉害得很
根本不需要所谓的生命附加题
噢　我的靡靡之音　泛泛而谈
用酒肉擦拭理想的外衣
把枪从我的心脏移开
或者
就让脑浆跳跃在造物者的赤身裸体

我情愿的　躺在虚伪者的网里
不戳穿高尚者们的谎言
只等天使降临
用你的非议给我一记死亡的耳光
这可憎的繁荣与平凡的幸福
我以之为我至高无上的耻辱

核秘密

请你清醒
外星人控制了喉管
只吞咽甜味的唾沫

呕吐物包裹住一个苹果的芯
只嚼出泪水　该死的
哪里有幸福
生命的内核空空荡荡
没窗没床

一切本就虚诞　森林早已荒芜
没有一掷千金的勇气
不如尝一个苦味的纸皮核桃

繁星满天

到底也不敢死　是你
上帝撒了弥天大谎却要人们替他保守秘密

告诉你赢回神的绝密
扔掉瞳孔的千篇一律
只管站在宇宙的尘埃里
会有人轻吻你

以爱杀人

嫉妒瞳孔深处的黑夜
拥抱裙摆跳出的音符
你的手不疼吗

抓不住你的爱人

游走在微妙的距离
是谁给了你任性的权利
高高在上的　有忧郁的鱿鱼

你背叛我的爱了
LIER　推你到被告不可
真痛苦的
星星的光芒却换不回一支玫瑰
法官着黑
以爱杀人　即是正义

熟悉的声音（外五首）

● 涧　星

清晨醒来
听见楼下有剃须刀的声音
那是母亲的房间
她一个人住
声音时断时续
可以剃下记忆中的父亲
很多次胡须
我很诧异
光着脚下楼
脸贴在门缝上偷看
母亲手上拿着一台脱毛机
在一件旧式毛料大衣上
来回滑行

一个人的搏杀

那个人总在江边
在山中
发出古怪的长啸

是否？不知眼前的水流到哪里
林中听不见一点动静

他刺痛了小城的睡眠

那个无人的夜里
他被我碰上
太瘦了
身子和月下的影子一样薄
似乎随时可能成为影子
他和恐惧搏杀得太辛苦了

我拯救了小城一夜的安宁

委　曲

打火机敲黑夜的门
风潜伏在窗口
两只手不停地攻防

声音断断续续

香烟被牙齿扎得很痛
准备献身的身体开始扭曲
助人解闷真难
火苗一次次戏弄

耐心终于和火星一起
被黑暗吞没
香烟被重重地摔在地上
脚板制造了一场灭顶之灾

那个夜
还有谁陪着受伤

秋天的休止符

秋风来了
树叶还不想告别
远方的表哥
从来没有在意
在比树高得多的鹰架上
背着太阳
突然，他向着凹凸不平的地面
喊了一声
啊……

张开的嘴巴
太像一个休止符
从秋天的身上滑落

铁器的意义

打造什么模型

铁器的功能不会在墙壁上
放荡形骸
刺激感官的是颜色
还有簇拥的声音

收割的前提是播种
持有铁器如果幻想着暴力
和世界一起粉碎的是祖宗
零星的碎片竖起
像是食指　你看
脊梁在嘶嘶冒寒

又是一个漫长的黑夜
有人悄悄地起床
摸索着
在锤子上写了一行对不起
眼尖的人看见
落在木柄上的字迹

杀　牛

放牛是生产队最好的活
牛背上的人都是将军

那天和我交接的同学阿牛
对我说
巴不得这家伙早点死掉
前年分来的牛肉
母亲剁得太碎
都是萝卜丝味

说这些话
他一点也不狰狞

柳枝，兼致一场暴雨（外三首）

● 蒋 卫

河两岸的柳枝
像是一场瀑布
它们有着春风奔腾的野心

一只蝙蝠在水面上
时而仓皇，时而喜悦。满目山河
持有春草的炼丹术，与遁世的修辞

暴雨来临前
柳枝疯长，星光熄灭
不可见万物
不可见滚烫决绝的麦谷之地

大风吹得山岗乱响
帝国的背影，夸张而又犀利

过乡间

过乡间，万木的骨骼
似要从稀落的村庄里挣脱出来

啃草的老牛
脊背上的乌鸦，以及荒废的良田
有更多瞬间，一一裂开
像是闪烁的雷击

杨柳树顶的鸟窝
这刺目的破败，在夕光中
有庙宇一般的怜悯
远处，池塘边的小屋
柴门倒在一旁
它的阴影部分，仿佛发出了尖叫

我们终于抛弃了朴素的炊烟
我们终于在麦芒的牢狱上一跃而下

落日西坠
油菜花发出惊心的、鼓点一般的滚动声

枯荷记

身在众荷间
我是被强拆下的废墟之一？

于人群中孤立
仿若是万亩中的芸芸众生
浅水中的长廊与
低飞的白鹭
交集中有一体的浑然
淤泥是旧的
多义的拱桥
像是前朝遗民的跪拜
这更替的疆域谁能打破
我能占据什么呢？
路旁的割草机轰鸣着
它足可绞杀一切
不同政见的杂草与头颅
谁来占领这些
这冬日的乱世残棋谁能在
局中脱身

落日过后
万亩枯荷以它阴影部分遮蔽了我

落 叶

一枚落叶,有苍穹的清脆声
暮色,落在暮色之外

久别的人,多么像逝去的人
重逢在枝桠的新芽上

在水面,我看到了
山峰一次次低头的力量,以及给予

万鸟归巢
犹如诸佛齐喑啊

不必再犹豫未知的事物
一枚落叶,有它的辽阔和慈悲

土楼王（外六首）

● 潘红莉

在永定　那些高贵的城堡
让我们看见圆形的天空
世界知己在圆形中张望过有弧度的岛
或者鲜艳的玫瑰和红椒

这盛大的圆和园托举着蓝浮动高空
幻想　它们坦白　荡漾水波和阳光
它们收纳异客　收纳悠远留下的未知
打开的门　残存的时光中的气息

现在　我的面容也将在这里一闪而过
被巨大吞噬　被这里的圆　再次湮没

湖坑镇的土楼公主

一百年的胭脂红仍在窗菲
南溪镇的河水绕过翠绿的稻田
八角花触觉的含蓄　面对远方
公主的抽屉早已锁过岁月大写的旷世
一世情缘　留给骨头的回声
无尽的辞　漫长得让圆修正天空

时间的历险　圆成这里众多的窗口
而中心的盛世同样繁荣　女儿红

让天堂都浇筑着土和圆　让世间往复
我来时历史并不疲惫　公主的声音叫着王子

公主的名字更接近于　宇宙
公主的楼　安静空旷像十月的秋风
南溪镇　故居依旧天地　遍野黄花
土楼　一百年一百年烟尘致留下的事物

在丹顶鹤的故乡

我称这里为故乡
心灵深处的故乡
我无意将它放大
它就辽阔高远将静无限的铺展
在如茵的草地上
云低垂像白色的花衔在丹顶鹤的唇边
它漫步婀娜的孤独和高傲
像蓝天下的天使
无视这个世界上的纷杂
即使她旋转的舞姿闪烁头冠上的朱红
世界这么大　这里的草原这么大
除了这里　在这个世界上
还有什么存在
天空和大地没有丝毫的辩解

而丹顶鹤的淡定像一位少女
像天和地之间的　王

最小的相遇与道别

通过宽大的候机厅玻璃
我看见带翅膀的飞机在等候时间的点位
人群会鱼贯而行　你也是　手机上的球场
也有众人欢呼　这世界上的道别随时发生
跨入界限　就是另一片天空
我不借用何尝不是　被藏起的生命叫收藏
我知道越来越短的光速和光束　假如一回头
你就站在了时间之外　红色不再燃烧
挥动的手臂在一片羽毛中　拒绝逻辑
奥　我看见了烟尘属于飞翔　时代
在蓝天上劲旅　像在我的屋脊不离
万物之上　我只看见山巅上的一棵草
有洪钟大吕的效应　有反射的绿茵

飞机在云之上

福州的目的地还远机翼搅动着云
像南极一样的海像卧在冰山下
白色的雪狮他要在冰上注入血性的辞
飞快掠过的浓云像棕色的马尾
它不停留要奔向世纪之初的草原
他们向意识开放　自然的浮夸
世界初始的源泉　无疑是最好的还原
它仅仅在机窗外　象征着玛雅时代
被破坏的规则　还有对哲学精确的疑问
它本该存在于我的心而不是目光中
而现在像是天空竞相的发明
雄浑的冰川时代　巨大的氛围
我不是一个胜利者甚至在惊讶中有些沮丧
我称之为宏观的历险　正被滑翔的翅膀逐渐
删减

夏　日

安德雷　现在我站在陌生的邢台
好多年前这里修复过震后的灾难
我的记忆里牢固地留下印记　被反复播报的
邢台　我来时初夏繁花
即将竣工的楼房依次排列　像
光滑敞开的城堡　等待寓言的折射

路上驶过的车辆　让尘土飞扬
建设的场面铺张　省略的节制
使道路两旁的月季和蔷薇　鲜艳
却让途经者　心绪遥远　花蕊上的尘土
滋养过荒芜　有清音在那一年的
长夏　走过旧日的山河

安德雷　现在时空消瘦　逆转的夏日
仿佛交谈从没有过中断　新鲜的
满　荡漾　不同于葵花的向阳
再过五十年　邢台会依旧　大地不老
再过五十年　崆山的白云洞　钟乳石
还在缓慢地生长　像永恒的不死
收尽这世间的百态　傲视生命
而你的墓前摆放着凋谢的花
杯中的酒已经散尽烈性
在死亡面前　变得无限温柔

长江之歌

从你的声音里流出的长江翻卷着波浪
你的微微摆动像水中的鱼　有艺术的潜行
我突然想起洪湖水　水中的阔叶暗藏莲藕
湖水安抚半个长江　律动的高音穿过水长

那具体的长江真的无法浇灌　我的水成滴
连微小的部分也不是　长江之歌
但是水的源那么好　我忍不住回头张望
长江之歌　你经过了我的门前
喂养我的精神和感动　水那么大
长江之歌　原来多年的水系深系
水波在歌声中浩荡　我只是忽略了水的灵魂
还会有一万次的诞生　长江之歌

翠微东路（外四首）

● 彭 勃

为了大醉一场
猛然囫囵三个柑橘
一晚咸汤和一杯白水
分不清头晕是因为着凉还是胃里的杂渣
胡言吃过泥巴和水泥
泥是乡泥　水泥却多得无从分辨
也消化过唐诗三百首和封皮上的山樱
虽然奇痒却也把夹杂的信腐蚀干净了

这寻常吃食不会令人踯躅
众人哭醒后就会慢慢归去的
可柳永总是呢喃
"尚书大人和杨柳姑娘是一类人"
甚至因此产生幻觉：
"殿下　今夜和我走吧
我坦诚倾诉过我们都是杂食动物
为何你不就爱我的醉态或是烟味呢？"

公子按约来到这条街道
回南天　朦朦街灯
满树芒花卧醉
他踱步等待
每踩过一段掉落的花茎
就舍下一缕泛有余味的幻觉

备忘录

迟迟不肯更换迟钝的智能机
怎能放心把自己
交给一个病态的海马
担心那些迂腐之言　锥心之言丧失主语
好不容易制作的水

这杯是糖　这杯是砒霜
又将被倒回大海

而我们没有请动搬家公司
只默默结网补漏
这张网住证据　那张
网住飞翔的春燕　使季节到来迟缓后
再放归　可成信道之士

对于亲生的死胎
自我欺瞒的生育者
总是横挎屠刀冲进摇篮
最后颤抖着放弃自刎
"这些文字只能我来了结"

那还紧抱什么呀
时常问起自己身份的人对着破镜
自见犹怜
何况你
何况我们这群意淫的老奴

入眠之前

睡不着时总胡思乱想
梦见飞
飞是一个简单的愿望并且
不带有任何的隐喻
爱飞　一如每一个曾经的灵魂崇尚自由

想到一条鱼　飞到树上却被抓去
鱼汤端到久病之人口中
偷拿的公款单与鱼鳞和你脱落的头发缠绕

着游人曾经
想到一棵树　长进窗户
慎重地开出一封粉蓝色的信
却终未在沙沙绿叶中被看见
直到信老了　脱落在地上被你拾来

树盖一年年挡住飞的路径
而落下的　熟透的信已拆不过来
当阅读过多的后悔时
我们开始不停地搭窝
鱼不能飞翔后
总要在树上找个住处

请原谅我们
每夜
我们总不肯简单处理院前的枝桠
以至于睡前心有余悸
每夜　只差一点
便能心安理得　入出对等　黑白分明地入
眠

高　原

雾霾在身下
空气洁净干燥的家乡
很容易流鼻血

所以我吃枣
很少有味道可以代言过去
我的鼻子一直是高度近视的
比如抛弃过那么多外套

分辨不出哪一件做成沙包送给你
哪一件穿在拾荒者身上
那么多年
拾荒者都能够老去

止血的卫生纸是暂时的　不雅的
纸蒙住我迟钝的鼻毛
让喉咙咸腥
不过这延续不了很久
我马上就会远走
一包包大枣被带到脚下
送我进站时我们渴望与畏惧
你安慰我说冬樱开在了眼后
败在了尾处
而我们都晓得
鹿永远看不见鹿角

房　瓦

气象学说气流瞬息万变
一片蓝色的塑料
挡住炭火和蒜蓉茄子
当我再次不小心把卫生纸放进洗衣机
我们对着白花花的衣服哭笑不得

塑料瓦片悬在衣架上太久
记得我还很喜欢听掰断陈旧脆瓦的声音时
我不知道他们曾经很硬
好似才一夜冷雨
我竟也会关节疼痛了

在鹅城小学（外八首）

● 彭一田

这名已经离开尘世的人
又写诗，他的口腔是漏风的
天气转凉了，年关尚未到

在病床上出生的你
像一朵雪花落到水里
被风吹宽的河流淡了很多

夜深了，动物也睡了
他想把木头还回去
放回地里，它会还给满山花朵

初中生

旧寺里养了一只小狗
和一只兔，小狗养了几个月
它吃青菜米饭和煮红薯
兔子敞放在杂草丛中，吃野草
间或溜出来吃果皮，小狗被师父们
调教追兔子，每次都追不上
兔子傍地走，转上两圈就躲进草丛里了
小狗望草兴叹，空吠几声转头空
一种动物生来以逃亡见长
另一种却以一揽众山小为已任
时值中午，雨后，风把天空吹散了
比如母亲的身体是邮筒
把我寄往遥远的人间
在这里，我已住了好多天

坚 果

不说话时，春天就破土而出了

这位挺拔女子，站在高耸的双乳上
重新和人类失去联系
不固定的风要把世界睡透
但无数次高潮均不足以落地为人
早年间，我邮寄给她的
都丢失在了路上，如今我惦念的
正是你失去的部分

太平街

大地过了秋天就松弛
康乾盛世之后，彭集老人
买的是街镇地盘，街路顺势而行
由东而西连接丘陵，和溪流
祖屋上刻有"乡村无事即太平"楹联
战争，和铁路改变了大地纹理
长毛、走反，萍汉铁路
褶皱上的河流因空寂而辽远
湘鄂赣交界地，黑暗照进泥土
照亮前生，夏天雨夹雪
秋天绿夹黄，冬天红夹黑
太平街收放自如
清平村没有胜败者

跨省公路

两个孩子分食红薯后
一个去从军，一个在原地
四个耳朵的音乐家或风雪大别山
散场后，独自回家的路上
街道店铺石墙身影
温峤镇，初次空寂的感觉

后来，广场被施工队围了起来
月不亮，星光微弱
你胯下装着土豆，吃水太深的
铁壳船，在泛着各种杂物的河流上
星星们不断逃离天空

白水街

这里的百合是贡品
它们的欢颜来自同一条河流
村民遥指说明年将在另一个村种植
白水乡内分地块轮换
白水街上年年闻到百合香
五月花，开到家
白水河里的小鱼群都去看花了
最远的来自省城，和外省
白水乡离湖南省境不过十多里路
中巴车到那边张坊镇一天数个来回
冬天的白水河，肉身扬成尘埃
交给风，他们组成我的国度
凝霜地面花不发

禅舍

在黑暗里闪烁
它们消失了性别
现出本相，不疼亦不歌吟
窗户在石头里，收破烂的人在石头里
赶路人在石头里，村里的孩子
在石头里，月亮在石头里
回不了家的人在石头里
天空在石头里，睡觉的人在石头里
死去的人在石头里
牧羊人在石头里，种菜的人在
石头里，风雨在石头里
妇人喂奶的神情在石头里
苹果和泥泞在石头里
余辉在石头里，这个闪亮时刻
砂砾和飞鸟也在石头里

灯芯草

落叶被扫入垃圾堆
树梢湿了眼帘，流水握成木鱼
喊醒丧钟，世事删繁就简
抽屉和门窗是多余的
全世界不过是同一间房屋
世袭中的万物不断练习飞翔
大海深处传来的叫床声
在又一遍清点故人

省　份

巴黎还是外省
也是省份。你可以省下浙江
省下江西，省下湖南
和广东，省下全部北方和部分南方
省下岁月，省下寺院
省下高山和大海
省下情欲，省下水
父亲片刻间种下了我，省下
半生惊魂叙述，省下前世的租赁
和因缘，省下翅膀单飞
在零落省份，省下我
省下空气

码 头 (外五首)

● 听 雨

我看见的码头,并非
少年的码头
并非以前的样子
太多的水,也磨不亮
暗下去的台阶
磨不亮这个多雨的黄昏
天空和两岸失修已久
说着方言的客人,他们
弃水而去了
汽笛声,连同一些故事和传说
沉下水底,她已伫立得太久
像一位民国美人
虚弱得转不过身来

兰 花

江南三月多雨
空气潮湿
心里开不出更多的花朵
我行走在春天
但总做着与春天无关的事
下午开始打盹
忽然,她从时间里飘出
由远而近
期期艾艾,又楚楚动人
满头长发在风中起舞
兰花指弹出暗香
仿佛弹来千年未了的心事
我一时失语
天就黑了下来
我需要寻找黎明的出口

立 春

作为一个节气
只是简单的到来
作为一些花蕾,还要许久
才能开出响亮的声音

这个二月的清晨
我们与隐形的春天相遇
不可忽视的时刻
带上幸福,卸下一季的枯萎吧
辟开一条宽广的路
告诉那些,在苦难中遗失了春天的人们
她,在更南的南方
这个在雨水里,在梦里长大的孩子
将一路向北
走得不紧而不慢

那一夜

的确存在
不是一个幻觉
那夜的月光,充分地照在
褪了色的春联上
照在裸露在外的空调上
她一直坐在那里,不是幻觉
花半开半闭,门虚掩
她抱着剧本
翻开陈旧的情节
丝质的手帕上,我辨出她的容颜
一杯水,映出她的前世今生

繁星满天

她安静、亲切和芳香
如同我失散的恋人
她一声轻轻叹息
一千年的树叶
就这样，落了下来

广　场

偶尔走出杂乱
把心情放牧在不远处广场
我看到各种面庞
说着各式方言
柔软的部分与上升的气温
在湖面生成
三月的风携着阳光
滑过风筝的翅膀
滑过大理石和音乐喷泉
抚摸内心
我怀揣一缕清风
这是春的礼物

正如树梢有叽叽喳喳的鸟声
落入草坪，又一层层荡开

木偶人

阳光腐朽，湖水
闪着蓝宝石的光芒
是我生活背景
我以平庸的方式把自己打开
又合上，克制着情绪
关闭爱情已多年
我一生寻找碎片
在木质的肌肤上，划出
一点痛，或一滴血
唤醒自己，赎回时光
我总是沉默着
因为我要说的
被你们说了
想说的话，你们又不让我说
就像一个聪明的哑巴

枸　杞（外三首）

●徐嘉和

爱人的思念是一包枸杞
每日有十多粒浸泡在陶瓷杯里
浮在水面的是她的眼眸　红艳艳的深情
沉入杯底是她的心　红彤彤的挂念
据说枸杞茶喝喝明目养神　心无挂碍

三月的阳光刷在地板上
尘埃也有了细细的光芒
书一页一页翻过　留下一寸一寸时光
红袖添香是书生的美梦
书中的黄金屋　颜如玉恍如南柯一梦

每日泡一杯枸杞茶　窥视一粒一粒的枸杞
慢慢沉入杯底　一股温情暖意缓缓升起
集聚天地精华的小小枸杞一粒一粒睡醒在
春天的茶水里　如一片小小拥挤的红云
簇拥着我渐渐醒来的相思
其实　爱就是一杯枸杞茶
慢慢喝下去就变成了思念

苏　醒

盆里的菊花已安睡成一束干花
一枝独秀的梅花盛开在南山的坡上

春天的暖气慢慢从地底苏醒
野草虚虚实实露个青青的眉目
春风的画笔轻轻描摹一幅国画

尘封一个季节的窗户如花开放
少妇红润润的脸如一个红红的福字
贴在初春薄薄的阳光里
想起出海远航的男人即将归航
女人的心事慢慢在春天苏醒

坐在庭院里　风轻轻春阳暖暖
打个盹　悠悠的梦恍惚而逝
微信朋友圈早被油菜花染黄
溪流淙淙　牧童的笛声
渐渐苏醒在乡村的田野

黄昏的炊烟是一条长长的脐带
喂养着城市与乡村这对双胞胎

回前岸过年

老灶头的火烧得红艳艳
日子如蹲地炮一窜而过
柴火烧得灶头间温暖如春
猪肉的香气萦绕其间
过年就是要把平常的日子
过得更有尘世的烟火味

三间老屋更老了
母亲的背更驼了
我在县城兜个圈
年便如风火轮一晃而逝

脚踩在前岸的土地上
日子才如硬邦邦的鹅卵石

日子如手中的麻将牌越打越少
步步紧逼的是年的脚步
登山望海内心的怅惘一览无余
活着都想把日子过得红红火火
其实　一生的很多时光都如山坡的草
寂寂寥寥　回前岸过年只想寻觅心的清静

夜宿千岛湖

沉落湖底的老县城夜夜栖息在
碧波荡漾的梦里　有鱼穿过街巷
千座山成为岛屿　人工巧夺天工
沧桑巨变　故土难忘　情栖湖边

我只是一个过客　匆匆而来
只为诗歌和远方　夜静鱼慢慢游荡

喜钓者　一钓竿　一支烟
等待鱼儿上钩　垂钓的是湖的安逸

螺丝慢悠悠爬着　习惯于千岛湖的慢生活
想想四十多年的时光晃晃悠悠如湖水而逝
淡淡的忧伤点燃在一支支烟中
梦中也流淌着清可见底的湖水

栖居在千岛湖　心静如水梦如花开
谁的手还能扰乱我思绪的平静？
晨光慢慢拉开薄纱　千岛湖如少女般醒来
如果每天睡醒在湖边那是一种天赐的幸福

繁星满天

公盂山（外六首）

● 应美芳

在公盂
高歌和山峦相撞
擦过的火花
清光四溢
在最易呼吸的地方
产生窒息

石林岩壁，云山雾罩
起伏的梯田
让目光在缝隙里收回

春夏秋冬里的公盂
季节里究竟有着什么
妖艳的春天也许知道
白雪皑皑的冬
如何掩盖
葱郁的夏天与丰收的秋光

满满的回望
青青石阶和着散漫落叶
昨日的低语
今日的喜悦
在耳旁飘荡

香格里拉，背包里的美梦
以及爱
和他们的故事
在公盂，横亘无际

今天端午

艾草在风中旋转
孩童在门口捕捉风的踪迹
灶台上的粽子如成熟的生命
潜行在黑色铁锅的下方

倾斜的阳光掠过
母亲的青丝，银光闪闪
父亲拎着雄黄酒，如一只无声的蝉
穿越在房前屋后
默默地把一辈子的清贫洒尽

我想到今日的赛龙舟
莫测的命运，你无须评论
除了一只粽子的纪念
风吹走了太多悬念

石榴花开

风小心翼翼地吹
雨急急，如赶课的中学生
窗外的树，有多少个花蕾
它们昂首争宠
一首首红艳的诗
在风雨中张扬

我几乎不能描绘，这瞬间
内心的澎湃
每一朵花儿
都有一个故事
故事被重新植入记忆
所有的浑浊嘈杂都被隔离

风继续吹

吹醒了花骨朵儿的灵魂
飘荡，于雨后的窗明几净
天渐渐暗了
黑夜踢进我的窗户
我继续翻看，那一叠书

荷

我在晨曦里
倾听花开的声音
一朵，两朵
七秒的回忆
平复渐渐荒芜的意念

是谁
把光阴剪成了那一池荷花
留一串脚步在荷花池边
不言悲喜
一阵风吹动
我看见生活的全部色彩

江边之夜

推窗，夜凉如水
我搂着单薄的臂膀
用迟滞的落寞
让过往存在于曾经存在的地方

往事一幕幕
暑热即将过去。就像
美好总是短暂
犹如蔚蓝的天空酿造的美酒
我不知道
这溢流出来的是蓝色还是红色

站在又一季的门槛
我听见细碎的水声
黑夜的静寂里
记忆多么清晰，多么宁静
在水与空气之间飘逸

心门之外，久久徘徊
希望不会远离这不变的深沉
不会远离幽暗江面上闪烁的光芒
让每一瞬间的希望
在江火耀眼的黑夜里
奔
腾

一千天

我期许，一千天
完成一个小小的愿望
借云朵
倒立着浪花
借天空
装饰波涛不息的热情

我期许，一千天
实现一个小小的梦想
用一缕阳光
穿过希望的天梯
让爱，杯筹交错
幻化成七色彩虹
编织出永恒的璀璨

我期许，一千天
笑着面对完整的人生

蝴蝶兰

这成群的蝴蝶摇曳欲飞
在午后的寂静里
多么婉约迷人
清新了你我
隽秀了生命

我们是一群唯美至上的狂人
对色彩和线条极度迷恋
就像翩翩的蝴蝶
要写一首长长的诗歌
献给这座花园

繁星满天

谁的相机
寻找最美的角度

我置身于闪光灯下
成为万花丛中的一棵
千姿百媚

穿行的列车（外五首）

● 幼 子

从不为谁停留，为你我书写
但仍能收容人间涌动的过往
这架昼夜奔息的马达
在我衰老之前，提前到来

当我意识这些，时光流转
空气、铁渣、光阴里的内核
通已被磨砺成光滑的一面
一定有理由来保持它的平衡
驶向瞬息万化的天边

于我，这不仅仅是一场旅程
是倒退去的风景，冰凉的回声
万物瞬息间就苍老了，拖着尾巴
酷似天空浓缩的云团，穿行其中
没有轻松，都夹带着火烫的面庞

这仿佛是加速之中的衰败
仿佛是一场躲藏，一场逃亡
我乐于期间，感受流逝中的痛苦
它远在终点之外，转换之前

临岐，我在流水中看你

这流水，原是天外欲望的子民
落在人间成了万物更替的泪
它足以覆灭一个村落，甚至一个王朝
但在淳安，临岐并未被苟同
他的几个孪生兄弟都沉落在水里
曾经念望变为湖底的水泡

我看见流水仍流经此地，绕过他的脚踝
像一尾鱼，甩一下尾鳍走了
有树林婆娑着，无数根部插在水中
这分明是我的父亲，众多人的父亲
拥有一张从未新鲜过的脸
滂沱一样的身影，以及埋入泥土的幻想
原来他们依然健在，遍布山野
一定是这些隐喻，成就了他背后的村庄

我这样想时，天开始下起雨来
流水的欲望仍未平息，他也绕过我走了

雨夜书

我幻想着走过河岸
银丝颤动的湖水
一如你我的过往
那个托着腮帮的女子

我看见你了，我们的爱情
是什么打破了这道黎明
黑暗中我依旧故我
去躲避内心的嫉妒症

现在，有雨丝滴下
你在远方喝酒，回忆缠杂
无望地扔下满地忧伤

我们这样分离，为那束命运的寒光
耗尽彼此
而我们终其一生，都为此寻找
那颗燃烧着的玫瑰

黄昏的画面

黄昏到来，天空早已收起明净之心
预料落日会带来一大片乌云
而湖底之鱼集体褪去鳞片，银光浮现
这些暗夜之前落难的浮生
终将被日头遗忘
陷入另一个涌动的世界
而这林立的楼宇，画面的坚韧者
一再被黄昏孤立
有的也仅是它的光影掠过头顶
遗忘终将拉开它黑色的大幕
无数分崩离析的过客
边缘的角逐者
我那放逐的万千黑脸庞兄弟
如楼宇般兀自矗立，尽现人世的阴翳
他们终身都逃不脱这黑色的劫难
硬成了天空之下，孤独的守夜人

又下雨了

又下雨了，雨滴落在雨棚
空寂的房顶，像春天运来天空的钢琴
随手奏出的小夜曲。三月的紫荆花抬头
满含泪水，它们的包蕾里深藏着幽深的伤口
来过的虫鸟和鸣叫声不知去了何方
而我的内心仍在捕获，这天空洒下的大网

春天带来的铁皮车厢总是湿漉漉的
它们在我的背上打鼓，用这些逃离的水滴
辽阔了我这个节气里无边的想象
我曾深爱的人，分裂成万千的雨丝
悲痛成那一只孤雁，在迷蒙的夜空中
向潮湿的大地折射，成为流水里混沌的幻影

落叶总有一种回归之势

暮春，一些大地的迟到者远未孵化
而大片的落叶以殉难之势离开枝头
像一场集体的涅变，并被风加剧
我以亲临者的身份到来
那焦灼的、相互撕咬的、鸣叫的碎步
也以一场烈火之势，参与期间
这仿佛是一场争夺，我仍不想离去
垂死的爱还挂在枝上，在天空
大地早有预谋，它已准备了沉睡的良药
让我在这之后，再也没有波澜

释　义 (外四首)

● 蔡力平

盘踞你的眼睛。不曾离开
我有幸成为你的眼神

以这种姿势固定

睁一眼闭一眼，是标配
把尘世瞄成一杆枪
缺口上，准星站稳了

内心的山开始崩塌。洞穿碑文
子孙,拥挤在文字间
寻找出口
捏着智慧的仓颉
忘却,给五千年历史留白

无数影子裸奔。把心跳拉成直线
在最近的路上
向夜,捧出伤口和鲜血

总会目睹一些梦与你私奔
我守护你抛弃的家,贫血而衰

在你敬献的挽联上
请允许我,以眼神的名义
为虔诚而不死的灵魂
释出全部含义

拴马桩

把自己拴在马桩上。你说
只有这样,那块石头
才不会走丢
你,才不会走丢

马是自由的。在一首唐诗里
走动
至今

豪掷千金。裘皮请柬印在马蹄上
——邀请不动你。请石头

从你往后。牌位上缺酒神
祠堂足够豪迈
摆一块石头,再拴一匹马

马桩拴着你。你甩鞭指挥
惟有五花马识得——
换酒的路
一走,走了千多年

马背驮回的诗仙,一直沉醉
一些人,从香案上出逃

拴马桩。醒着

走过山岗

指挥鹰
指挥阳光和风。走过山岗

石头,离天空很近
山长高了。每年都会魁梧
零点一毫米

鹰。在天黑前开始魁梧
以百倍速度膨胀的羽毛,以及空气
我的队伍
我——
浩浩荡荡

夜,抱暖落日
半个月亮,重新走过山岗时
带走完整的影子,带走石头的体重

擦肩而过。用拇指丈量
蓦然听见,我的指关节
有亿万年前的拔节声

落　叶

相遇雪。唇边
有花的余香
让人惦记原始森林

沿着风,走下去
一路向北
转弯。可以
看见四季的方向
看见飘零中
野兽,日渐消瘦的面孔

别再为容貌美丑，幸福
或者悲伤
合眼。微笑
超度一场夜劫

青蝴蝶，用暖色做窝
托梦给庄周

最后一片树叶。落下
撞醒青铜器

在二月的河里凿冰

小心翼翼走完一月
我在二月的河里
凿冰

那些没有诞生的时间

潜伏水底。他们比榕树
更容易亲近
二月，与一场雪讨论
三月的婚嫁

日子继续苍白。半截倒影悬挂
屋檐下，夕阳的心思
忧伤而美丽。我
豢养的老马，却一眼望穿
我已经透明的身体

胸脯上凿一个月亮
我与河交流体液
至少在春天前，交换一次体重

等凿冰的手喊出疼痛
黑夜来了。让二月的内心发光
再次干净

走过严冬的树（外四首）

● 熊林清

顶着阳光，一棵树在不停赶路
反复地把自己从西边的田地
移向东边的山野。因为忙碌
它忘了开花，哪怕是一小朵无色无香的花

趁着刚过去的这个冬天留下的雪水
还很充沛，它想把自己
移到尽可能远的地方
比如那片含雨的云朵之上

只有在月光下，这棵满身风尘的树
站着睡着了的时候
人们才能听到它轻轻的呼吸和心跳
听到梦里一树繁花爆裂的声音

桃　林

黑森森的松林边
漫山桃花已经开野了
野得就差飞起来

在这万朵桃花面前
我仍是那个一身寒气
拒绝谄媚春天的人

误入十里春天，对桃花一浪又一浪的惊叫
充耳不闻。止步在一截枯枝前
我与执迷不悟者同病相怜

繁星满天

多亏了我们这些埋在春光下的钉子
这整片桃林才得以静卧在乡村里
不至于在梦幻的时空中飞起来

与一条河流的约会

牵着柳丝，穿过桃林
为了奔赴一场晨光里的约会，一条河流
辜负了婉转而苦短的春宵

用一场微凉的夜雨洗净脸庞，随后
出现在我眼前：多么飘逸的长发
多么宽阔而明亮的额头，从她闪烁的眼睛里
我看到了天空与星辰的轨迹
一条河流，只花了一个春天的一个清晨
就征服了神情迷蒙的我

赶约的河流，和我共有一个山重水复的远方
从她沉静的足音里，我听出了自己
同样宏博的心跳，听到了阳光
在河流里铮铮作响
一朵浪花上，清风在放肆地吟唱

就算相逢过于苦短，而去路过于辗转
仍不妨在浩荡的春水上随一道波，遂一条流
在片刻的沉醉与欢娱里，且容我们
把烟尘弥散的世界远远流放
在桃源和爱恋之外

单人房间

天太冷了，我依旧只能缩在房间里
看着影子在镜中不安地踱来踱去
听着另一个人在歌里莫名的烦躁
想象着一匹瘦马在西风里的嘶鸣
脉管里尽是无处倾泻的山高水长

寒流劲涌的冬夜里，窗外
银杏树正亮出它们奇清的骨骼
就在夏天，它们还把宽大的绿袍
晾晒在我的窗前，让我看起来更像一个隐士
不拍栏杆，不看宝剑，不抚琴弦
只在一丛芍药的余韵里徘徊，或者酣眠

但现在，它们把金色的叶片撒在墙外
告诉路人这里还有个失语的人
他把路关在了自己的单人房间里
把方寸之间走成了崇山峻岭
浮在云端的积雪正向山头轻轻落下

夜行客

路过黑夜，有人怀揣闪电轰轰烈烈越岭而去
抛下一坡枫林兀自立在九月的残月里
激动得面如泼血

有人怀揣长河顺着山谷如怨如诉
那些曲折坎坷的旅途都飘落在了身后
余下的是一马平川毫无挂碍的天涯

多少个暗夜，读厌了流星的手语
仍读不清阴云里包裹着多少下坠的疼痛
谁能回答那只火中的鸟今夜飞向了何方

命运在一声声长叹里变得平缓凝滞
每一步都充满了犹疑，每一步
都在思索着如何放下屠刀立地成佛

西风里，一丛菊卧在篱下静静燃烧
如果遇不着那个以菊取暖的人，它将一直开
往深秋
而多少菊就这样错过了自己的青春

我也只是路过，空着双手
借着一缕菊香路过这冰凉的秋夜
我的怀里已不再有远方的流水或闪电

伯 父（外二首）

● 刘　峰

像狗一样被葬掉的伯父
死时仅十二岁

举族迁坟
族人才想起他
屈指算来七十四载已过

葬位大概可知
具体坟头无晓

"抓一把土替他，
决不能丢下他伶仃不管！"

依遵牌位
他摆在奶奶身边
叫"刘大华"

追

娘挥镰狠追
他比兔子跑得还快

撵到亡父坟头
绕坟三圈
他不再跑了

镰刃冷冷
月色冷冷
冷冷的还有娘的泪

"娘
——我改！"

那一年
他步履沉沉衣锦还乡
母亲已入父坟

伫立暮傍
天边那弯冷月
恰如镰

有风追起

最后一位洗浴者

洪大婆的手
又嫩又软又柔

经她洗浴过的逝者
数也数不清
神色皆温静自然

洪大婆不哭
她不愿那些赤条条的人
再牵挂这人世间

然后
擦干　穿衣
梳妆　打扮
入棺　上山

箫鼓炮仗声里
她安静等下一位亡人

死前，她将自己洗浴干净
像服侍三百位逝者一样

那双了无牵挂的手
粉嫩如初

无能为力（外三首）

●余家平

路遇十年前的老房东
说我很像申城本地人
这是一件多么尴尬的事

我把翠绿的韶华交给了这座城市
小心，谨慎
不停地奔跑，打磨棱角
让自己变得圆润，低矮

可是，隔壁那个本地女人
总是把我的名字叫成
乡下人

那团毛线

不想说话时织几针
顾盼时织几针
檐下滴雨，丢失月光的时候
又织几针

每一针的穿刺，都正中你的心脏
从不偏离。你默默承受疼痛
承受幻灭。承受我失意落寞之时的
反复无常
暮然回首，你陪我走过多少
灰暗的光阴
而我始终不曾为你设想
一个结局

只是像你一部分

像你一样，习惯在雨夜
对着一盏灯火，剥开尘埃的褶皱
捡拾些许软时光

像你一样，舌尖上有闪亮的刀锋
心似一朵木棉
保持柔软
像你一样的眼神，看待孤苦的人
就连叹息，都泛着相同的忧郁

可是，母亲啊！
我不能像你
一直守着村庄，守着
鸦鸣，从未离开过父亲

把你写得生疼

我将老茧，一粒粒
嵌入你的手掌，将光阴
一寸寸，涂满你的双鬓

我将担当，压上你
曾经挺拔的脊背
把一柄弯弓
形容成你，行走的模样

你眸光里的混浊
是我笔尖，不能承受的一块铅

对不起！父亲
我总是写不好你

写完的你
总是在无休止的劳作
和疼痛

回 乡（外七首）

● 诺苏阿朵

河滩上，今晚空无一人
提着夜色的河水
弯弯曲曲，送走
落在人间的星星

二只湿鞋子
在一个渡口前
抖落霜降
远处隐约的狗吠
让疏离的乡音
犹豫不前
一颗心，窜出半米
又突然停下，蹲在石头上
嗫嚅着，嗫嚅着
慢慢凝成茫茫的雾气
往最后一盏灯亮的地方，沉过去
像是晚归的孩子
胆怯，又焦急地敲着家门

秋天加重了我的空旷

树伸开所有的手臂
已经向叶子做了告别
河滩干净
风东跑西逛
装作是一只蝴蝶
撞翻荒草

打碎水的声音

我
没有其他的姿势
摊开指缝间漏下的湛蓝
数一数
内心又多出几块空旷

交 出

我交出朗读，老鹰放下盘旋，一条蛇在寺庙外，
庄重转身。我交出祭奠，有死去的人，
在赤脚走过的民间，复活。我交出财物，
二十四节气，让一个火命的人，在
薄薄的纸张上，春种夏收。
我交出城市里的爱和恨，故乡
才允许我，抚摸一次
核桃大的灵魂

离 别

太阳才出
羊跟着母亲
已经走到山梁子上

我不习惯挥手
但又要抹开睫毛上的一场大雾

繁星满天

保持去年的幸福

母亲是习惯性的
撩起衣角
要擦拭什么
没有起风
一个冰冷的哽咽
扑进我的心里

枯冷的冬天
四野破败
路边矮矮的灌木丛旁
冒出一小块鹅黄
羊看见了这个秘密
但并不急于离去

桃 花

开到这里就好了，不要开到别处
山峦已经涌动
千万匹粉红色的马，悬空四蹄
羞涩地拉着炽热的缰绳
愿所有的春天和她保持一致

梨 花

像雪山
扑倒在大地
这瞬间的清白，让我的尖叫
急于坠落

马缨花

剥开简陋的春天，才看得见
你无声的火焰
从太阳里窜出来
让微暗的山谷
抬高了腰身

豌豆花

我回忆起蝴蝶的翅膀
细碎地，在轻风中
张开，合拢
这两个动作
使大地看起来
孤独又美好

春 风 斩 (外五首)

● 白象小鱼

春意，顺着远山的山脊斩向辽阔的平原
峡谷中开，流水远去千里
一只白色的鸟迷失其中，孤独地飞

鸟鸣叫醒十里八乡的花朵，隐退的寺院，
酒旗风，旧村庄
桃红梨白，如娇艳的唇，词牌里
宋朝的娘子，嫣然一笑，春风过目不忘

用尽十万两黄金的春风，才叫浩荡
满田野的油菜花，是蜜蜂的婚房，也是蝴
蝶的陪嫁
只有滋生爱情的春天，才配叫盖世

春光荡漾，湖水收紧落日的黄金斧头
彩蝶双宿双飞

梁祝的身影，从旧祠堂的戏台上落在人间

春 雪

天空阴沉，不期而至的雪
亮出了冬天的回马枪，倒春寒席卷江南人间
山路酥化在雪的怀中，呜咽至寺前

逢春的枯木上，几粒嫩芽倔强如幼虎
细微的嘶吼声如万物生
梅花振翅欲飞，如寺院脱口而出的梵音，清香甘洌

——在鸽群聚集的地方，草木的心在跳动
不经意间在琴弦上，积雪成塔

春 雨

春雨动用前朝的词牌和绝句，在春柳的
奏折里，读乳燕穿帘
江山，端坐在雨丝的琴弦上

无数根针，缝补池塘干枯的心
那么多的音色，仿佛万物集体诵经
每一滴雨水，都怀有皈依之心

埋首在寺前的放生池，在水花的叩击中
慈悲起来，仿佛大地刚刚
读破万卷经书

醒

东塔山的松针低啸
佛塔维稳
那么多的佛音，乘着风声
从晋朝向乐腔平原的腹地深入

运河之畔的古城
因为一株早开的桃花，而叫醒了春天

春染图

以飞鸟的踪迹提跋
斜插、俯冲，写尽春风得意
枯木吐出新词，嫩绿如雏鸟。十里塘河
流水有复苏之心，波光里藏着千百匹湖蓝色
的绸缎
白云随意，动静皆有章法
柳永的杨柳岸，烟柳摇晃如幼狮
着春衫的人，三五为群
在东塔山拾级而上，寺庙的黄墙，掩在树枝
一角
梅花未远，桃花已近
佛塔耸立，有垂直的庄严
无形的梵唱，如无数只蝴蝶，纷纷落在内心
阳光如此明媚，放眼辽阔的古城，运河环绕
天际如留白，一个人
如落款，默默站在山顶
因为拥有如此美好的人间，而在内心放声哭泣

春阳如此明媚

春阳如此明媚
梧桐枝上，嫩叶如蝴蝶起舞，鸟声如布道
仿佛内心的春潮，快意恩仇

君子藏器于身。多年来
遥看东塔，云烟过眼，晋朝的佛在世外
我有足够的耐心，听鸟鸣和梵音如常

无事，以诗句为饵，以梵音为钩
钓钓魂魄

摆 渡（外七首）

● 胭脂小马

摆渡者，用一个深陷于自己的姿势
没入光中。吐出空气，吐出人和树
女巫亲吻过的咒语破天而来
乌鸦嗤笑　黑色的花朵徐徐绽放
光的尽头两手空空

太阳把血放入光中，影子从身体里流出
落霞和孤鹭，心思暗落
三千桨声，子夜吴歌
将捣衣声、细蛩声、长漏声
抱入怀中，二十亿光年的孤独
纵横在她的脸上

摆渡吧，渡我上岸
抵达太阳之血，秋子之夜
用长久的泪水抵达两手空空
你伏在岸边，为我披星戴月的歌唱
我们，把口袋里装满淡水
在陆地上行走
把光含在口中,似雪未化

在我旷阔的绿中，你要打开自己

冬至，信沉鱼，书绝雁
眼中万物，遍种血脉
掳不走春天的心
黑发变成白发
守着暮雪，确认它的爱情

窗户深陷黑暗
光，种下绿
叶上怀抱着乡愁和乡愁上的瓷

寸寸，把我惊醒
她们，把星星和月亮挑回了眼眸
让胸膛盛产太阳

或者，生命不过是种颜色
我无法用一个破折号来破解这样的绿
抬头，归隐的女子守着每晚必至的夜雨
闭眼，是黑夜里的绿耳语
"在我旷阔的绿中，你要打开自己"

是，因为绿
天空那样，完整而旷达
扑簌簌打在大地上

隐

寺庙隐于光中
空城徒怀稗草
比一根针尖还要疼的隐去大笑和大哭
于一匹柔软的身段里
看蚂蚁乔迁，麻雀被小南风赶上树

隐好眼睛里的阴霾
把一切大门拆掉
隐去耳朵里几千只马头琴
弹奏的一群悲哀的音乐
拒绝为死亡歌唱
隐去舌尖上纵横的味蕾
把苦涩吞咽成千万条河流，纷纷流走
隐去喉咙里面的叹息
咳出软肋去善良，去温情
隐去碎在掌心的毒药

亲手种当归、金钗，还有黄连
救赎浮躁

隐好自己的根
用动词写字，用形容词爆发
隐去沙穿透胸膛般的呐喊
用悼词的力量活着，踩着自己的枯枝败叶
不发一言，把嘴埋在水里
穿过
从生到生或者从死到死

远离爱情的瓷

百丈寒意，一夜透雨
兵临城下的霜
远离了爱情的瓷
让云朵和虚无的铭文最后一次同寝
206 国道上为我送别的眼神
咬破了黄花
来吧，胡琴琵琶与羌笛
来吧，我要下雪

今日我应该唆使昆虫哭出些声音来
折白草，用水去满足霜
让万物洗出白来
调西风的弦，点白雪的墨
从草木深处，喊回被野花漂走了的情人
把打过招呼的鸟儿，想念过的
头发和嘴唇都送回来
让体内奔腾过的火和 206 骨头彻夜交谈

来吧，明日天寒地冻，日短夜长
我决定带着纷纷暮雪过冬
把一城雪花绣得遍地开
让无数枯叶把春天疼成花朵

承受不了你的遥远

承受不了你的遥远的时候
就住在一把伞中，期盼天黑
穿过自己的手掌

双手合一，把你的名字紧紧合住

承受不了你的遥远的时候
心情便逼迫群蛇起舞
打开心跳，陷入每一寸肌肤里
就像两岸的青山
陷入一幅国画饥肠辘辘的眼神之中
请别让我的心跳
宽容任何夜晚、黎明
在沉睡、醒来和花朵变成泪水之前
我的双脚都要在你之中
就像火走在柴中
太阳太远了，抬头看看落日吧
你不能说我一无所有
你不能说我两手空空

我来的路上铺满了香

天开于我手，地合于我心
好吧，执香
香是白色的花朵
白色花朵吃草的声音
敦厚，布满风

风吹巴蜀，在秦地流放
居此，沉迷
用软玉温香一样的暖
在心里跑马，铺十里长红
用额血叩拜，挑开红簾
黄土在下，苍天之上
以生辰为证
不动声色地游进血管
长街上的呼吸，八面开阔

你的土地铺满了胸膛
我来的路上铺满了香

囚

在劈开了我的冬天
在劈开了我的骨头的冬天后

繁星满天

我开始重写四十二章经
重塑乌鸦，脱去黑羽
让生锈的躯壳
从五脏六腑中间穿过

十一月的大风，夹着薄薄的刀刃
弧度向南宋弯曲
幽州近在咫尺
更夫的钟，长着第三只眼
囚住第一声钟响
剥开安慰，拆装骨头

乌啼长眠。霜掀开霜。香客，寒山寺
姑苏城，种植，一再压低的祈祷
渔火点燃最后的玄机
囚下被夜色染黑了的寺庙与我
流清贫的泪，饱受酷刑
惹出支离破碎，如此尸骨难收。

光阴囚于某年某月
遥远的镇坪
你后于我，我后于一生的多余
水里有藏不住的石头
我们，都是自己的孤儿

穷 人

柴门枯瘦，荇菜交织
太阳偷偷读起远古时的文字
只有这时，穷人才舒展开全身最为脆弱的叶子
没有惊惶和苦涩的衡量
貌颜比元夜还典丽

他，和世间所有清贫的事物虚度
写长安古意，绸缪束薪，三星在天
在离骚中闻青荇兰芳，独酌贫人中的贤德
听隐士弹琴唱出丹青引，在线装书里
掳凤凰的心，为贫穷饮酒、提笔
绘清明上河之丹青，独数汴京故事

他，在无风、无星的夜晚唱
"荣也寂寂，枯也寂寂。"
与诗经里的鸟儿仓庚于飞，熠燿其羽
等雨雪来，在人间饱满
穿布衣去沽酒，在大地生根奔腾
寸土不让，怀抱月光与美德
结出风骨姓氏
"生刍一束，其人如玉"
在他的血管中循环着呐喊

一匹小狼(外三首)

● 韦胜明

3月11日下午
在一家澡堂
一个四岁大小的男孩子
像一匹遗弃在荒野无穴无草躲藏的小狼
惊恐万分　奔进奔出地哭叫

泡池子的　搓背的　淋浴的
如同在春暖花开的幽谷
享受周末的惬意

大约四十分钟
我穿衣离开
那个小男孩子
仍在澡堂奔进奔出的嚎

邻居

我们小区一层楼两户
我家的和邻居家的门相距两步
我们在这栋楼的第五层居住了十年

偶尔我回来邻居开门准备出去
我开门准备出去邻居回来
在楼道或者门口相遇
我们彼此亲切的问候或者点头致意
我不知道邻居姓甚名谁
邻居也不知道我名谁姓甚

十年，我们相处和睦
十年，整个小区和谐

同事

我们目标一致
我们协同并肩
我们笑着打招呼
我们都为绩效玩命

下班后　我们彼此失联

好友

我的手机里有454个电话
QQ里有756个好友
有65人加我微信
我们在QQ或者微信里
互相点赞

周末想找一个朋友说说心里话
或者遇到困难想找人帮助的时候
翻遍手机、QQ、微信
不知道把信息发给谁

拉车人（外五首）

● 风过有痕

他是一只上了年纪
头顶草帽的蚂蚱
那搜寻的眼神，让本发着低烧的清晨
失去了冷静

我躲在有冷气的房间早餐
不停地猜测他该和我父亲同岁
这样温暖地思考时，旁边的老板娘
用围裙轻轻擦了擦眼睛

雨

在雨中，山是柔软的
每朵花都放下了矜持。我听到他们
窃窃私语。背里，多少有了放纵的成份

陈旧的日子，似祖屋
一下雨就滴滴哒哒。窗台外
年老的乞丐，空着碗，蹒跚走过数遍
这条街，丢失了一下午良心

殇

不要打开月光。这洁白的药引
让秋夜的赶路人，忧伤
泛滥成海洋

更不要取下闲置在墙上的二胡
秋风每次探访，它都哭得
死去活来

那么多刑具都在拷问秋后的落叶
从叶的正反面到每条脉络出口

不要寻问雪花、雨水死后的墓地
两朵云的爱情
一朵扶着另一朵，相拥的情形
已叫人心醉

墓

最后那一天
一个素衣女人立在墓碑前
平静地取下一个人的名字。小心地
放在自己手绢里，和另外一个名字
合葬在一起

平静地离开，那些百合花还在平静地开放
不要试图追问，我不会说出那
俩人的名字

不知名的花

这些藤蔓上开出的花
像一束束小号或喇叭
它们爬在墙头天天关注我的来回
所有的鸟只是从它旁边飞过
从初夏一直到中秋
我能叫出名字的
有麻雀和斑鸠，这不重要
青红色的果实落满墙角
甜蜜流了一地
这旺盛的生命，只因它
汁液里的剧毒

拆迁工地

挥汗
就着挖掘机音乐
身体被语言掏空，幸运的是
我心里驻着大海
一群阳光下的臣民
在一条绳子上折解悬念与疙瘩
路，又成就了一批幸福的陌生人
我的灵魂，离童话
却远了整整一公里

致独舞清秋（外七首）

● 叶 坪

清秋是一首典雅的诗
你独舞在诗中蹁跹着
自得其乐
那人
且在灯火阑珊处观望

吉祥的林子里，鸟儿们
唱着快乐的歌
异曲同工般
组合成一道清秋的风景

欣逢大雪，寄怀北国友人

青山也有相思苦
一夜西风
竟白头……

坐 山

坐山看云听梵音，潮起
尽作梦里声
谁在静静地看
谁又在默默地听……

自撰姓名联

琴心剑胆，漫将佳句
题红叶
樽酒弦歌，每共良朋
醉绿坪

题温州江心孤屿

孤屿不孤，与诗为伴侣
诗之岛名符其实
我欲从瓯江口驾舟出发
迎接四海的诗人

无 题

阳光喷涌而至，古老又青春的
洞穴豁然开朗
深入抑或浅出，愉快的心
耕耘播雨

于洞穴之外，湿漉漉的
青青的草地
一棵棵青草的脸上
泪花晶莹

题 竹

青竹有节，风越劲
枝杆越韧
咬定了乱石沃土……

我倾听拔节的声音
那是一支不屈不挠的歌子

等 待

等待是漫漫长夜
唯有你明亮的眸子
若晨星般遥远
且点亮我心中的火温暖我
欲骑上骏马苦苦追逐
把等待甩在黎明之前

石艾草(外一首)

●陈桂珍

大海用泪珠浸润
宝石样的绿
绿过我目光所及
不是阳光照我
我就灿烂的那种

强劲的海风是我一日三餐
喂养我长大的必是凄风苦雨
坚强时我是草
娇媚时我是花
月白的月光下我是婉约的诗歌

我细细巧巧的身段
延着粗粝的石罅攀援
我努力地往上往上
再往上
哪怕遍体鳞伤

我要长成是人喜欢的模样
专心一致
直到某一天有双大手把我采摘
害羞或欢喜

温柔或粗鲁
最好爱不释手

然后用大口的瓷杯
光洁如新的
加上九十度以上的热情
把我彻底浸泡
这样
我的柔软会在瞬间爆发
弥漫的沁香会穿越你的鼻孔
钻进你的身体
长久不离去

我想
总有一天你将爱我

（石艾草，学名石莼，是一种生长在海边岩石上的普通小草，无论狂风巨浪，石艾草都能扎根岩缝，四季常青。石艾草还有一定的药用功能，为很多渔民除掉病痛。）

我那半高的紫罗兰雨靴

不知道多久没有碰你啦
我实在记不起来
当初
我是多么欣喜若狂地爱上你的
你有着一副多么精致的脸
紫罗兰的颜色亮闪闪的白边
我们曾经那样的亲密无间
曾经出双入对形影不离
我穿上你
经风经雨
再不怕雷电雪飞
我们走过雾走过霾
走过泥泞
那时候
踩在雨中有叮叮咚咚的回声
踏在雪地有吱吱呀呀的话语
我们的头顶总有一把打开的伞
为我们撑起一片小小天地
温暖的记忆重重叠叠
岁月的痕迹隐隐约约

那时的我与你

不算相依为命吧
总也相濡以沫

不知道什么时候开始
莫名我就冷落你啦
你在那仓库间的旧箱子夹层里沉睡多年
要不是今天翻箱倒柜地
找一样东西
我又怎么能够发现
躲在一隅不言不语的你
曾经青春焕发的脸早已经满目苍夷
积蓄过雨水的身体也不见了丰腴
那多情的紫罗兰
透着灰蒙蒙的哀怨

哦，真是对不起
爱一个人总难免委屈
我那半高的紫罗兰的雨靴
我已很久很久没有碰你了
就像我那越来越无处安放的爱情
今天
我已经无法穿越你的内心
更没有勇气
再次与你亲密无间

在 路 上

● 骆 蔓

一

那天，循着你离去的方向
跋涉、寻觅、期盼
荒漠混沌
不见的黑与不见的白光
摸索中辗转的倔强
激发潜能，穿越峰嶂

无边空茫以垂怜的姿态
投向我，凄苦与郁愤
一声声，充溢啼血的呼唤
绚烂，如曼珠沙华

纷纷，摒退而去的仪仗
相同景观
在塬上，在彼岸
内心的呓语
向往鸟语花香的绿洲

二

伤神夜踏云至，如黑檀压顶
不能说、不可说的过往
席卷，掩埋之重
我在死海的平静声息里抽泣
咸涩滋味，涌上来
又沉下去

还有什么是可以追问的主题
夜沉沉，笼罩
笼罩中挣不开的炼狱之门
浮现，黑洞张开巢穴
像巨兽吞吐血腥

你不发一言
冷峻的模样，奈何？

三

时序错乱，春达四季
花开花凋
别样沧桑里
我还在伤春悲秋中仰望
仰望推向大虚无的渡口

你还是没能出现，在必经的渡口
我速冻成一株冰凌
阳光下，折射出七彩炫光
耀眼而凄怆

四

庭院深深，曾经是庇护的港湾
姹紫嫣红看遍
仍不见旧年花束
同一棵英挺桉树上
缠绕，坚执且从容
你蜕化成一个意象，有莫名风吹过
轻而纯粹

你还是你吗？我还是我吗？
漫天烟火变幻、发散、坠落
留下天宇的空与寂寥
观照一地残骸

五

我是否还该守候，苦楝树下
对着星星点点闪烁的萤火虫

留下铭记与悼念

没有人告诉我
盘旋而过的是大雕还是苍鹰
旧识已去，新欢未至
煎熬中
需要怎样去铺垫？

六
风不说绝望，只说倦怠
光线照进清晨的卧室
我还是要过以往的生活
只是需要一种叫做遗忘的节日
来狂欢，来庆贺
来度不快，来憧憬明天的梦想

仅存的一点儿妄想
终于有了安稳的落脚
于是，用手机敲出一个个字符
只为记录本身

七
已是深冬的温度
冷，最大的感受——孤冷
屋子里朔风东逛西窜
我把衣服都裹在身上
只露出头，依旧寒不胜寒
窗外，更漏声声

最冷也冷不过阴侧侧的风
轻飘飘地，不着色
能够冻住血液的力量

蓬勃是蓬勃本身
要从千军万马中突围出来
谈何容易？！

八
日复一日地耗着，生气还有热情
有一天，我们也会相视
竟无言以对，窘迫中

漠然转身

十字街头到处都是人，而大多时候
我还是要与自己对话
每个人都是每个人的过客
每个人都是自己的归人

一无所有的日子
躲得过川流不息的夜
躲不过四下无人的街
一支紧握的笔和一颗燃烧的心
这个偌大城市里
无路可寻

九
如果还有一个名字
熟悉得不需要思量，而挂念
是维系风筝两头
那根隐形的线
牵动着，揪心的情绪

一颗守护的星，我愿意相信
上面刻满了念想
那些曾经珍爱的代言

爱很难，吓走一颗心很容易
向往自在的天地
拒绝束缚，拒绝以爱的名义设置的
禁忌与圈圈

十
试着局限拥有的一切
试着用激情融化一颗冬眠的心
奔涌而来的失落
忽然害怕手中的一切

一个独立的个体
太多想爱而不能的拥有
佚失指尖
如流水，一江滔滔远去

会有折翼的天使吗？
拯救我，于万劫不复

十一
繁华为谁寂寞，天涯为谁湮灭
轮回的初夏
蔷薇花开出明媚
一年一度的恣意争妍
需要多大勇气，只为一次怒放？

含笑泪光，弱化了气场
群花有落尽之时
可我的等待呢？
有多少经得起磨心的疼痛

十二
从来，你都以视而不见
规避我的疑虑

一下午，盘坐光阴里读心
从最初开始漫溯
晦涩言辞，一知半解
想留一方静处等人来栖
却总是多情

看不懂的，就不去看吧
枯坐这里
聆听心的召唤

十三
我已剔除了身上华丽辞藻
显露，朴质的内核
让空洞衍生出新的空洞
接近粗陋与真实

十二月的天气忽冷忽热
像我此刻的心情
找不到平衡的支点
无所事事中审看窗外，流泪天
等候闻讯云，可否带回明天的消息

明天，是一个遥远的国度
充满了敬畏

十四
躲避，是唯一的疗养
面对温室中郁郁葱葱的绿
坚韧菖蒲，柔弱常春藤
都是我用泪水浇灌的存在

我羡慕飞鸟的单纯
恣意与淋漓
冬天还是那个冬天
变的是我们
成长道路上日渐稀有的
奋不顾身

十五
伤痛，也会是最好的成长
别让眼泪白流
更别让心白痛
错过的年华，或许在北漠
有斑斓花朵，绝艳

然而，沉鱼落雁
向往的终极
在一场时光的约定里
不过是匆匆那年

十六
宽恕，是一项职责
宽恕伤痛，宽恕给你伤痛的人
宽恕伤痛的环境
为的是宽恕自己的失败

沉重的怨念和任性的脆弱
是心设的障碍
阻止我们获得平静，阻止顺利成长

放下种种心结
我们才能走得更快，登得更高

十七

以为，穷极一生都做不完的梦
三两年后，却无关痛痒
往事，不过一念间

该来的终究要来
该走的也终究要走
多少人还未来得及相知
此生已错过

错过，是为了更好地相遇
于茫茫人海中
即使擦肩

十八

回忆的点滴，如火星子
幽幽亮光
触发了岩浆压制下的驯顺
蔓延开去……

你选择性地回复，不疾不徐
得到的同时也正在失去
珍藏心底的悸动
如女儿红，二十年那么久酝酿
于一刹那，分崩离析

我还是不想明白，只是不想
所有的习惯早已改版

十九

还有明天吗？在昨天之后
你眼中隐藏的迷雾
让我不愿回溯
不愿去梳理温煦的羽毛
飞离你的视线

期待的目光，曾如此清晰地
照见，秦时的月明
所有的失去正在来路上侥幸
而我不是唯一
更不是最后的慰藉

二十

冷雨敲打菲薄的瓦楞
全封闭空间里
无法交叉的气流，掀不起浪花

暖阳忽至，交替间
有什么蝴蝶般
从高处落下，越来越近
穿透稀薄的呼吸
只反射出丁点细碎光，一闪即逝

不想再作无谓的注释
夜深了，和谐的交响鸣奏绝唱
遥相呼应

二十一

木鱼清音里，叩击出檀香绵长
一个女子端坐菩提树下
默祷背影
有不食人间烟火的飘逸灵秀

隔着缠绕的藤蔓
隔着盛开中的薰衣花田
淡淡香，木屑般清凉
熟悉得，只可观望的距离
有乘风欲去的错觉

流云改变了因循的航线
布谷鸟唱起骊歌
山丹丹花忘记了冷暖变化
我在祷告声中，泪流满面

二十二

热闹声息突然宵禁
灭顶流泉盥洗我驻足的这方天地
游鱼以另一种方式亲近
急起直追

漂浮，没有依傍地漂浮
像一滴水珠落入尘土

慢慢地沉浸、消溶
无数的分支，无数的走向
找不到那个最初的我

我还有我吗？我大声抗争
用尽所有心力
却接收不到一丝丝回应

二十三
没有人来过
我如定格的一枚棋子
在不可知的时空里，晾晒

我看到了另一方晴空里
那个神似我的人
一袭布衣，低眉顺眼
种菜、做饭、洗衣、扫洒庭院

充实而安详的日子
或许才是她想要的结局

二十四
她不是我，是分化的我
不拘言笑，又温和动人
得不到，或许才是最好的得到

我悲悯的目光
掠过简朴的石屋、简单的家居
留恋处，最后的归属

二十五
纷纷扬扬的雪，打开了异时空之门
皑皑白
美的显影与覆盖
在这片无际纯净里
我已经忘记当初出走的理由

我把想你的时光全留在了身后
当阳光普照大地时
那些潮湿的话语
争而不得的告白

会在你灼灼的注视下翩翩起舞
终化茧成蝶

二十六
不再纠结于蜚短流长
今夜的风和煦如春
若婴孩嫩滑的柔荑拂过脸颊
赞词让唇齿生香

以俯瞰的姿态面向大地苍生
蝼蚁般渺小的个我
镜头里
大雨浸湿胡同的屋檐，漫过脚踝
一段无常命运里苦难的挣扎
从城南到城北
再到更加偏远闭塞的区域

那些居无定所的日子
为了生存
已与本质无关

二十七
惊诧于凭空长出的一对灵翅
渐渐丰润的力量
把我从技能推向意念的支配
只为坚守，以神祀的名义

看见你在花丛中言笑晏晏
君临之上，生面别开
簇拥的光环代言一段心语
短暂而波动的一路
不说、也不问的过程
让牵强成为牵强
缺憾成为今生的缺憾

二十八
等待时，分分秒秒都是磨折
灵波难渡
一场白日梦，正上演欢畅
异域的风情热烈而高亢
晃动酒色里，我是一尾稀世锦鲤

一个儒雅少年，把我当成倾述对象
听他絮叨内心的秘密
看他脸上荡漾着的幸福光彩
最后成为他转赠的礼物

涂满丹蔻的手指轻轻放在七弦琴上
游走指尖，八面玲珑
悠扬琴音瞬间充满天宇
来回疾走，洋洋洒洒
被执念牵绊的人，忙碌的样子
与我，一水之遥

光鲜外表下
一张冰凉剔透的面具

　　　　二十九
是该离开的时候了
垂挂的橄榄枝长出新绿
时间如手中沙，如白马过隙
季节就在眨眼间，缤纷

那些执着，一点一点思量中消逝
似孩童的睡颜，春风般暖融
向往的快乐
自由自在嬉戏，莲花之畔

禁不住俯身
莲花之上的慈眉善目，长跪不起
反省
躲不过的这一季

　　　　三十
镜花水月的旋律悠扬
洞开柴扉
白色水袖箭矢般飘飞
收放自如的白鸽
扑闪慧黠与清新，灵动与欢欣

你开始模糊的面容，面向我
面向宇宙的洪荒
洪荒中的涅槃
宏大的体味与升华

我看到了喷薄的云彩，光与影
色彩与诗意，糅合
向我俯首邀约的姿容
浩淼虹光圈护中，深情的莹洁
内心怦动的波澜壮阔
超越界面，忘我地
飞升、腾逸……

散文诗专辑

边 城

●霜扣儿

请透过我,看到无声风雪。
请只看烟花,不说寂寞。

一

许我素衣看月。
许我熄灭烽火。

这是心境的城外,我只有我。
沃野为榻,流风做帘。

许我用文字挂一枚淡淡月亮,许我相信红尘上方才能搁置真诚,许我看到另一个轮回里的遥迢山水,许我,轻轻拨开升沉流年里的聚首与离别——

多少梨花白了又白。
多少梨花开了又开。

多少被叫做归人的人,还未归来。
而我的忧伤已薄,不再化作眼中湖水。

多少死而不绝的咏叹,叫——
身在咫尺,心已天涯。

二

许我摘下旌旗,关了来路一切风雨。
许我收起号角,把炉光握回手心。

一路走了很多年,见过多少无用的山梁河川。
一路听了很多遍,累了多少无用的呼唤。

许我弹出石子吧。
一个一个打灭幻而又幻的磷火。

许我在尾音落地之前，抹平沙田上的江山。

倘若视线还缀着渴望——
那尖锐又渺小的，闪光又刺痛的情意，请它无限扩大，蔓延，请它落下来——

漫天尘埃。

我为其负荷一生。
我被爱，倒悬于心海。

三

许我放倒流年，裁出生存的慢板。
许我饮一壶陈年酒，在茫茫雪道上。

叹息多长，顺沿此生未名的憧憬与向往。
遗忘多远，远过了千万句见与不见。

排过雁阵的水草生长在看不见的地方。
惹过熏风的花红茂盛在看不见的地方。
搭过月色的柳绿缠在看不见的地方。

许我把捏过的扇骨叫做故国青石。
许我把青石上的脚步叫做霜痕——
扣在文字的窗棂上，受不得冷，也受不得温情。

许我脱离季节。
许我舍去梦里的枕头。

最完美的釜底抽薪是——
回头之后，又转了头。

四

许我不望雾岚。
许我画出草庐，炊烟，为残垣装一点温暖。

许我走在意志之外，离开想要的事情。
许我的筋骨轻过落叶。
许我爱上好大一片余晖。
许我一寸寸，踩碎风声鹤唳。

边城坐落在我的指尖上。
我每一次心跳都会碰亮一盏孤灯。

嘀嗒一声声。
寂寥一声声。

五

许我撤到不可细说的时光之外。
许我做自己的边城。

没有一颗斜阳能把苍茫从大地带走。
没有一首歌能唱尽我纸上的河流。

在灰色与云朵之间，我唯一的刻刀是这浅浅的文字，在心思重时，划几处飘渺。

我的袖口空空如也，在这段借宿过的人世。
我的倾诉空空如也，我有弱水三千终不能一饮而尽。
我的背影空空如也，除了一个被你爱碎了骨头的灵魂。

那让她从冷漠里学会热烈的。
那让她从无心里找到依托的。
你的城堡。

许我把自己叫做边城。
许我为了不能忘记的忘记，而沉静，而燃烧。

失眠的窗户

● 语 伞

一

楼群高脚杯一样优雅。

天空有喝酒的醉姿。星星们，因狂喜而隐没。

房间睡了。你走出墙壁，沿着静寂的边缘，散步。

从你身上飞过的蝴蝶、鸦雀，已经变成另外的象征。阳光和空气扮演具体事物，抽象的，是那些尚未抵达的音讯。与你无关的喜剧和悲剧，如幻觉循环，在时辰的缝隙里嵌入复杂的表情，组成一座城市应有的命运和永生。

现在，你替他们醒着——
像某个为了光亮竭尽燃烧的物体。

温度正在加速描绘，风景、记忆、沉吟、路、生死、犹豫……同时引燃那些瞬间，以及我身体里堆砌的废墟和炭木。

种子。森林。言语。砍伐者。

你分饰所有的角色。

远方隐约的篝火，是我们思想的最大自由。

二

站在你之内，眺望。

城市因标志物而获得历史和传说。

而它们在深睡，穿行于人的大脑和思维，驾梦而游。它们重复自己的过去和前程，除非你唤醒一位艺术大师，换一个角度，重建它们的清高和不可一世。

每一种碰上你眼神的事物，将注定被切割：

长方形被切割。正方形被切割。圆形被切割。菱形被切割。矩形被切割。三角形被切割。碎片被切割。尘埃被切割。

我被切割。

用你的名字切割。

太阳不断投射光线，抛出各种刀具。人们排列年、月、日、小时、分秒，在刀刃上行走，途中种下稻谷、玫瑰，霍亮的权利落地，它就拥有了最强的采光效果。

外面的世界报以红绸和鼓乐。

透过玻璃，你有一张花园的脸。距离是一种必需事物。

三

"窗，聪也……"
留白置于边框之外。
你身上有可供深刻研究的美学。
另一幢高楼，有很多另外的你。我把所有的你看成一个整体，豁达、包容，令我探寻的人世秘密，又多了一个出口。
我跟随你的脚步，用你的前额款待假设的明日，用成熟的下午做咖啡，用早晨返回夜晚。有时我拽住一缕烟岚，询问路过的风雨和尘埃，从何处来，往何处去。它们用消失，给我最后的答复。
墙还是墙。影子还是影子。
你有你的存在方式——不眠不休。
你投掷恒定的目光，递给白昼和黑夜同一种生活态度。不偏不倚，遵循轨道、秩序，又以飞翔、旋转。
一把仿古拉手，有时像腿，有时像翅膀，有时像沉默的蜗牛，它们和你一起上升，一起坠落，从你奔向你，从你的黑暗，奔向你的黎明——
迎接你，诠释你，给你音乐、舞蹈和终点。

四

缔造一个小世界，给它孤独。
你把自己凿空，以洞穴的身体，藏匿毕生的影子、光线、气流、思考……你一直裸露眼睛，偶尔使我变成一个音符，跃然在你唇上——
随手可触的寂静。
我在寂静中想念一个人。那个人，必须有颤动着生长的身影和面孔，必须有菠萝和悬崖交换过味道的气息，必须有天空和一张白纸的默契写下的神情，必须在此时患梦游症，从很远的地方赶来，说清楚上辈子，和下辈子。

我失眠了。
和你的失眠相映成趣。
我们一起寻找患梦游症的人吧。当一个城市拥有它的名字、脾气、性格和生命，你就会将你的双腿控制，悄悄地汇入它的节奏。
把你孤独的深渊借给我，由此我们同行。在月亮迷路时，喇叭花羞涩，我们只拾起我们想要的情节。
我们不说话，吃水果，跟随一片落叶，旅行至枯萎。

五

窗帘在这里，饮曼陀罗。
来，穿上你的外套。为我遮蔽羞涩和隐私。

我为你整理褶皱、线条，不让一丝光刺进房间。不是我拒绝光明，我只是想把窗内和窗外分成两个世界，使喧嚷的人声和车鸣，在我的错觉里滋生陌生感。当你脱下外套，我再次注视他们，就不知厌倦。

这疲劳的重复，有橙皮溢出的雾气。

我用鼻翼读香。

"枕上见千里，窗中窥万室。"

争吵的人怨蚂蚁多。缱绻的人惜蝴蝶少。清醒的人在寻找帽子。醉酒的人踩着云朵哭泣。做梦的人都还在梦的外边，相互捉弄。

你双身，有正反两个脸孔，容得下谋划者、告密者、始作俑者。

风吹过你的脊背，我的耳中沙沙作响。

仿佛无人睡觉，他们都在听，同一个屋子里，所有的眼角都爬满了鱼尾纹，与衰老纠缠不休。

六

醒在远处，做局外人。你说。

城市斑斓，我将在房间留下钥匙，在十字路口搁置三思而后行，在拐弯的地方安装退路，在走向你的那一刻，丢弃望远镜。

眼前的事，厨房比银行卡爱得直接，生存法则比初心跑得快。

你朝向阳台，自我追逐，在我的想象里。

我把自己扭成一座迷宫。神话在和时间赛跑。我遥望。我窥视。我不告诉任何人真相。你的新身份是上弦月还是下弦月？你爱上了小偷还是伪装者？你是雕花的救世主还是镂空的魔鬼？

声音在回响中流动，删除了日常的苦和不舍。

你睁着大眼睛，和我做高级游戏。

我触摸你闪亮的躯体，一条路通往大自然。绿和鸟鸣没有面纱，九点钟的太阳是温柔的陷阱。

你引诱一角天空走进来，填满了我的心脏。

散文诗专辑

向 金 的 太 阳

● 转　角

玄机极南

大水回溯，万物被冰封，瓦解——
请告诉我山脉走向是否在午时三刻被拯救？人类汹涌的情思是否已静坐千年？
耗尽毕生安宁而被彻底颠覆，第七大陆荒无人迹。
植物被遣返。
陷入梦境的惊涛再次裂岸，直至天空崩溃，大地横陈在荒凉之上。内陆与繁华瞬间被虚拟成无尽的旷野。

再次出走，泱泱大水流淌出亿万年时间。
而临近洞口，却在极地之境沉沦，奔涌，浩荡而去。愤怒的涛声吐出整个白昼——
谁，能被安好地泅回？

巨　阙

这是一把需要驯服的宝剑。
好像一直都在，一直都在等她的主人在某个特定场合发现她，欣赏她，并此后不再被别的事物牵去吸引和宠溺。
在她看来，她不仅是主人的附属品，主人也是她唯一的归宿。
深夜，大街上这把被遗失在垃圾堆旁的宝剑终于等到了她的主人。当剑出鞘，锋利的寒光在氖灯光的映照下，突然喷溅出血，气贯长虹，主人无法目测到那难以企及的高度。主人觉得这见血封喉之物，握住她，天地昏暗，松开，一堆精致的废铜烂铁。她已与现代文明格格不入。
看来，她对他的依存，也不过是一个简单的幻象……

主人的想象是匮乏的，甚至很贫瘠。他想，这类似匕首的东西只适合挂在家里一进门的位置——
镇宅！

大风起兮

跨过宽阔的河流，独舞者赫然凿壁，手指局促，一线天光扑面而来。

沉渣剥蚀贫瘠的黑土，这敏感地带与赤色小人结伴，为秋收寻找一则通往春天的河床。一场雨无异于拯救了巢穴中蠢蠢欲动的风声——

大风来临，我环顾左右，谁安在？

金，这唯一的盛世投影在我的手上、颈上、我赤贫的双足，直至更迭至一缕轻尘腾起的苍穹。我抛掀长发煽动七个小矮人的过去，悲秋的风不再施加催眠术，大雪终被扑倒在万顷丝绦的旷野……

星沉之夜，我终于可以疾行，不甘落伍在朝前的大路上。

我亦以裂帛的形式撕碎倦怠之物——

破裂之城轰然倒地！

向金的太阳

"我不能独居，这是最大的不幸！"

——拉布吕耶尔说。

而你却是地地道道的独居者。你统治黄昏，在黎明时刻招兵买马，你等待天亮发起战争。你甚至在午夜就开始统领空旷的山谷，辽阔的大地，肆意驰骋的波涛……

落泪了，人们在嗥叫声中失去了回家的方向。不怕，你像夜莺一样用歌声敲响天堂的谐音，你申诉并刺穿了大地的金光。

醒来，睡去，偕同同一座地狱！

你绝不会同沙哑的风声站在同一处高峰一同呼啸。

你是谁呢？

你向哪一个方向匍匐？

你这最大的独裁者占据着谁的位置？

你的重构是谁唯一的不幸？

两片翕动的叶子屏蔽了第三世界垃圾一样的月色。

而你，赐予拜金主义者一片汪洋。

封 签

尽之铁屑、浓雾、泥沼、黑灰的手，茫然于故国。

风声排闼而来，冰湖缓释祭祀的四月，所有路途令生人敬畏。我们握手言和的日子如此震撼，偷觑一抹浓墨重彩之后的世态在大街上过分狂喜，黄昏被追溯到黑暗之所——
　　伪善的面孔一定要灌入包浆，从神位退下来！
　　请从神位上退下来！
　　悒郁沉默了，我嫡传的纯净不堪负重被罢黜在拓荒的秋日，我终觉我闭上了困顿的心。木兰围场众人狞笑，鬼脸放肆歌唱。这静极之地无辜之人攀援行走在空旷的大街上，睹物之后，我是被启封还是再次遭受封存？
　　绵亘千年的特写沐浴着光，落日喷薄熠耀在窥伺的远处。
　　继续行走大地的四方……

立于海岸，抖落满身尘土

　　请勿模仿！
　　这天真无邪的版图触碰到了黑的底衬。
　　光泽，遍布植丛。而黯淡的波浪立于海岸，从熟悉航标开始，捡拾贫穷，苍老，麻木。从第一个熟悉我的小山上，开始发放坟地的准入证。
　　而从我开始，请抖落满身尘土，并学会入土为安。
　　镶着金子的门端坐其中。

　　"一万年的历史，你竟混得如此狼狈不堪。四千年的教导，你竟得到如此下场"
　　哦，请带我逃离——

波涛汹涌中升起的一片叶子

　　几近失去太半。
　　无数痛苦的，歌唱的，壅塞的，野蛮的气息漫过来。
　　而窝在鸟巢里的是炎炎烈日？
　　心偏左是耶稣，右半边被佛点化，我赤贫的脊背躺在浪涛上听风。摩西，摩西，请供出你出逃的夜晚！
　　此处偏安，此处突临大地爆裂。
　　我离开树，离开黑色，我离开一无所知……

　　鲜花铺满的海洋上，升起一片漂浮的叶子。
　　浓烈，柔情，破碎，并水银般铺向我的隐身之地。

北方给了我退隐之意

　　当成为另一个人不可避免——
　　当在痛苦的折磨下提取发霉的眼泪——

当接受审判，憎恨和立誓向软弱进攻的时刻——

　　谁赋予我旧的肉体，崭新的黑暗。这一处以森林命名，田畴宽阔，大水简化波涛的走向。而幽暗无声的沙漠循声远去，而北方，流落蛮荒。
　　我这样无罪！
　　音乐构成奇异的想象，哀怨的和声吝于赏赐他人，红衣紧锣密鼓地荒唐，众人被放逐在婚宴盛典的图形里……
　　继续招摇过市，缓缓白茫茫一片。

秘密花园

　　俯冲的山脉如何进入蛮荒之地？青藏高原自有属于我的光芒。
　　山下捡拾桑烟的绿色已趋于平静。我无法识别高架在峰峦迭起的云层背面那回溯根茎的南迦巴瓦用了怎样遮羞的面孔来眺望云海，在来路上，我亦无意进入一座暗藏在深山里的庄园城堡，安之若素之后，在青鸟飞落巢窠的刹那，我亦以似曾相识的面孔闯进了他的肺腑，一切鸣响奇迹般在大殿集结出发，耳膜里杂音瓢泼而至！

　　这秘境中的雷声终于穿堂而过了，廊檐下飞天的佛像对我继续怒目，而最惬意的姿势是在黎明前的布达拉宫俯瞰无数露珠的一次次行吟。而我从此处出发的幻想在灵魂落水的时刻瞬间化为了乌有。
　　谁能模仿一只鹰纵横辟阖并翱翔在高处，高傲地俯瞰万里江山……
　　而西藏的草木是不是也只做了大地水土流失的一小部分？

掠萍踪

　　我满怀心事地歌吟一座空山的富有，萌念遽然长逝。
　　我阻断大海进军喜马拉雅的虚妄之心，蓓蕾静止在千年前的呼之欲出。
　　我秘制的宗教在夕阳下无路可退，一切皆被感应……
　　刹那，三百只倔强的蝌蚪涌入天庭，焦黑的砾石呈现被炙烤时的萎靡不振，而辉煌的血色立刻成为我衣领上幡然醒悟的沃土——
　　永久居存在大地上！

　　精灵载浮载沉于西行的列车里，无数油菜花绽放。我恍若从隔世涉水而来的白雪，噙着草滩一剂鹤顶红投进被驯化的故地，周身尽放光芒！
　　梦兆焚毁御寒的正午，半截人生投下歉意的暮色，飞驰过去，飞驰在沙岸。
　　搏荡众妙之门！

与姐姐书

●马东旭

一

烟囱飘出小个子的孤独。

孤独长出孤独。姐姐,露从今夜白。我想到更多的白。比如:大雪。你是万物,万物亦是你。万物自你的左侧经过,仿佛又从你的右侧经过。

杨叶落在杨叶上。

细埃落在西埃上。

正如一颗心落在另一颗心上,才有了温暖。姐姐,我的爱止于唇齿,但担心更多的白从西伯利亚卷至。

我担心风一吹。

就把我们草木一样的肉身吹成了鹅毛飞雪。

二

姐姐,我们素履之往。

独其愿也。

我们藏在神的宁静的羽翼里,早祷如香。在时间苍茫的漩涡中,你我不必做申家沟的主角。它是它自己的丰沛,正如它是它自己的枯涸。

立春回芽,我们是槐木。

我们蓬勃而朴素地生长。

每一个白骨朵里都能听到圣辞盛开的声音。无限遥远的鲑鱼是它自己的肥美。

三

姐姐,诸神为你凝于金顶。

但你是我的神。

你是我脚下的灯光照耀。你是我的馨香的臂弯。我热爱东风夜放花千树,是因为你也热爱东风夜放花千树。我不曾提着灯笼闹元宵,你就是我的灯笼。

我拉着你的干净的手。

我拽着你的干净又素朴的衣襟。

我们明亮的双目浸着泪水,静静穿过青岗寺的繁华,属于他人。十六岁的姐姐和十四岁的我,仿佛真的没有看到过金顶。

四

我看见了树上的神。

它不必垂怜我们。

它的每一次翻动都是经文的翻动,仿佛阴与阳的翻动。姐姐,活在当下才是生命的真谛。我们没有明天,其实万物也没有明天,也没有昨日。只有此时此刻的祷告如露,如黎明之光的洁净。

我们诵吉祥经、诵观音赞、诵大悲咒、诵往生咒。

倾吐这个世界的无奈与隐痛。

对每一棵草木敬畏。

它比我们活得圆融而无碍。春江水暖,它开枝散叶,拥着无限遥远的蓝,安宁如哑。

五

遇见即是美好。

遇见洁白的羔羊,颔首微笑。它抬头的一瞬,多么温良。我偏爱它以露珠为眸。遇见溪流,洗沐蒙尘的肉身,是空如贝壳的宁静。

姐姐,我们要磨圆自己。

原谅无法原谅的。

包容无法包容的。你的半亩梨园以铺展的素洁之花来赞美春天。这明亮又寒冷的事物,蓬勃于此。是上帝的恩赐。

六

所有的生命都像尘埃。

落定。平原的千树万树如梨花盛开。稀疏的枝柯坚硬又发出飘柔之光。姐姐,时间是一件白色的尸衣。

犹若这大雪纷飞,于静寂中覆盖我们草缮的屋顶。在申家沟,我们守住命中的五行。

但无法飞出三界。

飞雀满天。

好像没有家,好像没有边际的天空才是它们的家。

七

姐姐,弱水三千。

难取一瓢饮。

五斗米只剩一粒。我知道诸神在亲吻我们黑色的屋顶,犹如亲吻我们高贵又典雅的灵魂。呼啸的北风卷着黄沙。我把它当做圣歌。

黄沙是圣歌中干净的音符。

但北风过后。

我们比黄花瘦,比一棵弯枣树还要孤独。在祖国广阔的东平原。

八

我裂出我。

裂出四肢。

裂出另一个魂魄与我举杯，邀明月。邀春枝花满。但我们的前方是一个深渊，似乎后方也是。我胸中藏着块垒，有一个堰塞湖要溃堤。

我与我对饮。

酒逢知己。是另一个自己，千杯少。今夜，申家沟的梨花安排一场梨花雨。我是雨中的孤舟蓑笠翁。

喝着喝着就弯曲了下来。

九

在朴素的乡村。

榆木、槐木是我们的骨骼，申家沟就是我们的血液。青岗寺的灯火在大风中抖晃，抖抖晃晃。其实就是我们的灵魂。我看到诸多的如意和不如意。

看到雨水取走了五谷。

飑线取走了草缮的屋顶。

姐姐，你的手掌填满了人间死亡的灰烬，一无所有。除了嘴巴的一日三餐，皆是虚无。我们早已出售了尊严，出售了精神的罗盘。我们蚂蚁一样触角，多想够到天穹之蓝。

朝 圣

●张少恩

用苦难之光赎回真理之身

坚执之心献媚大地。摇曳的草木,闪烁的星辰。
一切高傲的世相都低眉顺眼,面露愧色。

道路抵押给脚步,顺从于我的眷顾。
幽微的夜,脉动的星辰灼炙我的指尖和眼睛。嘹亮的痛贯彻肉体和灵魂。
虔诚的意念收下殷殷的钟声。透彻的翅膀凑近孤独的坚贞。
在诸神莅临之前我必须用苦难赎回我的信仰,决不让肉身屈就于凡尘物欲,似水的柔情。
我在振衣岗上消化了五百年挥之不去的烟云。佛光照眼。我明心见性,慈悲萦身。
我进入高远的圣境,万物的核心,将所有的犹豫和彷徨挥发得干干净净。
从此,我只想尝尽人间的苦楚,不要绵延的繁华,丰硕的荣名。
让信仰投奔肉体,虚妄划归清风。转瞬即逝的慧光支取超然的灵魂。
大河上的薄雾在晨光中缓缓散尽,绵绵的烟雨朦胧,收下所有的巍峨与峥嵘。
澄澈的目光打通世间幽昧的大门。

英雄何觅?光荣与耻辱一视同仁。
我的身子是空的,倾心于寂寞的世界。
谛听大地的梦想,潜泳于无弦的妙音……

仰望持我灵魂的荣誉

这丰饶的天空让我迷恋,幻想不断。它华美而壮丽,深邃而嘹亮。
我渐渐地凑近它,领得它的永恒,闪烁的精神。灵魂拥有持久的力量和体温。

我和天使们一起飞翔，翩翩的翅膀，催发潇潇的甘霖和鼓涌的清泉。让星辰在我的躯体上播种吧，我并不孤单，光明的出处，诗和艺术的花园，活泼的生命和春天都投奔于我。

每个细胞都在啼转，阳光的枝条脆响，祝福和梦想都在快马加鞭。那些具体而微的事物注释着时间的意义，永恒的内涵。

我飘舞的胸襟，沉醉与遐想，蔚然深秀，云蒸霞蔚。我成全了自己的肉体和心灵，万千的气象，如此迷人的风光。

我用山涧之水煮云顶之茶，在袅娜而芬芳的气息中完成我内心的祈愿。在通向理想的王国，我为自己签证。

黑夜留下温暖的灯火，为抵达对岸准备了欸乃的桨声。我为人格准备了善良、关照与虚怀；为正义准备了足够的勇气和坚贞。

我听从内心的呼唤，绝不盲从和跟风。我需要我自己信赖的眼神和掌声。需要怒放的花朵，奔腾的大河，卖力的甲壳虫，犀利的鹰隼为我再加一把劲儿。

我生命的境界乃是面向星空。感动与被感动，吸引与被吸引……

我用仰望维持真理的荣誉；用孤僻的种子颖异大地新鲜的力量；用秘密的星辰结网，捕获永恒。

仰望，让我频频得手，满载而归的梦想。

我的爱，不竭的期待与向往永远是生命刚性的需求。那是不可削减，不可降低的费用，必须源源不断地输入与供应。幻想乃是精神的豪奢，我随时支取，绝不吝啬。

我学会了对灵魂的使用和扩张，让它行吟于宇宙的深处，徘徊于斗牛之间。我把额头举得更高、更远，招引真理的锋芒，未来的注目与期待。

鹰，操作梦想的天空

我被那金色的鹰，高展的精灵一次次拔高。我已习惯了那种深远与宁静，幽碧与苍茫，翼上烈烈之罡风。无法降低高贵的头颅。

凝然的俯视，诡谲的盘旋，掘微大地。

我们对视，屏住呼吸，发现了彼此的眼神。

我愿意成为高傲者的对手，在思想锋利的剑刃上舞蹈，一试身手。

而我对自己的意念，对眼前的风声灯影却总是保持着足够的警觉。我相信天空飞翔的都是天使、仙鹤和雄鹰，而躯体的深处却时常有鬼魅的出没。

我相信自己大于相信上苍，因为最是遥远的事物却常常模糊不清。我用仰望的姿势与自己拉开一段距离，为了将自己看得更清，我必须投靠一双高蹈的翅膀，回眸我曾置身的世俗人间。

啊，锐利的翅膀将浑茫的天边剪出了一个豁口。风卷残云。流通的梦想，出出入入的星辰，开启幽闭的世界。

我的爱、灵魂，多么地柔媚，倾心于玉兰花的夜晚，百合花的早晨，丁香幽幽的黄昏。

但我的幸福与陶醉并不影响意识的澄澈与清醒。

我不会用眼前绚丽的花朵隐匿春天的巨疼；用墙角的一朵小花兑换蔚蓝色天空的黄金。

我的整个生命都是飞翔状的，绝不屈就于土地上遗落的麦穗和谷粒。

我喜欢用翅膀使用天空，辽阔和无垠。升腾的斗篷，信念的飞檐与屋顶，逼视神意的上苍，填补渺茫与虚空。

让我高傲地飞翔吧，我被自己所拯救，所提升，亦突出了天空真实的意图。我是上帝的亲眷，宇宙的同谋，信念的知音。

我的短暂是多么悠久，我的悠久又是多么地匆促。我用坚韧与顽强履行使命，不计报酬和利润。我绝不因懒散和贪欲荒废自觉之心。

此时，我依然在天空的深处优游漫步，无意于在缠绵而温婉的青藤之处安顿灵魂。

我不停地抬升自己，奔赴于流转的风云和缀满星光的路径。从容不迫，又怡然自得。

一只鹰，一只金色的鹰，操作梦想的天空。

月是故乡明

我幸福地消费月光

月色弥漫。

溪流，池塘，坑坑洼洼。牛蹄窝和每一滴水珠都盛着月光。

故乡，用皓洁的月光款待我。

我用月光追忆从前；用月光把往事又想了一遍。

我学会了用月光遐想；用月光洗手，洗脸，拭我的双眼。

我幸福地消费故乡迷人的月光。

渴意抵喉，我掬饮叮咚的月光。

瞬间，它笼络了我的身心，让我从里到外一片皎洁。

我有月光之身，亦有月光之魂。

我成了莹莹的月光人。

月光懂得少年的心

今夜的月色在水之上。一段朦胧的诗，含蓄的独白。我听得出。

我借月光的皎洁，翻晒一段幽昧的心事。月光为我隐瞒了多年，青纱帐为我遮掩了多年，它藏在我的心中多年。

痛的夜晚，决绝的远行，就为了争一口气——让邻家的桃花为我低眉，对我青睐。

那一夜，浓浓的月光埋下了我的痴狂。月光无痕，羞惭的风一直在我的脸上萦回。

我在漫漫的路上，仿佛为自己的梦想朝圣。

浩大的月光，一袭飘动的袈裟。我守着虔诚而坚执的内心。而故乡，母亲点亮的那一豆灯火，一直温暖着我的心。

多少年后，当我带着自信，生命的一抹亮色回到月光下的故乡，邻家的桃花已远嫁他乡……

我用月光温酒煮茶

中秋。

好友又相聚，都是往昔的同学少年。年年如此，明月如约。兄弟举杯把盏，其喜洋洋。

空气明透，月色犹美。桑榆婆娑，疏影横斜。木栅藤花，吹响月光的喇叭。檐头悬椒坠果，满院清风如纱。

葡萄架下，摆桌支凳。我用月光温酒煮茶。各路神仙，东西南北，神侃天下，旧事新闻，在风中袅娜。追昔抚今，唏嘘感叹，共话蹉跎岁月，灾难中的迷途羔羊，胸中块垒亦在月光中融化。

月上中天，意兴阑珊，餐桌上斑驳的光影，跳跃、浮动，亦成了下酒佳肴。一缕缕虫声飘落在酒中，绵醇而芳浓。

今夕何夕？别有一番滋味！

明月与我们同醉。

一曲悠歌抵上夜空。

寂静。鼾声。月光的梦……

月光陪我访亲人

秋叶摇火，野草成金。一个精致的黄昏被月色收购。

今夜，我去看看老叔。月光陪同。

老叔能诌几句诗，嘴上也曾挂过几句《论语》。少年时他是我的偶像，让我有几分敬重。

还是那个老宅，偎在东山坡上。石墙依旧，灯火微明。那株老梨树，让天空弯曲至今。

星稀影疏。我的脚步溅起了一阵狗吠声。

一缕风拉近了那个低矮的房檐，曾经跳跃的童年，梦幻的青春都在那里留下过身影。心，禁不住嘀咕，走了这么多年，嗓眼里还存几份乡音，夜里的他是否能够听清。

轻叩柴扉，屋里走出一个人影，问我是谁，我恭恭敬敬地递上乳名。吱扭一声，月光开门。"哟，是二林。"老叔一把拉住我的手，惊喜而亲切。月光在他的眼里转动，他急忙将我往屋里拽……

啊，故乡，这么多年，你依然保留了亲人的温度。心，跟着哽咽……

酒，和打虎的英雄有关（外三章）

●胡庆军

　　酒，和一个打虎的英雄有关，三碗酒，就让那些光阴汇聚，一口传奇的酒，便温暖了一个有关酒的话题。
　　酒是沿着历史走来的，它的妩媚需要光阴的沉淀，冉冉升起的香气，与那些远去的故事如出一辙。
　　酒香是如此洁净，像梦中的天使，慵懒而单纯，波纹是她悠闲的梦境。人生或许也是一杯酒，可是谁将掬一捧河床里的清水，在赞美清澈的同时，浓缩成一杯醇香的酒细细地品。
　　几叶小舟远远的、悠悠的划过视线，如同目光里，被酒浸泡的时空。在那个下午，一个打虎的好汉，将我带到遥远的地方，我知道，我品酒，我是品我自己
　　啜饮着迷蒙的意境，直到现在，那淡淡的的酒香还在。

一杯酒，演绎着幸福

　　一杯酒，是从故乡的泥土里开始酝酿的。那些虚拟的结构，绣成时光上的一滴汗，生命，在历史的舞台上一场接一场上演。
　　浪漫，透过清纯的幔帐呈现，情人的眼睛里铺展的幸福和苦难，沿着光阴的方向，那些故事或者就是一个个小小的音符。
　　羞涩是会传染的，缠绕在心里的秘密，点缀在白发、红唇，浸泡成疗伤的偏方。
　　擦肩而过的人，把回眸的微笑淹没在记忆里。
　　繁杂的工序，如同生命历程，在乡土的温暖里，那些结点植根于原野，品一口，就能想起儿时的那些乳名。
　　就让一种醇香，比我的身体更接近我的灵魂，经年的风雨掀起万丈波澜，花开花落间，我也许就在满目的诗情中睡去。
　　该置于何处，所有的心跳都越过朦胧的脸庞，一朵桃花，开放在季节深处，对酒当歌，在独舞之后灵魂在红色里尽情绽放。
　　是隐匿的美或者是柔媚的梦，月亮、伊人、酒，让一袭纯洁醉倒在花香，然后复制成千年的传说。
　　举起杯，一季繁华转眼就是另一种意境，雕刻的时光，覆盖了饮者最灿烂的笑容，一杯酒演绎的幸福，在被风梳理之后如同鸟一样飞翔。

酒香里那些飘散的记忆

酒里荡漾一山春色，举起的杯，淡淡的香，缥缈而来，漫远、深切。

如同美丽柔情的仙子，细嚼间，香气汩汩流淌于心。

远去的风景，诉说历史的悠久，让静静的喜悦，如同绿色般弥漫，远处悠悠的古筝曲。萦回一次次难忘的追寻，接纳一切友善或不友善的表情，酒香里那些飘散的记忆，宁静而安详。

闭上眼，喝下温馨的故事，日子便瞬间明亮起来，让委婉的唱腔微醺我们的心房，让峻秀的风光美丽我们的想象，让益身益心的酒，处处飘香，在交汇的目光中凝结，化作千古的浩瀚。

是谁拉住了风的衣衫，让所有的暗香弥漫幸福的滋味，轻轻地触摸那些温暖。

心也会随之飘浮，在记载的文字里，错落成所有与你有关的章节，就像是玩倦了的孩童，在阳光里轻轻地阖上了眼睑，任阳光细细地轻抚，带进梦的空间。

酒！喝的是一种心境，品的是一种情调。

珍惜生活，就从手握的这一杯酒开始

一个人一杯酒

一串记忆，在思念中飘远或在淡忘中走近。一些故事，在过去的光阴里清晰或在未来的日子里模糊；一杯酒，在朦胧的目光苏醒或在微醺的思绪里沉醉；一个人，在转身间忘记或在人生的路途中相伴。

飞翔，在一步之遥或在千里之外，那些美好的时光，被季节整齐地排列，在生活的背景里，能够织成丝绸一样。那些树叶，便成了另一种吃法。

一杯酒饮出了千年古道，一杯酒饮出了情意绵绵。

举杯，畅饮。饮出了君子坦荡荡，饮出了生活的美满和幸福。

独坐窗前，饮不尽的喜怒哀乐，理还乱的是非功过。

一个人，一杯酒，让世人品出对生活或浓或淡的感叹。

村庄笔记（三章）

● 郑 立

村 戏

一入冬闲，地净场光。春晖初露，万物登场。

用犬吠印剧本，用牛哞录唱调，用鸡鸣说戏份。每一句插语，不讳贵贱。每一声打诨，不杂虚言。乡音的唱腔，老树新枝，字正腔圆。

锣鼓咚呛，唢呐咿呀。也说《六月雪》，也唱《状元与乞丐》，也扮《打渔》和《采桑》……黄发垂髫，鹤发童颜，星移斗转。

村里人演给村里人的戏，主角、配角、观众，台上台下，命运交替，在时间的间隙，是非分明。

舞龙是戏，舞狮是戏，人舞是戏中之戏。

台下说戏，台上唱戏，鬼神是戏中之戏。

自强不息，村戏的神。厚德载物，村戏的魂。落叶归根，村戏的鬼。速度和节奏，言辞和信心，穿行在村庄的传奇。

人来人往，人潮涌。在吹拉与弹唱里，你抖出了一个亮飒飒的好收成。

春来春去，春潮急。在低沉与高亢里，我喊出了一个红朗朗的好年景。

千般柔情，逃不出命运的开场与落幕。

万种蜜意，逃不出人生的流泪与嘘唏。

人间有情，村戏不绝。人生有爱，村庄有根。

村 歌

在春联上，一声声清脆的乡音，把我灼得生疼。

林立的街市，犹如劲拔的高粱，满是红红火火的光芒。

一字一句的村歌，在老父亲的嘴边，是一片片的甘冽。

村歌，古朴的植物，生于村庄，行走城市，在春天来临的时候，在我的心上，分外嘹亮。

哼唱村歌，哼唱唐诗宋词的味道，哼唱田间地头的味道。

一条遥远的大河，从远古，从泥土的最深处，滔滔奔流，源源不绝。

　　一群在泥土里过滤的灵魂，在泥汗里饱满的慈悲，喊着春天的名字，从我的故乡走来。

　　村歌，一种村庄青葱的植物，我所有的记忆最终消失，可它们总是在我热爱的文字里，无畏地闪烁。

村　酒

　　明火，旺火，文火，温火。火候在手上。

　　在一张一弛的捏拿里，酒甑里的曲香淌着庄稼的一腔热血，高粱、玉米、糯米蓄满了一甑脱胎换骨的疼痛。

　　石隙流出的甘泉，土地长出的热望，人心涌出的凛冽，在一坛坛村酒的窖香里，古意如钩。

　　头酒，虎头如酣。千锤百炼的信念，在山野里吼喊了千年。

　　尾酒，豹劲如鞭。穿云破雾的翘望，在旷野里逡巡了千年。

　　中间的酒，是缠缠绵绵、绵绵缠缠的花酒啊，在生生死死、死死生生之间，沉醉千年。

　　脸似鸡公，步如羊瘸，声似马奔，在酒碗里，每一个醉汉都是我最心疼的人，每一次畅游星汉的想象，都是我平步青云的憧憬。

　　在红红火火的火塘边，一坛村酒，就是一条上天入地的大路。

　　在朝云暮雨的酣梦里，一坛村酒，就是一条通江达海的大路。

　　在古诗里，我扶起了红红火火的火塘。

　　在酒坛里，我扶起了踉踉跄跄的村庄。

　　在城市里，我扶起了浑浑噩噩的酒杯。

　　我发现，身后的这个冬天，句句炽热，字字温暖。

　　我才发现，眼前的这个春天，花讯如潮，金光闪闪。

论百年新诗的人性抒情探求

●白　耶

新诗来自源远流长的中国古典诗歌，却带有质的飞跃意味。

中国古典诗歌作为中华民族灿烂文化的体现，无疑已形成诗性审美的民族传统。传统一旦形成，就不可割断。因此，新诗必然带有传统的胎记。不过，从1918年1月《新青年》发表胡适等三人的九首白话新体诗，显示中华诗国这一新品种破土而出起，新诗展示于世的形象毕竟有别于古典诗歌，具有全新的、属于它自己的格局。

这里试对人性抒情的主题探求作一考察。

回观历史，不能不令人沉思：古典诗歌在一代代王朝更替中竟然沿袭了二千多年，凭依的是什么呢？是"文以载道"和"温柔敦厚"相交织的抒情传统在起作用。这个传统已作为约定俗成的诗教。它要求于诗人的乃是：写诗必须泯灭率性任情的主体意识，努力去屈从主流意识形态话语。这使得古典诗歌不得不应合君君臣臣、父父子子层层制约的封建伦理道德规范，眼睁睁让自己丧失掉完整、全面地把握人之真实世界的能力；只要封建政权及其用来统治人民的伦理道德规范犹存，古典诗歌不可能有大的格局变化——这可是必然的事。至于诗人们，也潜移默化地形成了一个人性异化的感受-传达系统，堵塞住了他们把握人之真实世界的多条认识渠道。在这种情势下，古典诗歌想具有持续发展的生命活力，显然是不可能的。因此，在抵达唐宋的顶峰后，它也就以迅疾之势走向下坡路了：一股以泥古仿古为荣、以吟风咏月为乐、以茶余酒后雅席酬唱为能事的风气在诗坛日益盛行，而等待让一批批才俊之士来作诗学散步的，也就只能是一条狭隘浅陋而庸俗不堪的抒情死胡同了。不错，这中间也出过一些大家，如清代就有王士禛、纳兰性德、黄仲则等，却总因积习已深，颓风难挽。当19世纪末同光体统领诗坛，中国古典诗歌也终于临到了日落西山时分。可巧也是在这时，西方的大炮轰开了中国闭关自守的大门；一股从文艺复兴时期起就盛行于欧洲的人文主义思潮，趁势而入，汹涌澎湃在中华文化古老的河床上，一浪又一浪推送出来的，乃是一声声"认识自己"的呼声。于是，一批较早走向世界、具有一定开放意识的知识者，终于觉悟到了一点：欲解决中国问题，人的启蒙乃当务之急。这也波及到了中国诗坛，古典诗歌在把握人之真实世界中那种非人化倾向，及盛行多年的创作颓风，也受到很大冲击。曾以使节身份在欧美生活多年、较早接受西方人文主义思潮影响的诗人黄遵宪，在《人境庐诗草·自序》中就提出诗歌创作必须强化主体意识："不名一格，不专一体，要不失乎为我之诗。"这"为我之诗"如此堂而皇之的出现，真是振聋发聩。为了达到这个目的，黄遵宪还竭力反对泥古、仿古习气，既自律也号召大家"不为古人所束缚"。这些言论里隐藏着的显然是一股个性主义精神。继此以后，夏曾佑在《本馆附印说命缘起》中提出写诗要"有一公性情"。他认为"无论亚洲、欧洲、美洲、非洲之地",人类欲求其"本愿","莫不有一公性情"。何谓"公性情"？他说："一曰英雄,一曰男女。"此处"英雄",意味着人所具有的竞争欲；此处"男女",则指爱欲。总之,这二者实指人的生活欲望,即人所具有的共同本质——方老大帝国的黑屋子里已有人从昏睡中醒来,他们高举着一面上书"张扬个性、维护人性、捍卫人道"几个大字的旗帜,宣告了自己对人的发现。为此,这一批先觉者就提出"诗界革命"的口号,倡导写"新派诗"。梁启超在《饮冰室诗话》中甚至把这种对个性的张扬、人性的维护、人道的捍卫,即对自由、平等、博爱的追求,看成是"诗界革命"欲追求的"新理想""新意境",并旗帜鲜明地提出要以此入诗来作为对"新派诗"的要求。虽然,改良派的这场"诗界革命"并未如期成功,倒也大大启示了后继者,且预示着将会有规模更大的冲击到来。果不其然,随着封建王朝的崩溃和新文化的提倡,胡适等在"五四"前夜又发动了一场新的"诗界革命"——新诗运动,集中火力对古典诗歌在把握人之真实世界中的非人化倾向,发动一场更加强大的冲击。胡适在《易卜生主义》中说："社会最大的罪恶莫过于摧折个人的个性,不使他自由发展",因此,他要求社会必须尊重"个人有自由选择之权",以"造出自己独立的人格"①。傅斯年在《白话文学与心理的改革》中则说得更其干脆："我们的祖先……最不会的是说'人话',因为他们最不懂得的是'人'",并提出应该"去开辟'人荒'"②。正是这些主张,促使这场新诗运动从张扬个性解放入手,全力以赴地投入了对人性抒情的探索。

新诗以人性抒情作为把握真实世界的方向,是一个和古典诗歌本质上相区别的特性。不过,20世纪这一代诗人懂得：由人性派生出来的个性解放必须同个人对社会"担干系"①的民主精神结合起来,而人性、人道主义则应该是具体而非抽象的。这种种都体现在一批杰出诗人的艺术实践中。

郭沫若在人性启蒙中觉醒了。"五四"初期他成了个性解放狂热的鼓吹者。《天狗》一诗最能体现他对这场鼓吹的热情。诗中他把自我说成是一条用以比拟日蚀、月蚀现象的天狗,竟然能"把月来吞了""把日来吞了""把一切的星球来吞了",还能使自己具有"月的光""日的光""一切星球的光",甚至"全宇宙的 Energy 的总量",且又能以"食我的肉""吸我的血"来求得自我生存,以"在我的神经上飞跑""脊髓上飞跑""脑筋上飞跑"来意示他在走自己的路。毋庸置疑,这首诗中汹涌着一股自我力量高度夸张的个性解放激情,甚至可以看成是一篇形象化的个性解放宣言。自我是凸现出来了,但这个"我"在郭沫若身上决非极端个人主义的体现,而总是以"我"巨大的力量和充分的自由活动而对社会在"担干系"。在以夏禹治水为题材的《洪水时代》一诗中,郭沫若借这位神话中的英雄在治洪水中"奋涌""原人的力威"时作这样的情感抒发："我若不把洪水治平,／我怎奈天下的苍生?!"这正是个性解放和民主意识有机交融的体现,是"自我"的力的扩张和为社会群体服务的高度结合。

艾青在"五四"精神的启迪下,也醒悟了,他成了人性抒情的积极追求者。在《诗论》中他说："所谓'诗的',即是'至完美'的意思；也即是'至人性'的意思。"因此他提出了一个诗美标准："愈是人性的,愈是美的。"②但他的人性抒情并不抽象,而总是在具体对象中来体现其爱憎倾向。早在成名作《大堰河——我的保姆》中,他就把一腔亲子之爱赋予自己的保姆——贫妇"大堰河",为她勤劳善良的天性和"四十几年的人世生活的凌辱"而作了哀婉、真挚的抒情,并且还说：要把这一首呈给大堰河"黄土下紫色的灵魂"的诗，也"呈给大地上一切/我的大堰河般的保姆和他们的儿子"。这种具体的人性抒情已扩大为对一个阶级的人性抒情了。

舒婷在经历了文革岁月后，站在一片人性废墟上发出了"人啊，理解我吧"的呼声，还说："今天，人们迫切需要尊重、信任和温暖，我愿意尽可能地用诗来表现我对'人'的一种关切。"为此她以诗笔寻找着一条能把人与人沟通的"心灵的道路"③。这就是寻求人性的认同，对舒婷来说也就进入了人性的抒情。她在这里获得了一种"觉醒的欢欣"——为"要求生活恢复本来面目"而欢欣，为"对传统观念产生怀疑和挑战心理"④而欢欣。但即使如此，她也还是感到更大的"欢欣"莫过于"让我们能选择，能感觉到自己也在为历史、为民族负责任"。因此她说："没有倾向的作品，算不得伟大的作品。"⑤并进而坦陈她的心迹："我的忧伤和欢乐都是来自这块汗水和眼泪浸透的土地。"⑥这使她终于代表了处于信仰危机中的那一代民主爱国青年，在《祖国啊，我亲爱的祖国》中唱出了寻求人性依傍的歌："我是你十亿分之一/是你九百六十万平方的总和；/你以伤痕累累的乳房/喂养了/迷惘的我，深思的我，沸腾的我/那就从我的血肉之躯上/去取得/你的富饶，你的荣光，你的自由！/——祖国呵，/我亲爱的祖国！"这是从自我觉醒中发出来的歌声，是从她对民族的前程、人民的命运热切关怀中找到人性依傍的深情歌声，是从精神的废墟上挣扎着站起来让自我价值的寻求终于融入对祖国之爱的一场全新的人性抒情。而恰恰正是这样的人性抒情，显示出她对"五四"人性启蒙传统的继承和发展。

这种种现象意味着：中国新诗虽以人性抒情作为把握真实世界的逻辑起点，但从这个起点推延开去，则始终体现为一代有民主意识觉醒的诗人们对风雨飘摇的民族命运的关怀，狂涛巨澜的时代的倾心，对擦干眼泪、渡过血海、在斗争中大踏步走向明天的亿万人民的追随。却也不能不看到：当这种关怀、倾心与追求具现成诗人们的"为时代而歌""为祖国而歌""为人民而歌"后，若是又把这些推向了极端，成为某种主流意识形态话语的外在装饰，使人性抒情隐失于为当下某项政治宣传服务的迷氛中，"五四"人性意识觉醒的传统倒也会自发地出来进行干预。唱着《预言》中充分人性意绪化的歌声而步入诗坛的何其芳，在抗战前夜的密云期，终于有了觉醒。《云》一诗中他说："从此我要叽叽喳喳发议论/我情愿有一个茅草的屋顶，/不爱云，不爱月，/也不爱星星。"并进而在《成都，让我把你摇醒》中，也摇醒了走在"梦中道路"上的自己，在延安窑洞的不眠之夜，歌唱起了《夜歌》《我为少男少女歌唱》《生活是多么广阔》，对自己从象牙塔中的个体走向革命大家庭的群体，从"我"的自我表现转向"群"的自我表现，作了更高层次上的人性抒情。而当他在这条路上继续走下去，在《革命——向旧世界进军》等诗中，人性抒情被政治宣传所替代时，潜意识里的他继承"五四"人性启蒙的精神又会来暗中起作用了，逼使他在新中国诞生的初期写出了《回答》一诗，宣告人性抒情的回归，即重又对个人哀乐的抒唱珍视起来了，而这场个人哀乐又是被全新的时代激化出来的。因此，这首和当年诗坛的抒情格调很不一致的人性抒情诗，显示出自我哀乐和广大人民的生存欲望、精神需求水乳交融般的人性抒情。而到1957年写《听歌》时，他又进一步让自己的诗转向纯个人的心境抒情了。郭小川是个更典型的例子。他是以政治抒情诗人的身份进入诗坛的，从《投入火热的斗争》等诗开始，就表明他不会去作纯个人哀乐的抒情。但作为人性的真实体现，纯个人心境总是在每个人的日常生活中存在着，又总会寻找机会显示出来的。这使得郭小川在《望星空》《致大海》等诗中颇强烈地流露了一下。但这位主流话语的宣讲者，如此心境只像流星样掠过一下，即刻被克制住了。等到文革期间，他的位置已处在当时主流话语的对立面，这使他出于纯个人心境的人性抒情终于在《团泊洼的秋天》中又一次强烈地流现出来。令人遗憾的是何其芳、郭小川在我们国家初显拨乱反正迹象、社会刚要进入第二次思想解放时就离开了世界，以致使他们彻底挣脱羁绊、大胆继承和发扬"五四"启蒙精神、展开和深化更真实的人性抒情这个愿望再也无法实现。幸运的是艾青，这位"归来"诗人，如同前面已提及的，是一位"诗的"也"即是'至人性'的意思"的主张者，且在《大堰河——我的保姆》中有真切的显示。在《雪落在中国的土地上》中，纯个人的心境和对祖国的爱又是如此真实地交融着，以致把人性抒情提到相当高的品位。可惜当他投身革命队伍，遵奉文学要为政治服务的原则后，很长一段时间里，无法挣脱话语的纠缠，以致把写诗当成了一场政治宣传，因此大大削弱了他的人性抒情。建国初期，在《双尖山》《礁石》等诗中他好不容易又有点纯个人心境的抒情倾向，也立即遭到批判，甚至被流放到古尔班通古特荒原，尝尽生之艰辛达20多年。但他灵魂深处那条"五四"人性启蒙之根毕竟扎得很深，因此三中全会后他的"诗魂"也就能得以强健地"归来"。在"归来"后他提出"诗人必须说真话"的主张，并把人性抒情作为"说真话"的独特形态，在《致亡友丹娜之灵》等诗中作了充分显示："经过了漫长的二十一年，/我总算恢复了应有的尊严，/你听到这消息该多么高兴，/因为你一直为我的处境愤愤不平。//但是，你已长眠于九泉之下，/再也听不见我的歌声，/这歌声你是熟悉的——/即使最欢乐的时候也有悲酸……"在这里，个人生世的哀感和伤悼友人的哀感结合在一起，完成了一场字字血泪的人性抒情。《致亡友丹娜之灵》之所以如此感人，成为艾青"归来"后写得最好的一首诗，根本点在于：作为一场使人间真挚情谊被破坏、美好人性交流遭摧毁的邪恶势力并非来自于命运的主宰者，而是社会政治支配人们生存命运导致的。这使得这场出之于纯个人心境的人性追求并不抽象化，而显得十分具体，达到了很高的认识价值与审美品位，也使艾青在挣脱一切羁绊后，获得了人性抒情最成功的回归与发展。而我们也终于看到艾青的人性抒情有着这么一条完整的演进轨迹：继承"五四"人的启蒙传统——这个传统被自发以致自觉地割断——重又曲曲折折地继承这个传统——大发展这个传统。

艾青追求人性抒情的演进轨迹同样在20世纪新诗几个时期的抒情倾向中显示出来。

五卅惨案以前，诗坛把"五四"人的启蒙所提出的自由、平等、博爱，落实在个人主义的人间本位主义上，以个性解放和人道主义为标志的人性抒情在诗坛具有普泛化的倾向。创造社诗群提倡为自我表现而艺术，显示着他们对个性解放抒情的追求；"文学研究会"诗群提倡为人生而艺术，显示着他们对人道主义抒情的追求。但这种追求毕竟分散，是属于人性抒情的个案。

五卅惨案以后，中国人民反帝情绪高涨，民族危亡感压在每一个爱国知识者的心头；"四·一二"、"白色恐怖"时代来临后，中国社会急剧分野，阶级斗争尖锐，革命危亡感压在每一个有良知的知识者心头，也撼动了一批诗人的灵魂，使他们在创作中凸现出"群"的自我表现与"群"的人生表现，从而完成了从个案的人性抒情向民族-阶级的人性抒情过渡。曾经提倡"血与泪的文学"的郑振铎，在五卅惨案后出版的《小说月报》第16卷第7号上，代表文学研究会同仁，写了该期刊物的《卷头语》，这样写："沉睡者，起来，起来！/无辜者的血，如红霞似的挂在大雷雨后的天空；/被残踏者的泪，如雨后的残水，/还在街角树间点点的滴着。/复仇女神在翱翔，在拍翼，/听呀，她正在凄厉的号叫着呢。/你们难道还忍得住在安睡！？"这正是该诗群向整个新诗坛发出的民族人性抒情之声。曾经"赞美我自己""赞美这自我表现的全宇宙底本体"的郭沫若，在"白色恐怖"的年月里，代表创造社诗群的同仁，发出了"诗的宣言"："我的阶级是属于无产"（《诗的宣言》）"我的歌声要变换情调"，为了"唤起我们颓废的邦家、衰残的民族"，为了表现"我们新兴的无产阶级的生活"，去"一任我的性情放漫地引领高歌"（《述怀》），这正是该诗群向整个新诗坛发出的阶级人性抒情之声。

但从这时起一直到1920年代末，各个诗派诗群，即使是最激进的诗派诗群，也还是始终保持着"五四"人的启蒙精神传统，显示为个体人性抒情与群体（民族、阶级）人性抒情并重或者双向交流、共融一体的存在状态。后期创造社、太阳社诗群最典型地显示为这两种人性抒情的并重或交融的特色。

后期创造社诗群中一批青年诗人，如黄药眠在诗集《黄花岗上》中，杨正宗在诗集《花圈》中，裘柱常在诗集《鲛人》中，邱韵铎在诗集《梦与眼泪》中，都显示着这两种人性抒情的并列存在。杨正宗的《花圈》，分《献酒篇》《花圈篇》两辑，前者是一些纯属自我哀乐心境的吟咏，显示为个体人性抒情；后者是代表特定社会阶级对现存社会秩序作彻底否定的高歌，显示为群体人性抒情。太阳社诗群中一批青年诗人如蒋光慈、钱杏邨、冯宪章、洪灵菲等，则以"革命+恋爱"的模式来显示这两类人性抒情的双向交流。1927年大革命失败后，钱杏邨作为一个"革命浪子"，在四处流浪期间出版了几册诗集，这些诗如他自己所说，是由"破产的小有产者的经济苦闷情绪和离乱时代人民的悲苦、失败的党人的激愤心理"⑦汇聚成的一些"不稳定的情绪"的抒发⑧。这使他的诗中满腔阶级解放的激情始终和个性解放的心境交织在一起，形成了两类人性抒情的双向交流。于是，落荒英雄与飘泊女郎的奇遇以及由此导致的人生哀乐感也就成了更显深层次的人性体现。《给——》一诗最有代表性，写流浪途中的"我"爱上了对邻而居的朝鲜流亡女郎："她的黄莺般的异国的音调""沉醉了我受创的心房"。这使得这首诗一方面高唱："要用赤血染得地球红"；另方面又低吟：倾心"美丽的女郎""便是我胜利的终场"。

但这样两类人性抒情的并存或双向交流，不过是过渡阶段一种暂时现象。当新诗进入1930-1940年代以后，就基本上完成了个体的人性抒情向群体的转化，即通过个体自我的人性真切体验来完成民族-阶级群体人性的抒情。

我们在普罗诗派、七月诗派甚至一部分根据地诗群——延安诗群、苏浙皖诗群中看到"五四"人性抒情传统获得较大发展趋势，以"拓荒者"诗群和"新诗歌"诗群汇成的普罗诗派成员，致力于从自我切身感受出发来完成群体人性抒情，其成绩是显著的。殷夫这位早慧又早夭的无产阶级诗人写有《别了，哥哥》，该诗还有一个副标题："算作是向一个class的告别词吧！"这意味着他虽是向在国民党政权中任要职的哥哥作断绝兄弟关系的个体人性抒情，却又是由此推向与他出身的阶级决裂、去作一场阶级人性范畴的抒情。力扬在抗战初起时有《同志，再见》一诗，是对抒情主体在兵荒马乱的武汉轮渡上邂逅了杳无音讯而日夜思念的女友时复杂的心情所作的大特写：骤然相见时爱的惊喜使他激情喷发，充分显示了个体人性的真实；但战争召唤着每一个民族战士奔向自己的岗位，可是，他们又不得不马上分别，从而在个体人性真实的映衬下展现出民族人性的真实，完成了更见真切、更其崇高的群体人性抒情。茅盾因此评价此诗说："力扬的《同志，再见！》情绪于哀婉中见激昂。"⑨这"哀婉"是个体人性的真实，而"激昂"则是民族人性的真实。这两类人性抒情之间的逻辑推延，的确使这首诗的人性抒情获得了相当高的审美品位。

　　七月诗派坚持一条抒情轨迹：从个体人性抒情向群体人性推延。这条抒情轨迹来自于他们共奉的一个信条："诗人底前进和人民底前进是彼此相成的。起点在哪里？在你底脚下。"⑩这意味着：自我的主观战斗精神必须汇入人民民主斗争精神的洪流中，而人民民主斗争精神又必须体现在自我的主观战斗精神中。因此，一个为民主而歌唱的诗人，追求的起点不在别处，就"在你底脚下"，即从诗人自身发扬主观战斗精神出发，让个体的自我心境溶入群体的人民民主精神——所谓主观拥抱客观开始。

　　天蓝是这一派诗人中很有代表性的一个，这条人性抒情轨迹也特显得轮廓分明在他创作中。他的诗始终是在人民求解放的群体人性氛围中展开的，但这一切的起点是个体自我去努力作主观拥抱客观。早在抗战前写的《无题》里他就这样唱："我随历史的战斗行进/我从单个人/走向人群。"这种对自我作自觉转化的追求，一直贯穿在天蓝的人性抒情中。长诗《车子辘辘走你门前过》，是主体两个自我的一场倾谈："你"是个体自我，而"我"作为群体化自我向"你"诉说自己二十年来的生活恍如做了一个大梦，梦醒后决不想"寻着原路返回我的故里"了，因为这个新"我"已懂得"我不能属于个人"，而属于"被人鞭打的祖国""被奴役着的劳动人民"。为此，"我"向"你"发出"历史的浪潮声"："斗争的人，/投入真理的永恒！/洗去哀愁，/超出死生。"也只有这样，"你"的"我"与"我"的"我"才会统一在历史的自觉意识里，获得全新的生命价值："我哟，我虽微末，/但我是一点不能被毁灭的微尘。"这里充分显现着七月诗派的抒情轨迹。

　　个性主义转化为民主主义的自我心境抒唱大大地发展了"五四"人性抒情传统。特别值得提出来的是几个根据地诗群，在1942年以前的创作中也大致上体现了像七月诗派那样从个体向群体推延的抒情轨迹，何其芳大概是这场推延中最早经受涅槃的痛苦与悟道之欢乐的一个，而晋察冀诗群的陈辉，苏浙皖诗群的莫洛，延安诗群的贺敬之则超越了何其芳涅槃的痛苦而直接进入了大欢乐。贺敬之的《我走在早晨的大路上》很有代表性。抒情主体面对根据地的"这个国度，这个政权"骄傲地说："这土地是我的/这山也是我的！""这早晨，这太阳""这欢快的一天的开始"，也统统"是我的"。于是当"我"走在早晨的大路上，对遇到的每一个人，每一座山，每一条水，每一块土地，都由衷地唱道："你是我的同志，我的爱人呵！/你是我的伙伴，我的邻人呵！/你是我的房屋，我的田野呵！/你是我的早晨，我的太阳呵！"这里的抒情逻辑是如此奇妙。奇妙在"我"是"一切的一"——革命群体的一分子，革命群体的人性意绪也就是"我"这一分子的人性意绪。于是也就有了"一的一切"，在"我"的人性意绪中也会反映出革命群体的人性意绪。这样的诗，洋溢着热烈而率真的情感。如果说至人性的也可以被认为是至率真、至天然因而也是至真实的情感表现，那么根据地几个诗群在1942年以前一些代表性诗人的创作也大多像《我走在早晨的大路上》那样，感情表现具有至人性特色。由于这种率真、天然的至人性情感表现是在个体人性抒情向群体推延中显示出来的，也就使得这阶段的新诗在发展"五四"人性抒情传统中具有了更高的真实度。

遗憾的是：自从文学要为政治服务的权威话语出现后，人性抒情显然受到了冷落甚至批判，即使不是抽象地而是具体地提人性，如阶级人性、爱国人性，也只能提阶级爱、祖国情，而替代"人性"二字的"爱"与"情"又必须具现在能印证政治宣传的对象上，这导致"爱"与"情"抽离了本能感受的潜在心境真实，成了理念的产物。必须看到：诗歌创作中的人性真实总是一种感性呈现，所谓具体的人性实系感性的具现而非理性的印证。二者于这一对比中显示出来的差异也就使诗坛从1942年起直到1978年的三中全会以前漫长的三十多年中，出现了谈人性色变的现象，创作中不仅没有发展"五四"人性抒情传统，而且是把这个传统割断了。

也就在1940年代，鲁藜写过一首《泥土》："老是把自己当作珍珠/就时时有怕被埋没的痛苦//把自己当作泥土吧，/让众人把你踩成一条道路"。这首诗被传诵了很多年，它宣谕了一种意绪：要全心全意为人民服务就得泯灭个人的任何欲求。这可是很高昂的代价。这样一首诗，若从人的启蒙原则出发进行考察，就不能不问：难道一个人就不可以幻想自己会有珍珠那样的价值？难道个体的价值，即使是很微小的价值，被社会埋没掉就不应该有痛苦？难道自我只能是泥土，去供众人踩踏成路行走，而不能向众人索取自我价值？这种种都说明《泥土》不过是政治宣传中一个命题的印证，即每一个人都只是革命机器上的一个齿轮或一颗螺丝钉。1960年代，贺敬之的长诗《雷锋之歌》和他其它著名诗作一样，是很见才情的，令人惋惜的是：全作把抒情定位在对一个人的社会道德与革命精神的扩张上。在诗里，社会道德的扩张具现为一个人必须是"革命的万能机床上"一颗"永不生锈的螺丝钉"，而革命精神的扩张则具现为"永远在/高举红旗/向前进攻"。对雷锋精神的扩张甚至被极端化为："你白天的/每一个思念/你夜晚的/每一个梦境/都是：/人民……/人民……/人民……/你的每一个脚步，/你的每一次呼吸，/都是：/革命……/革命……/革命……"这只能是对一种超凡脱俗得非常人生的抒唱。所以《泥土》也好，《雷锋之歌》也好，既丢弃了个体人性抒情，也不存在群体人性抒情，而成了理念的巧妙图解，成了人性禁欲主义逻辑的诗性演绎。

这种追求在1950-1970年代成了时尚，特别在政治抒情诗群中更为流行。郭小川的《婚姻问题》、李季的《缝纫员》、闻捷的《种瓜姑娘》等都成了这种人性禁欲主义逻辑的演绎。《种瓜姑娘》表现天山脚下一个叫枣尔汗的姑娘，因种瓜闻名而招来许多小伙子的追求。诗人竟然赋予她如此不凡的一手以一首歌回敬他们，表达了她选择意中人的标准："枣尔汗愿意满足你的愿望，/感谢你火样激情的歌唱；/可是，要我嫁给你吗？/你衣襟上少着一枚奖章。"既然爱情产生自一枚奖章，那不仅没有了爱情，也把本应在爱情上得到集中体现的人性彻底泯灭了。这种人性禁欲主义逻辑在阶级斗争的弦绷得紧紧的日子里，必然会出现一场恶性推延。果不其然，十年浩劫使我们迎来了一个人性灭绝的时代。

于是，在荡漾过"解放区的天是明朗的天"这歌声的中华大地，竟出现了只能在欧洲中世纪才见得到的"张志新事件"，而待到三中全会一声惊雷把纠缠中国人民整整十年的黑色梦魇驱走，民主与法制的废墟上也才有可能出现雷抒雁《小草在歌唱》这样的诗。这首诗以血泪的控诉、愤怒的抗议、悲慨的悼念和沉郁的自责之情，把一个年轻诗人为我们民族人性毁灭而发出的招魂之声充分地表现出来。我们已经脱离人的本体抽象地谈阶级人性为时太久了，在这场招魂中，雷抒雁是如此动情地为一个具体的人——一个善良而美丽、坚贞而圣洁的中国女性作出久违了的人性抒情——以一个普通中国公民传统的良知和一个共产党人党性的良知交融而成的人性抒情。而随之而起的，还有艾青的《致亡友丹娜之灵》、公刘的《哦，大森林》、曾卓的《悬崖边的树》、牛汉的《华南虎》、岑琦的《雪峰之歌》、陈明远的《我是人》、昌耀的《大山的囚徒》《慈航》，赵恺的《我爱》、林子的《给他》、林希的《无名河》、李发模的《呼声》、叶文福的《将军，你不能这样做》等等，这些诗有张扬个性解放精神，有维护人之尊严的，也有捍卫博爱、平等、自由之人道原则的。

如果说这期间在维护人的尊严中完成人道主义抒情的，《呼声》是血泪交迸的感人诗篇，那么，在维护人的尊严中完成个性主义抒情的，《我是人》是正气昂扬的感人诗篇。驾凌于这二者之上，完成自由、民主这一人生真理至高境界表现的叙事长诗《雪峰之歌》，则是大义凛然的诗篇。从继承与发展"五四"人性抒情传统的角度看，1980-1990年代这些代表性诗篇显出了中国新诗抒情品位的至高层次。

值得指出，还有一批借性爱、情爱的抒唱而完成个性主义、人道主义相结合抒情的，是这期间表达女性生命体验的诗。莫达尔曾说："人类的本质根本是性爱的。"⑪这一阶段一些女性诗人组成的"黑夜意识"诗群就对这一"人类的本质"——"黑夜"这个意象来体现。对此，翟永明在《黑夜的意识》一文中就提了出来。在该文中她说：要"竭尽全力地投射生命去创造一个黑夜"，因为这里留着"最初的黑夜"的记忆，"它升起时带领我们进入全新的一个有着特殊布局和角度的、只属于女性的世界，这不是拯救的过程，而是彻悟的过程"。翟永明为此而写了组诗《女人》及《人生》《渴望》《年轻的褐色的植物》等。这后一首曾引起较多争议。但总体说，这一场以性爱显示的个性解放激情表现，使这一阶段的人性抒情获得了深化；而女性诗人自我表现的大胆和彻底，也为人性抒情提供了一个出于人道关怀、更近于生命本能真实表现的典型文本。伊蕾的组诗《独身女人的卧室》和《暴雨之夜》，唐亚平的"黑色"感应诗等，也都显示出以赤裸裸的性爱解放欲求与沉甸甸的人道主义关怀相交融的特色来深化人性抒情。当然，这里面有些诗没有把"欲"与"情"的关系把握好，成了欲的展示，不能不认为是一种矫枉过正。不过，女性诗人中对人性抒情的深化更多的文本还是从情爱出发的，舒婷是其中突出的一个。她的《神女峰》最有代表性。这首诗从一个独特的视角展开运思，作了一场由情爱延展出来的人性价值追求的抒唱。巫山神女峰曾被世人神化为一个女子百代千年始终不渝地在山头盼等情人归来的传说，古往今来曾感动过无数旅人。但女诗人却"紧紧捂住了自己的眼睛"，感到这个"美丽的梦"留下的只是一段"美丽的忧伤"，因为她无法认同让心变成石头，"为眺望远天的杳鹤/而错过无数次春江明月"，并因此在心里"煽动新的背叛"："与其在悬崖上展览千年，/不如在爱人肩头痛哭一晚。"正是在这里，我们看到一个人性觉醒者全新的价值标准，以及对人性抒情又一种深化。

就这样，"五四"人的启蒙中形成的新诗人性抒情传统在被冷落甚至隐失多年后，终于有了回归。1980-1990年代的诗人不仅继承了这个传统，并且发展了这个传统。

注释：
①《中国新文学大系·建设理论集》，良友图书公司1935年版，第199页。
②建国以后出版的《诗论》，艾青自己有过多次删改，此处引文也曾被删去，

现在所引的出自上海新新出版社1946年2月出版的《诗论》第4-5页。

③老木编：《青年诗人谈诗》，北京大学五四文学社1988年版，第21页。

④同上，第9页。

⑤同（1），第8-9页。

⑥同（1），第9页。

⑦《饿人与饥鹰·自序》，《饿人与饥鹰》，现代书局1928年版，第2页。

⑧《荒土·自序诗》，《荒土》，泰东书局1929年版，第1页。

⑨《诗时代》，《文艺阵地》第2卷第3期，1938年11月16日出版。

⑩胡风：《给为人民而歌的歌手们——为北平各大学〈诗联丛刊〉诗人节创刊写》，《胡风诗全编》，浙江文艺出版社1992年版，第671页。

⑪《爱与文学》，湖南文艺出版社1982年版，第18页。

李元洛《诗美学》与当代诗歌美学体系的建构

● 王 贺 莫真宝

一百年前，新诗诞生，在我国古老的诗歌之树上开出了全新的花朵。新诗这朵花，自从诞生之日起就带有鲜明的异域基因。虽然关于新诗的理论建构与理论阐释不绝如缕，但是，对长期深陷"翻译诗体"与"民族形式"之纠缠的新诗的整体性美学研究，却付之阙如。直到二十世纪八十年代中期，李元洛所著《诗美学》出现，才有效地打破了新诗美学研究的沉寂局面。三十年后的2016年8月，此书修订本复由人民文学出版社新版印行。当时论者有云："这部五十余万字的论著，既是李元洛本人研究诗学的集大成的成果，也是当代诗学研究的成体系的代表性著作。他从诗歌美学的高度解释诗歌创作现象，从诗的审美主体的美学心理机制出发，探讨了诗的思想美、感情美、意象美、意境美、想象美、时空美、阳刚美与阴柔美、含蓄美、通感美、语言美、自然美，诗艺的中西交融之美，最后归结到诗人与读者共同的审美创造——论诗的创作与鉴赏的美学。从诗的写作到读者的再创造，构成了一个完整的诗美心灵流程，也造就了这部著作的独特的体系。"①然而，长期以来，学界对该著"独特的体系"，却语焉不详。如果置诸二十世纪八十年代美学和诗学发展史中，我们不难感受《诗美学》产生的诗歌创作与理论背景，不难发现其以美学理论为内核，以感性阐释为风格，构建当代诗学理论体系的学理思路及其价值。

一、《诗美学》以美学理论建构当代诗学的时代语境

如果要探讨《诗美学》产生的时代背景，追溯其理论来源，需要从继二十世纪五十年代美学大讨论之后，二十世纪八十年代势头更加迅猛的美学热谈起。新时期以来，美学迅速成为最为炙手可热的学科。1980年，《美学》第2期刊登马克思早期著作《1844年经济学——哲学手稿》，在学术界引起热烈研讨，而美学研讨参与的人数、论文数都远超其他相关学科。同年6月，全国美学第一届会议在昆明召开，八十年代"美学热"大幕正式开启。

关于上世纪八十年代的美学热，学界将其分为四个阶段：第一阶段是"手稿热"，即围绕马克思《1844年经济学——哲学手稿》的美学讨论；第二阶段是"心理学热"，即借助心理学方法研究美学，尤其是审美心理；第三阶段是"方法论热"，大约兴起于1985年前后，在美学研究中介入西方形式主义、现象学、符号学、存在主义、分析美学、结构主义等理论，甚至大量借鉴社会学、人类学、宗教学、经济学以及自然科学方法；第四阶段是"文化热"，大约在1987年前后，美学研究开始关注民族文化以及中外美学对比方面②。《诗美学》创作于1980年代中

期,据本书初版《后记》称:"从一九八四年四月开笔到今天竣工,这本书整整写了两年。"此时正值席卷全国的美学热方兴未艾之际。参照前述"美学热"的几个发展阶段,《诗美学》的创作,恰好开始于"美学热"由马克思手稿讨论,发展到审美心理研究的阶段,其创作过程,横跨西方美学研究方法"大爆炸"时期,初版之时,则是美学研究由引进西方理论转向民族文化的阶段。因此,此书打上了八十年代美学热中种种思潮的深深烙印。

李元洛称:"在这本《诗美学》里,我试图从美学的高度解释诗歌创作这一文学现象,我从诗的审美主体的美学心理机制出发探讨诗歌美学中一系列重要问题,最后归结到诗人与读者的共同审美创造。"③这段夫子自道,体现出从美学理论出发,阐释诗歌创作发生与发展,研究诗歌审美发生的机制,审视创作中的审美主体(诗人)以及欣赏与批评中的审美主体(读者),审视诗歌审美发生的关键因素等一系列问题的研究理路。黑格尔在《美学》中认为,美学是研究以建筑、雕刻、绘画、音乐、诗歌等五种典型艺术所反映出的关于美的普遍法则。德索的《美学与艺术理论》一书将艺术科学从美学中独立出来,认为美学与艺术是截然不同的学科,但仍然肯定美学与艺术学之间密切的联系。尽管到了二十世纪,西方传统意义上的美学已显示出被具体化了的艺术分析、艺术批评和艺术理论所取代的趋势,但《诗美学》仍然受到黑格尔和德索的美学观的深刻影响,它从美学阐释的角度出发,将诗的美学研究与艺术分析相结合,体现出建构诗歌美学理论体系的可贵尝试。

《诗美学》的论述方法,深受八十年代流行的审美心理学和接受美学等西方理论的影响。八十年代初,马克思《1844年经济学——哲学手稿》大讨论后,美学研究开始深入到审美主体心理机制的研究上,心理学方法大量运用于美学研究以及文学艺术研究之中。如《创作心理研究》《文艺心理阐释》等著作,顾名思义,这批著作乃是将心理学与文艺创作相结合,深入探讨文艺的发生机制。《诗美学》就贯穿着审美心理学的理论方法。在论述作为审美主体的诗人应当具有的才能时,李元洛宣称"现代心理学为我的上述观点提供了充分的科学根据",并借助有关"智商"的理论与数据,用以证明杰出文学家一般具有较高的智商,他说:"又据有关材料,华盛顿智商为一百二十五,拿破仑为一百四十五,而诗人歌德则高达一百八十五。由此可以推论,中外诗史上那些杰出的或者是优秀的诗人,其智商一定很高,这样才可望获得一些成绩,创作出某些较好的作品。"④书中还多处引用希波克拉底四种气质说、马斯洛需求层次理论、格式塔心理学等,用以论述诗歌创作产生的心理机制。

接受美学以发现文学中读者的地位为核心,认为读者不再是单纯的、被动的接受者,而是文学活动重要的参与者,是文学作品审美再创造的重要组成部分。这与强调作者地位的中国传统美学与诗学有着显著差别,但与"诗无达诂"等诗学理论又有相通之处,因此,接受美学迅速进入文学研究尤其是诗歌研究之中。《诗美学》认为美学问题"最后归结到诗人与读者的共同审美创造"(《<诗美学>后记》),便是这一研究方法的直接宣示。对诗歌审美中读者地位的重视几乎贯穿本书全部章节。如论述审美主体时,剖析怎样引起读者共鸣与读者审美再创造的欲望;如论述诗歌美学范畴时,从作者、作品与读者三重角度进行讨论;甚至专门辟出《第十五章 作者与读者的盟约——论诗的创作与鉴赏的美学》,详细论述接受美学对诗歌创作与鉴赏的启发,宣称"'读者美学'或称'接受美学',是过去我们的诗歌美学理论中的一个薄弱环节"⑤,"写诗,是美的价值的创造，读诗，是美的价值的发现"，读者是作者的"知音"，作者是读者的"知己"，"互相知己知彼，才有助于诗歌的发展"⑥。接受美学于上世纪八十年代美学热时被陆续介绍进来，便成为《诗美学》的锐利的批评武器。

《诗美学》大量引用中国古典诗歌与诗学话语来构建新诗理论体系的论述方法，既是上世纪八十年代中后期美学热逐渐转向文化热的重要理论成果，而且对当时美学研究转向对民族文化的探求，起到了推波助澜的作用。山东大学周来祥在2009年的一篇访谈录中曾说，"80年代后期到90年代，美学逐步进入理性发展和多元探索期"⑦。这种理性发展与多元探索就表现在美学研究转向对民族文化的探索与研究上，美学家们在西方美学和文艺理论的启发下，重新认识民族历史与民族文化，促使美学研究不断本土化。比如1987年出版的赵沛霖《兴的源起》，集中对"兴"这一中国古典美学范畴的起源与发展系统论述。1988年出版的敏泽《中国美学思想史》（三卷），重新审视中国传统美学，概括中国美学区别于其他美学的特点，并结合中国历史文化的发展描述中国美学思想的发展历程。

李元洛在《诗美学》中曾多次强调，其创作目的是为了促使中国新诗和诗歌理论的发展，他认为，"美和对美的欣赏是有民族性的。民族的共同心理素质和审美习惯，对审美心理的形成具有制约作用，不同的民族因此而具有不同的审美观念"⑧。他同时强调，发展当代诗歌创作，不能一味的借鉴西方而丢掉自己的民族特色，而应该"为了促进当代诗歌创作的进一步繁荣，为了建立与发展具有民族特色的现代中国诗歌美学理论，我们完全有必要在站立国门遥望异邦的同时，也收回我们的视线，从我国丰富的诗学遗产中去追寻意象理论发展的轨迹，并在我国古今诗歌意象的花苑中流连观赏一番。"⑨考察其重点论述的诗歌美学范畴，如意象、意境、阳刚与阴柔、含蓄、时空等都是传统诗歌理论范畴，具体论述中他大量引用《诗大序》《文心雕龙》《诗品》《诗格》《沧浪诗话》《白雨斋词话》等诗论、诗话素材，可见其诗歌美学研究与传统文化对接的学术立场。

可以说，《诗美学》既是八十年代美学热的直接产物，又积极参与了彼时美学大厦的构建，有力地推动了当代诗歌美学的发展。其融合中西美学与诗学理论资源构建当代新诗的诗学理论，在当时尚停留在诗史描述和诗歌内容与艺术分析的新诗研究领域，无疑具有开创性意义。

二、《诗美学》融合中西美学资源的理论与实践渊源

李元洛《诗美学》融合中外美学资源建构当代诗学，被称为"可以说是我国第一部成体系的诗歌美学理论著作"⑩，但学界对《诗美学》的理论体系尚缺乏定量分析，其感性论说背后的美学与诗学观念及其渊源，值得我们今天作更深入的探讨。

首先，《诗美学》批判地接受了五六十年代"反映论"美学思想。上世纪五十年代，美学界爆发第一次大讨论。讨论起源于蔡仪对朱光潜民国时期"唯心主义"美学思想的批判，最后以辩证唯物主义与历史唯物主义观取得胜利而告终⑪。其中，李泽厚倡导实践美学观，即以审美主体的社会实践来论证美的客观性与社会性，引人注目。这种美学观直接来源于"苏式马克思主义哲学"⑫以及列宁《唯物主义与经验批判主义》的反映论思想，对人的主观能动性较为忽视。考察李元洛的人生履历，可知1956年他就读于北京师范大学中国语言文学系。其时，黄药眠将朱光潜、蔡仪、李泽厚等美学专家请到北师大举办讲座，这些专家的讲座，在李

元洛心中播下了美学的种籽。其中，同为湖南人、同在湖南省第一师范毕业、年龄也只长李元洛七岁的李泽厚，似乎更让他觉得亲近。后来，李元洛在北师大附近书店中买到李泽厚的《门外集》，并仔细反复研读，接受了彼时李泽厚的反映论思想，主张文艺是对社会与生活的反映，反对那种与社会生活严重脱离的审美创造。比如，李元洛曾高度评价李泽厚《"意境"杂谈》⑬一文，称："在当代对意境作理论探讨的美学家中，李泽厚是最早而且是颇具卓见的一位。他在一九五二年发表的《'意境'杂谈》中，正确地指出意境的重要意义。……李泽厚继承王国维的观点并有所发展，对新的历史时期的'意境'说有开拓之功，多年来许多有关'意境'的文章，包括笔者一九七九年发表在《诗刊》题名《诗的意境》的文章，都是受到他的影响。"⑭他总结李泽厚对王国维"意境"说的继承与发展，肯定了李泽厚意境说的影响。

但是，对于以李泽厚为代表的五六十年代反映论思想，李元洛并不是没有主见地全盘接受，而是注意到作为审美主体的诗人与读者的心理因素，注意到审美活动中人的主观能动性，其理论吸收融合了"表现论"的精义。李元洛称："过去，我们总是强调包括诗歌在内的文学是对生活的反映，但往往忽视了文学也是对生活的表现与艺术的再创造，更加忽视甚至否定了作家或诗人这一审美主体的能动作用，以致在我们的诗歌美学理论中，对审美主体的探讨与研究至今仍是一个薄弱的环节"⑮。他在引用李泽厚五十年代"意境说"时，则依据艺术独特性和审美心理的观念，丰富和发展了李泽厚的意境理论，称："一是艺术形象乃至艺术典型都是主观与客观的统一，如果能进一步将一般文艺理论上所说的'艺术形象'与作为特殊的审美范畴的'意境'区别开来，将

有助于意境探讨的深入；二是对'意境'的认识，似乎不能局限于作者对意境的创造，而应该兼及欣赏者对意境的再创造，这样才能全面把握意境的真谛"⑯。无疑，《诗美学》中的反映论已是改良过的，融合了八十年代流行的西方接受美学等理论，对艺术形象的独特性以及艺术审美的主观性都有了更为深入的理解。

其次，基于反映论思想，李元洛认为美的本质就是实践。这种实践美学的观念也可以追溯到五十年代的美学大讨论。如前所述，在这次美学大讨论中，李泽厚提出以列宁的反映论为基础的实践美学观念，引用马克思《1844年经济学——哲学手稿》的"一切对象都是他本身的对象化，都是确定和实现他的个性的对象，也就是他的对象，也就是他本身的对象"，称"这里的'他'，不是一种任意的主观情感，而是有着一定历史规定性的客观的人类实践。自然对象只有成为'人化的自然'，只有在自然对象上'客观地揭开了人的本质的丰富性'的时候，它才成为美。"⑰他用实践观点去解释美的本质，提出美是客观性和社会性的统一。尽管五十年代末期的实践美学过度强调客观性，忽视人的主观情感，认为即便是主观情感也是人类历史实践的结果，但其对"人化的自然"的关注无疑为实践美学的发展与完善提供了很好的切入点。

李元洛接受了实践美学的基本观点，即主张美是主观性与客观性的统一："我是主客体的统一论者。写诗必须要有才华，诗歌创作的才华需要先天禀赋，也需要后天培养；诗歌创作当然要以客观现实生活作为它的不尽的活水。同时，这活水又要在诗作者灵异的心海上才能激起诗的波澜。诗，是客观的活水与主观的波澜的交汇，通过诗人的笔管所喷发的五彩泉！"⑱在对诗歌进行界定时，他又说："社会生活永远是文学创作的源泉，诗，是诗作

者对于作为审美客体的生活的一种艺术反映和表现,而不是诗作者蜷缩在象牙塔中的顾影自怜,或是封闭在蜗牛角里的自弹自唱。但是,诗歌又是诗作者这一审美主体对生活的一种积极的精神审美观照,它所反映和表现的乃至再造的生活,是生活的心灵化,或心灵化的生活,是生活与心灵交会的闪光。"⑲其中,"心灵化的生活"与实践美学所说的"人化的自然"观点是相一致的。另一方面,李元洛对五十年代实践美学过度强调社会实践的观点有所修正,认为"我们要尊重审美主体价值,发挥审美主体力量"⑳,他将诗歌审美中主体的作用特别拈出,主张发挥审美主体的主观能动性。

李元洛对诗歌形式的关注,也受到实践美学观念的影响。英国的克莱夫·贝尔曾说"艺术本身会使我们从人类实践活动领域进入审美的高级领域"㉑,"线条、色彩以某种特殊方式组成某种形式或形式之间的关系,激起我们的审美感情。这种线、色的关系和组合,这些审美的感人的形式,我称之为'有意味的形式',此乃是一切视觉艺术的共同性质"㉒。贝尔所说的"有意味的形式",在李泽厚《美的历程》中被阐释为"美的形式",承载了人类历史进程中积淀下来的实践,即"它是感性中有理性,个体中有社会,知觉情感中有想象和理解,也可以说,它是积淀了理性的感性,积淀了想象、理解的感情和知觉,也积淀了内容的形式"㉓。李元洛在《诗美学》中多次引用贝尔这一观念,强调审美实践中形式的重要性。此次修订版惟一新增《严谨整饬 变化多姿——论诗的形式美》一章,即专门论述诗歌形式及其意义。篇首便叩问"世界上有什么堪称完美的'美'的事物,只有具有美的内容而没有赏心悦目之美的形式的呢?"㉔答案当然没有。"大自然之美与人体之美的所以为美,除了内在的美质之外,一无例外地都因为具有形式美"。

"在文学艺术的领域里,没有形式是不可思议的,可以说,没有形式就没有一切,当然也就没有文学艺术作品本身。"㉕关于形式,李元洛借鉴诗学理论界的有关成果,将其分为"外形式"和"内形式",尽管并未明确界定二者的范畴,但从整篇论述可以看出,所谓"外形式"就是诗歌体裁,包括字数、行数、格律等规定性;"内形式"则是指诗歌内在意脉的起承转合以及意象、意境等传统审美范畴的构建等。可见,李元洛笔下的"形式"包含着"内容",体现了与八十年代实践美学观念的一致性。

再次,《诗美学》阐述了中国传统美学的一些重要范畴,包括意象、意境等,体现了对传统美学观念的继承。李元洛说:"我们当然应该有开放的心胸,有古今中外博采众长的气魄,有不断革新和进取的精神,但是,是不是'传统诗歌理论'就一定都僵化和过时了呢?传统诗歌理论还可不可以发展变革和予以现代诠释呢?传统难道不是活的流水而是静止的泥潭吗?我们可以运用西方的某些文学理论来合理地解释中国的古典诗歌,赋古典以新貌,难道本民族对于世界美学思想的独特贡献,就那么不值得一顾吗?"㉖一连串的疑问,自身已经包含了答案,体现出把传统诗论的良砖美瓦纳入到当代诗歌美学大厦中来的理论自信。此处不妨以"意境"为例,谈谈《诗美学》对民族审美范畴的阐发。"意境"原为佛教范畴,唐时被借鉴到诗学理论中,王昌龄、皎然、司空图等对其有不同程度的界定与阐发,逐渐使"意境"成为具有中国特色的审美范畴。到了近代,王国维成为传统"意境论"的集大成者,阐发意境内涵,将意境作为衡量诗歌高下的标准。李元洛《诗美学》单列一章专门论述诗歌的意境美,称:"意境,是中国古典诗学中一个十分重要的美学范畴,也是当代诗歌美学中像生活之树一样长青的美学命题。进一步研究和发展意境的美学理论，是促进我国诗歌民族化、现代化、艺术化、多元化的一项重要工作，也是建立我们当代的同时又具有民族特色的诗歌美学之重要组成部分。"㉗明确地显示出立足当代、阐释传统，促进当代诗学理论民族化的思路。除此之外，书中有关"含蓄""意象""阳刚与阴柔""时间与空间"等传统美学范畴的论述，同样表现出李元洛对民族文化特色的清醒认识与高度热衷。

对传统美学范畴的继承，应该跟李元洛早年与古典诗歌结缘有关。据2016年3期《湖南年鉴·文献与人物》载，"他父亲李伏波是诗家与书法家，于诗书两道才华出众，造诣很深。他幼时经常私自翻阅父亲珍藏的古典诗词书籍和父亲写作的诗稿。那些诗词就像一群群飞翔的蜻蜓和起舞的蝴蝶，撩拨着李元洛的童心，使他沉醉而且快乐。""除了家学渊源，李元洛先生还说他还有幸幼承良师教诲。解放前，他在长沙县达德中学甫进初中，语文教师是燕京大学中文系毕业的郑业皇老师，郑老师之国文教学严于背诵，时至今日，《岳阳楼记》《滕王阁序》等诗文，他还能倒背如流。解放后就读于湖南第一师范，他的语文教师是晚清翰林赵启霖之子，毕业于武汉大学中文系的赵家寰先生。赵老师对人说'李元洛在文学上是可造之材'，对他悉心栽培多方呵护。"㉘家学渊源与教育背景，使李元洛对古典诗歌以及传统审美范畴十分熟悉。到了八十年代，"一九八五年他初访香港，返回内地时，以其篮球健将的体魄，力扛大箱，登车北上，箱中多为港台和外国的诗集和诗论"㉙。这批港台诗学书籍中的许多内容都关涉传统诗学，像出版于1976年至1979年的黄永武《中国诗学》等，就对传统诗学进行过多方位的当代阐释。这些著作与李元洛诗歌美学中的传统因素相碰撞，强化了将传统诗学范畴纳入到当代美学思想中来的观念，并在《诗美学》中得

到系统展开。

尽管李元洛在《诗美学》中着力阐发中国传统审美范畴，但却并不囿于传统，他不薄旧诗爱新诗，主张美是发展变化的，认为新诗具有长远而广阔的前途，这是他融汇中西构建当代诗学理论体系的出发点。在谈到《诗美学》创作目的时，复称"要借鉴西方诗歌与诗歌理论中的精华，以促进新诗以及诗歌理论的发展，这是毫无疑义的"㉚。李元洛认为当代诗歌与诗论应该在继承传统诗论的基础上有所创见。在论述"意境"时，针对论者有关新诗需要突破意境说的观点，称："我认为革新和创造是永远需要的，就像鸟的飞翔需要空气，就像火车的奔行需要动力。但是，'意境'是否就是一个一成不变的固定框框，束缚了新诗的发展而需要'冲破'呢？回答应该是否定的……我只希望在一些不可避免的陈腔之外，也能有若干新意，虽然意境论确实并不是什么新崛起的美学原则，但我还是力求不至于完全老调重弹。"㉛可见，他主张当代新诗应该继承意境说理论，并且认为意境理论也需要开拓与发展。

此外，李元洛在阐发传统审美范畴时，虽不可避免地广泛列举古典诗歌，但也大量引用当代新诗作为例证，阐发民族审美趣味的一贯性。《诗美学》所涉及的新诗作者包括现代诗人与当代诗人，当代诗人中包括大陆诗人、港台诗人及海外华人诗人等，粗粗算下来就有五十多位，还涵括北岛这样在当时存在争议的诗人。其中郭小川、余光中、洛夫的诗作引用较多。郭小川的诗歌成就，李元洛早就另有专书论述。余光中、洛夫等台湾诗人，则可以说最早是由李元洛、流沙河等人从台湾介绍到大陆来的。这些诗人中有一部分直到现在还拥有旺盛的创作力。当然，他列举新诗作品，拓建新诗理论，必要时引用西方诗歌以佐证他的诗歌理论"中外相通，古今互证"㉜的看法，归结点仍为民

族审美趣味的同一性，表现的是他古今并重的理念以及与时俱进的发展的美学观。

三、《诗美学》对当代新诗理论体系的构建

李元洛此书名之为"诗美学"，究其实是一部系统的诗学论著，只不过它并非一般的诗学之作，而是融合美学、心理学、人类学、社会学等学科资源，将西方诗学和传统诗学统一到当代诗学尤其是新诗理论体系的建构中来。正如著者自称："我的中心论点是，要坚定地立足于本民族的传统，同时又要以开放的心胸和眼光博采广收，以中为主，以西为辅，纵横结合，中西合璧，力求诗歌艺术的中西交融之美，力求中国新诗的民族化与现代化。"

这种以美学体系构建当代诗学的思路，直观地体现在《诗美学》的整体框架上。《诗美学》用十五章（初版十四章）内容界定了"诗"的内涵，认为诗应当具有审美主体（包括作者和读者）的思想与感情之美，文本应该在意象、意境、时空、形式、通感、语言等方面有所开拓与创造，在风格上应当具有含蓄美或阳刚美或阴柔美：（一）诗人的美学素质——论诗的审美主体之美；（二）论诗的思想美；（三）论诗的感情美；（四）论诗的意象美；（五）论诗的意境美；（六）论诗的想象美；（七）论诗的时空美；（八）论诗的阳刚美与阴柔美；（九）论诗的含蓄美；（十）论诗的通感美；（十一）论诗的语言美；（十二）论诗的形式美；（十三）论诗中的自然美；（十四）论诗艺的中西交融之美；（十五）论诗的创作与鉴赏的美学。首章即强调审美主体，足见李元洛以美学体系构造诗学的决心。思想美与感情美可以看做是审美主体的从属，也可以看做是作为审美对象的诗歌文本所表现的内容。而意象、意境、想象、时空、阳刚与阴柔、含蓄、通感、语言、形式等，有的关涉创作过程，有的关涉创作方法，有的关涉诗歌风格类型，都是有关诗歌的审美范畴。第十三章为自然，以山水诗为核心描述诗歌与自然万物的美学关联。第十四章、十五章则强调中西美学的沟通与交流。作者对美学与诗学研究的推进功不可没，形成了本书美学理论具体化、诗学理论哲学化的特色。李元洛对新诗"民族化与现代化"品格的塑造，大致从以下三个方面展开：

首先，《诗美学》将新诗当作我国诗歌发展史上重要的一环，认为新诗绝不完全是异质的因素，而是与传统诗歌一脉相承的新诗体，遵循着一些诗之所以为"诗"的最基本的美学原则和规范。此书打通传统诗歌和新诗之间体裁或形式的隔阂，将总是被对立起来的二种诗体总称为"诗"，在一般性论述诗歌审美范畴时，除非行文必要，并不严格区分"新（体）诗"和"旧（体）诗"。在具体论述中，李元洛还批评了"非诗"创作，认为："写诗的人绝不一定都是真正意义上的诗人，同理，在报刊上发表或成集出版的分行的文字，也远远并不都是诗"㉝，诗之所有为诗，必须重视语言的特殊规定性。他说："以诗的外形去罗列这种枯燥乏味的四流散文语句，其语言的毫无诗质一望可知，奇怪的是，它还被编进我们一年一度的诗选集里。与直白、枯燥、非诗的弊病相反，大陆和台湾许多诗作者近些年走向另一个极端，他们随意运用、切割、拼凑、扭曲语言文字，常常完全不顾应有的语法规范，表现出极大的随意性盲目性与破坏性。"㉞在他的观念中，诗的美学规范是无论传统诗歌还是新诗都要遵循的，新诗绝不是简单的舶来品，而是蕴含着传统诗学要素和审美基因的"中国制造"，是具有民族性和现代性双重属性的诗歌样式。

其次，《诗美学》尝试建构当代诗学

理论话语系统,其途径便是融合传统诗学和以美学为内核的西方文艺理论。八十年代新诗学理论界重在批评与阐释,理论上多承袭西方文论或传统诗论范畴,很少有评论者建构起独立自洽的当代诗学体系。曹顺庆在评论现当代文坛时称:"我们根本没有一套自己的文论话语,一套自己独有的表达、沟通、解读的学术规则。我们一旦离开西方文论话语,就几乎没有办法说话,活生生一个学术'哑巴'。"㉟。当然,也有不少探索对当代诗学建构具有积极意义。比如谢冕有意回避既有诗学范畴,采用社会-历史批评的方法展开诗学理论的探讨;比如骆寒超属意于汉语诗体学、新诗创作学、基于创作实践的新诗形态论,以及对二十世纪诗人诗体与诗史的系统探讨;再比如吕进的新诗文体学论及新诗格律化主张等。李元洛《诗美学》在各具特色的诗学建构中别树一帜,他以创作为核心,广泛吸收传统诗学和西方文艺理论,大胆地以美学理论建构当代诗学体系,为当代诗学构建提供一种可能的范式。

在谈及建构诗学体系时,李元洛有着相当强烈的理论自觉。他说:"我吸收了海内外诗学研究的一些成果,但也要求有自己的体系和发现。"㊱可见,建构当代诗学理论体系是他从事诗歌美学研究的重要旨归,而且他对这一诗学的要求是并非全盘接纳西方文论,也不是一味株守传统诗学理论,而是以美学原理为黏合剂,在传统诗学理论的基础上,借用表现主义美学、形式主义美学、新批评派美学、格式塔心理美学、接受美学等多学科的观点或方法,阐释并丰富传统诗学范畴,开发意象、意境等范畴的当代意义,使之"接纳"当代新诗,并最终形成独具创造性的新诗理论话语系统。这种融合的视野,在新诗发展史上,可以追溯到周作人为刘半农《扬鞭集》所作的序言,周作人说:"我觉得新诗的成就上有一种趋势恐怕很是重要,这便是一种融化。不瞒大家说,新诗本来也是从模仿来的,它的进化是在于模仿与独创之消长,近来中国的诗似乎有渐近于独创的模样,这就是我所谓的融化。自由之中自有节制,豪华之中实含青涩,把中国文学固有的特质因了外来影响而益美化,不可只披上一件呢外套就了事。"㊲这种"融化"即李元洛诗学理论的主要建构方式,真正突破了中西诗学的界限,打通了古今诗歌的壁垒,堪称新诗理论建设的典范。

再次,《诗美学》从创作主体出发,统合诗歌本体论、创作论、风格论、鉴赏论、批评论等诸方面,表现出以美学理论建构当代诗学所独具的实践性品格,其行文优美,颇富感染力。刘再复称:"八十年代最根本的文化意义是重新确立个体生命的价值,重新建构个体经验语言,重新谱写个人的声音。"㊳八十年代的诗学也是这样,表现出强烈的体验与实践精神,注重诗学对创作的影响,注重理论与批评、鉴赏之间的密切关联。与单纯的理论推衍不同,李元洛的诗歌美学以创作体验为核心,以创作实践阐发并证明理论,进而探索诗歌发生的机制,探索诗美产生的主观与客观原因,探索诗美生成的读者因素等。这种从审美主体的体验出发,剖析诗之所以为诗的内涵与要素,最终将诗学理论落实到创作上的写法,在理性思考的基础上运用感性的、充满诗意的文字描述,给予读者的是相对愉悦的阅读体验。比如在论述诗歌思想美时,李元洛这样开头:"在诗歌作品中,美的思想,像夜空中指示方向的北斗,抚慰人心的月光,像黎明时令人振奋的早霞和光芒四射的朝阳。没有美的思想的诗作,就犹如天空中没有北斗和月亮,没有霞光和太阳,天地间只剩下一片灰暗的雾霾或日月天光的漆黑。诗的思想美,是诗的灵魂,是诗美最重要的美学内涵之一,也是诗美学绝不可轻忽的论题。"㊴这段文字蕴含饱满的激情,用形象化的语言,将思想比作"夜空中指示方向的北斗",比作"抚慰人心的月光",比作"黎明时令人振奋的早霞和光芒四射的朝阳",分别指出诗歌中美的思想所具有的指向性、安慰性、警醒性,说明创作主体及作品的思想内容对于诗歌的重要价值。再比如,在论述诗歌想象时,他说:"想象是飞跃的,但绝不是与感情绝缘的。生活是想象的基础,理性是想象导航的指针,而感情,则是想象起飞的发动机。没有真正强烈的审美感情,就没有想象,审美感情愈真挚愈强烈,想象就是愈活跃愈有生气。登山则情满于山,观海则意溢于海,真挚强烈的诗情,使得想象在艺术的天空振翅高翔。"㊵他将"想象"中理性与情感的关系比作"导航的指针"和"发动机",二者缺一不可。他还多处将诗歌与建筑、音乐、绘画、书法等艺术门类进行比较,说明艺术审美之共性,行文均颇具个性与文采。这种具有个性与文采的文学理论与批评的文体,继承的是中国古代古典文学批评的优长,张扬的是"五四"时代强调个性与创造的精神,在今天的文坛学府引人瞩目。

四、《诗美学》与当代诗学理论的发展趋势

《诗美学》将新诗纳入到中国诗歌发展史中来,发现当代新诗的西方与传统的"双重基因",从创作发生的机制入手,以体验与实践统摄传统诗论和西方文论,力求以美学理论构建当代新诗话语系统,为新诗创作、鉴赏与批评提供理论依据。其在诗学构建、回归并重认传统以及诗性语言的抒写方式等方面的创见,都或多或少地影响着当代诗学的发展。

其一,《诗美学》出版后,理论界出现了构建当代诗学理论的热潮。八十年代中后期,一批学者对西方诗学理论抱以极大的热情,将美学、心理学等思想资源纳入诗学理论中来,同时对传统诗学也给予极大尊重,通过细读新诗文本,反思新诗产生与发展的历史,构建民族化、现代化的诗学理论。在这一热潮中,《诗美学》起了导夫先路的作用,产生了积极的影响。比如,新诗与旧诗兼擅的名诗人丁芒,搭建当代旧体诗学框架写作《当代诗词学》时,就自称受到包括李元洛在内的多位新诗评论家的启发。《当代诗词学》前言云:"多年来,承贺敬之、臧克家、程千帆、屠岸、杨金亭、丁国成、毛大风、刘征、李元洛、骆寒超、温祥、钟家佐、张福有、王志清等众多师友眷顾,给以肯定的评价,内心稍安。"㊶而丁芒在谈及创作宗旨时,则称:"适应当代诗词界的迫切需求,提高理论基础知识水平,与提高实践操作水平并重,在传播知识、指导创作的同时,着眼于包括新诗在内的中国诗歌整体,指出诗歌发展的方向,以资引导。使任何层次的诗词作者、新诗人,包括爱好者、初学者和多年老手,都可以从中得到助益和启发。"㊷可见,《当代诗词学》构建当代诗学的尝试得益于李元洛,甚至在统摄新诗和旧诗的观念、在对创作实践的重视等方面,都能找到与《诗美学》的相似之处。

其二,与此同时,诗学理论界回归传统的热潮越来越突出。八十年代前期,西方文艺思潮被介绍到国内,诗学理论建构受到西学影响较多。到了八十年代后期,对传统的回归与重新审视成为主流,旧体诗词也逐渐受到重视,1987年5月,以旧体诗词创作与交流为主的中华诗词学会成立。新诗理论也越来越多地思考传统。比如九十年代提出的"新古典主义诗观",认为诗歌应该"(一)回到诗的本位上来;(二)回到民族的本位上来"㊸。探讨新诗如何继承传统诗学的论文与著作也大量出现,比如蓝棣之《论新诗对于古典诗歌的传承》、李怡《中国现代新诗与古典诗歌传统》、杨景龙《古典诗词曲与现当代

新诗》、夏之放《文学意象论》等。

其三，以"鉴赏辞典"为标志的新、旧体诗歌"鉴赏热"曾经风靡一时。李元洛先后参与了包括《唐诗鉴赏辞典》在内的十余种诗歌鉴赏辞典的撰稿，出版了数种鉴赏式的诗歌批评普及读物，丰富了其诗歌美学理论。其中，尤以《诗美学》中对于古典诗歌美学规范与美学原理的大量称说，对日益繁荣的旧体诗词创作，更具有切实的指导意义。当代诗学理论派生出的鉴赏与批评文章，多以体验的、感性的面貌示人。新诗鉴赏与批评，常以细读的方式，绾合社会与历史，感性地抒写与剖析文本的情感内涵与哲理意味，充满了灵性。比如蒋丽君《关于星星的神话——论冯至诗的六大知性主题》，开头便是"回首中国现代文学，冯至就像一颗孤独的寒星，执著地闪耀于诗歌艺术的天空中。……"㊹在当代旧体诗词评论方面，尽管也承继包括李元洛《诗美学》在内的上世纪八十年代的感性书写，感性的鉴赏与批评却多流于肤浅与宽泛，很难引导读者感受诗歌文本之美，更无法将批评落到实处，常因缺乏出于个人体验的细腻剖析以及理性思考而受到较多诟病。本书的修订重版，其本身的理论建树的价值，与对创作实践的促进作用，将进一步得到当代诗歌创作实践的证明与检验。

总之，上世纪八十年代以来，在美学热的持续影响下，李元洛完成《诗美学》的创作，从其诞生之初，便不可避免地受到当时美学热的影响与熏陶。由于李元洛对实践美学的服膺与践行，《诗美学》着眼当代诗歌，用美学原理开发传统诗论，大刀阔斧地建构和丰富了当代诗学理论体系。在八十年代的诗学背景下显示出强烈的理论探索勇气与理论创新的锐气，推动了当时诗学理论向纵深发展，可以说是二十世纪中国诗学理论的一个重要成果。时至今日，李元洛以美学原理建构当代诗学的方式对当代的诗歌创作与理论研究仍然具有积极的意义。李元洛不仅以《诗美学》等诗学理论著作名世，而且双管齐下，也致力于"诗文化散文"与旧体诗的创作，他在八十年代初所写的《登张家界》一诗说："浪涌连山到碧空，拍天声急我从容。飞身直上三千丈，心在狂涛第一峰！"这首作于三十多年前的小诗，正可诠释他立志对美学与诗学孜孜不倦探索的壮志豪情。任由时代变迁、思潮涌动，他始终表现出以"六经注我"的精神构建当代诗学理论的"从容"，以及采用美学理论构建当代诗学话语系统的"敢为天下先"的果敢与勇气。除《诗美学》之外，李元洛出版了三十多种诗学研究与鉴赏以及"诗文化散文"著作，其中，《楚诗词艺术欣赏》《写给缪斯的情书——台港与海外新诗欣赏》《红紫芳菲——诗词经典导读》《唐诗之旅》《宋词之旅》《元曲之旅》《清诗之旅》《绝句之旅》……都是他基于《诗美学》所论说或确立的诗歌美学标准，解读古今中外优秀诗歌作品的艺术结晶。如今，已届耄耋之年的元洛先生，仍旧老当益壮地遨游于书山诗海，不时奋笔疾书，忠实地扮演着"缪斯的情人"的角色，将中外诗歌之"红紫芳菲"，不断地播撒到他一生钟爱的诗国天空之中、大地之上。

注释：

①中国社会科学院文学研究所、少数民族文学研究所联合编著：《中华文学通史》第十卷，184页，江苏文艺出版社，2011年12月。

②蒋孔阳、朱立元：《八十年代中国美学研究一瞥》，《文艺理论研究》1990年第6期。

③李元洛：《诗美学》，741页，南京：江苏文艺出版社1987年。

④李元洛：《诗美学》，9页，北京：人民文学出版社2016年。

⑤同上，649页。

⑥同上，702页。

⑦周纪文，周来祥：《和谐美学的发展与中国美学三十年——周来祥先生访谈录》，《中国文化研究》2009年第3期。

⑧李元洛：《诗美学》，363页，北京：人民文学出版社2016年。

⑨同上，129页。

⑩《中华文学通史》第十卷，179页，江苏文艺出版社，2011年12月。

⑪赵士林在《对美学热的另类审视》称此次美学讨论为"斯大林化的辩证唯物主义与历史唯物主义哲学观的一家独尊的地位"。赵士林：《交叉的视野：宗教·世族·文化·历史》，86页，北京：中央民族大学出版社2006年11月。

⑫赵士林：《对美学热的另类审视》，《交叉的视野：宗教·世族·文化·历史》，92页，北京：中央民族大学出版社2006年11月。

⑬《"意境"杂谈》为李泽厚《门外集》的一篇，发表于1952年，恰好是李泽厚反映论思想在诗学阐释上的表现。它认为意境"是人生和生活境界的集中和提炼"，是"典型的反映"。作为社会生活反映的意境，"有如典型一样，如加以剖析，就包含着两个方面：生活形象的客观反映方面和艺术家情思理想的主观创作方面"。他直接"把前者叫做境的方面，后者叫做意的方面。意境是在这两方面有机统一中所反映出来的客观生活的本质真实"。关于"意"与"境"的界定，他称，"境和意本身又是两对范畴的统一；境是形与神的统一，意是情与理的统一"。由此推断出"艺术的意境是形神情理的统一"的结论，强调"艺术家主观情趣的抒发也正是为了更深刻地反映。美客观地存在于现实生活中，艺术美是生活美的集中的反映，意识形态在这里的主观能动作用是为了反映而必须的一种手段和中介。情感，和思想一样，形象思维，和逻辑思维一样，其价值和意义并不在于它们自身，

而只在于它们能使人更深入地反映世界，从而改造世界。"

⑭李元洛：《诗美学》，181-182页，北京：人民文学出版社2016年。

⑮李元洛：《诗美学》，1页，北京：人民文学出版社2016年。

⑯李元洛：《诗美学》，182页，北京：人民文学出版社2016年。

⑰李泽厚：《论美感、美和艺术》，《美学论集》，25页，上海：上海文艺出版社1980年。此文作于1956年。

⑱李元洛：《诗美学》，36页，北京：人民文学出版社2016年。

⑲李泽厚：《诗美学》，2页。

⑳李元洛：《诗美学》，36页，北京：人民文学出版社2016年。

㉑（英）克莱夫·贝尔：《艺术》，第16页，中国文联出版公司1984年。

㉒（英）克莱夫·贝尔：《艺术》，第4页，中国文联出版公司1984年。

㉓李泽厚：《美学历程》，213页，文物出版社1983年。

㉔同上，522页。

㉕同上，523页。

㉖李元洛：《诗美学》，211页，北京：人民文学出版社2016年。

㉗李元洛：《诗美学》，168页，北京：人民文学出版社2016年。

㉘任之，己丑：《李元洛的诗侣人生》，《湖南年鉴·文献与人物》，2016年第3期。

㉙黄维樑：《〈诗美学〉序——古今遐迩贯珍书》，《诗美学》，北京：人民文学出版社2016年。

㉚李元洛：《诗美学》，168页，北京：人民文学出版社2016年。

㉛同上，168-169页。

㉜同上，246页。

㉝同上，24页。

㉞同上，28页。

㉟曹顺庆：《文论失语症与文化病

态》,《文艺争鸣》1996 年第 2 期。

㊱李元洛:《诗美学》(初版),714 页,南京:江苏文艺出版社 1987 年。

㊲许霆主编:《中国现代诗歌理论经典》,202 页,苏州:苏州大学出版社 2008 年。

㊳刘再复、黄平:《回望八十年代——刘再复教授访谈录》,《现代中文学刊》,2010 年第 5 期。

㊴李元洛:《诗美学》,37 页,北京:人民文学出版社 2016 年。

㊵同上,271-272 页。

㊶丁芒:《当代诗词学》,北京:中华工商联合出版社 1997 年。

㊷同上。

㊸蓝海文:《新古典主义诗观》,见于常文昌主编《中国新时期诗歌研究资料》,158 页,济南:山东文艺出版社 2006 年。

㊹蒋丽君:《关于星星的神话:论冯至诗的六大知性主题》,《星河》2012 年秋季卷。

彷徨于无地
——鲁迅散文诗《影的告别》赏析

●庄晓明

我一直以为，中国的现代新诗，有着两部奠基之作，一是郭沫若的《女神》，一是鲁迅的《野草》。而不同于《女神》的是，作为散文诗体裁的《野草》，既是奠基之作，同时亦是巅峰之作，无论是在文体的创造性上，还是在现代诗性所抵达的深度与广度上，至今都未见有作品超越。即使置于鲁迅先生的全部创作中，《野草》亦堪称皇冠上的明珠，或将是他最具时间穿透力的作品。

然而，如同李商隐的无题诗一般，《野草》虽为经典，却隐晦难解，众说纷纭。诗集中的《影的告别》《墓碣文》《死火》等篇，诗思诗境，尤显复杂，使得大多的批评文字，沦入鲁迅思想的考证，索隐，于文本所固有的诗思诗境之美，终显隔靴搔痒。因此，我的这篇赏析文章，主要试图进入散文诗《影的告别》的文本内部，进行一番诗性的巡游。

人睡到不知道时候的时候，就会有影来告别，说出那些话——

在人们的日常经验中，"形"与"影"可谓须臾不可分离，无论是"影"告别"形"，还是"形"抛弃"影"，似乎都是难以发生的现象。然而，"形"为实，"影"为虚，由这种虚实相伴相随的关系，人们可以引发无数的联想，比如，人的生存、生活为实，人的思想、理想为虚，在某种意义上，它们就是一种"形"与"影"的关系。人的思想、理想依附于生存、生活，但在一定条件下，人的思想、理想又确可以借助于如言语、纸张、影视等媒介，别离了一个人的生存、生活，而独立地在另一个世界生发影响。我举这样一个例子，是想说明，在诗性的空间，鲁迅的"影"来向"形"告别，自有其理趣所在，并非表象的不可思议。并且，鲁迅在"影"的告别时，预设了一个"人"——即"形"，"睡到不知道时候的时候"，亦颇有意味：本来，在人的梦境中，就允许出现任何荒诞的场景，况人在深酣的睡眠中，是不会关注现世的时间的，自然也不会关注到光线中的影子，一直相随的影子，此时似乎已不存在了。因此，在睡到这个恍兮忽兮的梦中时分，出现影子告别的独白，读者是不会感到突兀的。

有我所不乐意的在天堂里，我不愿去；有我所不乐意的在地狱里，我不愿去；有我所不乐意的在你们将来的黄金世界里，我不愿去。

由诗篇的布局，我们可以把"影"告别的独白，看着是一种梦呓，然而，它们却不是那种不知所云的梦呓，而是每一句都隐含着现实逻辑的支撑，这样，它们就成了诗，神奇的超现实的诗。在人的视觉经验中,"影"往往是陪着"人"——"形",盘桓于大地之上,它既不会脱离人的脚步的牵系,向上飞升到所谓天堂,亦不会破开泥土的屏障,向下潜至所谓地狱。至于有些人类允诺的未来的黄金世界,对"影"也不会有什么吸引力,因为"影"无论是落到黄金还是白银上,都不能改变其灰黑的性质。因此,作为"影"的这一段开场白,并不会令人感到意外。然而,读者们都知道,在"影"的独白中,还寄喻着鲁迅先生的一种精神世界,这就值得深入探究一番了。不乐意去"地狱",似乎好理解,《野草》中的《失掉的好地狱》篇,即表达了鲁迅对那种人间"地狱"的一种鄙视。但不乐意去"天堂",去将来的"黄金世界",于一般人而言,就有些惊世骇俗的意味了,因为那都是一般人所梦寐以求的地方。对于天堂,天性就是一个深刻的怀疑主义者的鲁迅,实际上从未信任过,在鲁迅的全部创作中,似乎就没有出现过一丝出离人间的天堂光亮,而散文诗集《野草》的主色调,就是一种炼狱的灰暗,衬着影子的彷徨。至于将来,不错,鲁迅曾相信过"进化论",相信新的必然战胜旧的,青年一定胜于老年,但现实一次又一次地嘲弄了他,终使他对"将来"幻灭——一个本身即充满局限、缺陷的人类,显然是不可能生发出纯粹纯净的未来的"黄金世界"的。

然而你就是我所不乐意的。
朋友,我不想跟随你了,我不愿住。
我不愿意!

早已先知般洞悉了民族,洞悉了历史,洞悉了未来的大孤独者鲁迅,以一连串的"不",把自己推向孤独的极地。

这里,我想着重探讨一下"然而你就是我所不乐意的"的"你",也就是与"影"相对的"形"。对此,论者们历来各有所见,众说纷纭,有的认为是曾经并肩奋进而终于颓唐的战友,有的认为是指围绕鲁迅身边的青年朋友们,有的认为是指作者所处的那个时代,或所背负的历史。为了使对《影的告别》的赏读更为流畅,更为一般的读者所理解,我们不妨暂取这样一种说法,即诗中的"形"与"影",都是来自鲁迅自己的分裂,"形"是现实生存着的鲁迅,"影"是另一个希翼中的鲁迅,是诗人与自己的纠缠,辩白,构成了这首诗的流动。然而,循着诗意的发展,读者有理由发问,这个拒绝了"天堂""地狱""将来的黄金世界",同时又不乐意相伴"形"的"影",它将如何存在呢?因为日常的经验中,实难以想象。

呜呼呜呼,我不愿意,我不如彷徨于无地。

这一句诗中,诗人为"影"寻找了一个地方——彷徨于无地。关于"无地",我以为,可以理解为虚无之地,不存在之地。对于现实生存的人来说,要描摹它的特征,似不可为,它似乎是如陶渊明的"桃花源"之类的虚幻存在,但还要遥远还要消极,它没有陶渊明的那些鲜活的场景,版图上涂满了白色的孤独,似乎正好适应着虚幻的"影"的彷徨。"彷徨"二字,在这里是一个无法绕过的字眼,它不仅是《影的告别》这首诗的主调,更已成为鲁迅一个时期的精神世界的符号。《影的告别》创作于1924年9月24日,而这一年,也是鲁迅重要的小说集《彷徨》开始创作的时间,鲁迅在精神上,正处于他的第二个寂寞苦闷期。《新青年》团体已分裂,"五四"已退潮,曾经的战友们"有的高升,有的退隐,有的前进",遗下孤独的他,成了布不成阵的游勇,"依然在沙漠上走来走去"《〈自选集〉自序》。与此同时,鲁迅的个人生活也不顺意,与章士钊的官司，与现代评论派的笔战，尤其是家庭内部，与二弟周作人的失和，都使得鲁迅的情感受到深深的伤害，由此大病了一场。因此，这一时期，鲁迅的心境是灰暗的，幻灭的，而本来就有着灰黑性质的"影"，无疑与他的彷徨着的精神状态发生了某种合拍。

我不过一个影，要别你而沉没在黑暗里了。然而黑暗又会吞并我，然而光明又会使我消失。

"影"告别"形"之际，是"形"正睡得"不知道时候的时候"，显然亦是黑暗正浓厚的时候。在这浓厚的黑暗中，本身即是灰黑的"影"，自然无法使自己显现，而最终为黑暗吞并。那么，去那纯然一片光明的世界呢？灰黑的"影"同样无法寻到自己的处所，而只能为光明消解。这两个处境，反映了告别"形"之后，"影"所面临的矛盾，悖论。

然而我不愿彷徨于明暗之间，我不如在黑暗里沉没。

在"黑暗"与"光明"之外，"影"还有一个选择的处所，就是"明暗之间"。在日常经验中，我们知道，"影"是来自于"形"对光的遮蔽，而产生的一种物理现象。因此，影子最显著的存在，是在黎明或黄昏这样明暗交织的时间。然而，"影"又不愿彷徨于这最能彰显自己存在的时刻，因为明暗交织的暧昧，于诗人所挚爱的人类，或友人们，并非是理想的生存场所。因此，他宁愿"在黑暗里沉没"，"肩住黑暗的闸门"《我们现在怎样做父亲》，放他们走向纯然的光明处。但能否得到这样的结果，诗人自己并无把握，他只能苦闷而彷徨。

然而我终于彷徨于明暗之间，我不知道是黄昏还是黎明。我姑且举灰黑的手装作喝干一杯酒，我将在不知道时候的时候独自远行。

这一段出现了与诗篇前面的句子结构相近的两个句子："我终于彷徨于明暗之间"，与上一段的"我不愿彷徨于明暗之间""我将在不知道时候的时候"，与诗篇开始的"人睡到不知道时候的时候"——它们的前后呼应，不仅在一种相近句式的复沓中，增强了诗意的浓度，更是在一种节奏的回环中，突出了"影"彷徨的效果，令人回味不已。这一段诗中，"影"新出现的一个动作亦令人关注，"举灰黑的手装作喝干一杯酒"，表现了试图有所行动而又无奈的"影"，竟想以虚无的酒，来麻醉自己虚妄的存在，麻醉虚妄的存在中的苦闷，希冀能模模糊糊地在"不知道时候的时候独自远行"。

呜呼呜呼，倘若黄昏，黑夜自然会来沉没我，否则我要被白天消失，如果现是黎明。

然而，别离了"形"的"影"的悲剧是，它无法远行，行不了多远。如果所处的是黄昏，行程的尽头便是吞没它的"黑夜"；如果所处的是黎明，行程的尽头便是使它消失的"白天"。这一段诗意，可谓是对诗篇前面的"我不过一个影，要别你而沉没在黑暗里了。然而黑暗又会吞并我，然而光明又会使我消失"这一段诗意的变奏，回旋，同样是以一种诗的语言艺术，表现了"影"彷徨不已，难以告别的情景。

朋友，时候近了。
我将向黑暗里彷徨于无地。

"朋友"的呼唤，在这里显得伤感，绝望。由于"时候近了"，"影"不得不做出自己的最终选择。如果说在前面的诗境中，"影"曾面临着"光明""黑暗""明暗之间"等多种选择，现在，它终于决定选择"黑暗"。"影"之所以选择"黑暗"，从"影"的角度说，或许是由于"影"的性质也是属于相近的灰黑，或许是"影"考虑到，在"黑暗"里，"影"虽会被吞没，但至少还可以以某种虚无的方式存在，而在光明的包围中，"影"将会彻底的消失。当然，这一段诗意，还可以与下一段诗意一起，联系到鲁迅的社会思想，作范围更为广阔的解读。

你还想我的赠品。我能献你甚么呢？无已，则仍是黑暗和虚空而已。但是，我愿意只是黑暗，或者会消失于你的白天；我愿意只是虚空，决不占你的心地。

这一段诗思颇为复杂，似乎可越出诗人自己分裂出的"形"与"影"的关系来理解，它令人联想到鲁迅与他的青年朋友们，及所处的时代之间的关系。这里，我想引入鲁迅先生的两段原话，来作为某种参考：

"我终于还不想劝青年一同走我所走的路；我们的年龄，境遇，都不相同。思想的归宿大概总不能一致的罢。"《北京通信》

"一切事物，在转变中，总是有多少中间物的……他的任务，实在有些警觉之后，喊出一种新声；又因为从旧垒中来，情形看的较为分明，反戈一击，易致强敌的死命。但仍应该和光阴偕逝，逐渐消亡，至多不过是桥梁中的一木一石，并非什么前途的目标范本。"《写在〈坟〉后面》

因此，在鲁迅的诗意中，"影"的赠品决不仅仅是字面上的"黑暗""虚无"，而是愿与"光阴偕逝"，沉没于过去的"黑暗"之中，成为引往未来的"桥梁中的一木一石"。

我愿意这样，朋友——我独自远行，不但没有你，并且再没有别的影在黑暗里。只有我被黑暗沉没，那世界全属于我自己。

"我愿意这样，朋友——"与前面的"朋友，时候近了"的伤感、绝望相比，有着最终作了选择之后的坚定，坦然。

现在，卸去了所有牵系的"影"，成了一个彻底的孤独者，它别离了"形"，别离了"天堂""地狱""将来的黄金世界"，甚至它赶赴的"黑暗"中，亦没有别的影存在——这是一种何等纯粹的"黑暗"，使得"黑暗"本身似乎亦泛出了一种神奇的光亮。许多读者曾经阅读过这样的诗意：一滴雨水落进了大海，在符合逻辑的想象中，这滴雨水将与大海在一种无限中相互溶解，直至微小的躯体遍及了大海，从而也就是在某种意义上拥有了大海。一条影子的沉入黑暗，亦可作如是观，并有了诗篇的最后，"影"这样满意的独白："那世界全属于我自己。"然而，作为鲁迅的读者，我们应不仅止于此，应将诗篇的诗意继续延伸下去，就是"影"不仅拥有了这"黑暗"的世界，而且由于它的让出了未来的光明，从而使得这光明是如此纯粹，透澈，实际上成为了"影"另一种意义上的建设，拥有。

一首杰出的诗篇，应有着多重的解读，《影的告别》自然也不会例外。这篇赏析文章至此，只是在《影的告别》这首意象丰富、意境丰厚的诗中艰难地踏出了一条小路，以助读者领略小路两侧那目不暇接的风光。而要探险得更多的风景，读者自可离开这条小路，探入路侧的那蓊蓊郁郁、广阔深邃如原始森林一般的鲁迅的世界中去。

理论与批评

附：

影的告别

人睡到不知道时候的时候，就会有影来告别，说出那些话——

有我所不乐意的在天堂里，我不愿去；有我所不乐意的在地狱里，我不愿去；有我所不乐意的在你们将来的黄金世界里，我不愿去。

然而你就是我所不乐意的。

朋友，我不想跟随你了，我不愿住。

我不愿意！

呜呼呜呼，我不愿意，我不如彷徨于无地。

我不过一个影，要别你而沉没在黑暗里了。然而黑暗又会吞并我，然而光明又会使我消失。

然而我不愿彷徨于明暗之间，我不如在黑暗里沉没。

然而我终于彷徨于明暗之间，我不知道是黄昏还是黎明。我姑且举灰黑的手装作喝干一杯酒，我将在不知道时候的时候独自远行。

呜呼呜呼，倘若黄昏，黑夜自然会来沉没我，否则我要被白天消失，如果现是黎明。

朋友，时候近了。

我将向黑暗里彷徨于无地。

你还想我的赠品。我能献你甚么呢？无已，则仍是黑暗和虚空而已。但是，我愿意只是黑暗，或者会消失于你的白天；我愿意只是虚空，决不占你的心地。

我愿意这样，朋友——我独自远行，不但没有你，并且再没有别的影在黑暗里。只有我被黑暗沉没，那世界全属于我自己。

一九二四年九月二十四日

艾青《旷野》细读

●邱景华

1939年9月至1940年4月,艾青来到湖南新宁县的衡山乡村师范学校任教近八个月。远离了抗战的火热氛围和喧嚣,沉浸在大山深处的偏僻与安宁之中,诗人终于可以静下心来,思考一些超越抗战时代更为久远的心绪,其中想得最多的是农民命运的大问题。艾青在新宁创作了一批后来被人称为"山林诗"或"田园诗"的杰作。在这些诗中,抗战的"群体性呼唤"消失了;在对南方景物的刻画中,潜藏着独特的"个体性思考",并把他作为"画家诗人"的特殊才华发挥到极致。

长诗《旷野》,是这批诗的代表作,它在艾青抗战诗歌中的地位越来越重要。《旷野》这批脱离抗战题材的"田园诗"发表后,受到一些人的批评。但也以其高超的艺术和独创性,在当年就得到了黄药眠、欧阳了凡等批评家的喜爱。到了新时期,由于不再置身于抗战语境,《旷野》的艺术成就,更是得到研究者们的好评。如牛汉在选编《艾青名作欣赏》,就选了相当数量的"田园诗",并得到晚年艾青的首肯。蓝棣之在谈到以《旷野》为代表的"景物诗"时,这样写道:"我经常拿起这些诗来诵读,总想弄清楚这些非常容易写得枯燥的题目和对象,怎么转化成了百读不厌的艺术形象。"①

骆寒超这样评价:"这一批田园诗,就艺术质量来说是很高的,像《旷野》《土地》《冬天的沼泽》《青色的池沼》等,可以说是20世纪中国诗歌中的精品,其审美感染力今天看来,不仅没有减弱,且有强化起来之势。"②评价最高的是彭燕郊,认为艾青"他最主要的成就,我觉得还是湖南新宁时期的诗,后来收入诗集《旷野》,里头很多短诗境界都很高。"③

讨论艾青的抗战诗篇,诗界讲得最多自然是当年影响巨大且深远的表现抗战时代内容的名篇:《雪落在中国的大地上》、《北方》《吹号者》《他死在第二次》《火把》这些大作;但并不完整。青年艾青还有表现更为久远的中国农民问题,即所谓"民族性"的杰作。如《旷野》《我爱这土地》等。换言之,青年艾青既有表现抗战时代内容的杰作,也有超越时代的表现民族性的佳构。只有把这两者统一起来,艾青抗战时代的诗歌,才算完整。《旷野》在题材上,是对表现"时代内容"的补充;但在审美精神和诗歌形式上,两者又是相通的。艾青的抗战诗篇,是以写实象征为主的"群体性呼唤"; 或者说,是把抒情性和客观性、间接性相融合,表现一种"新的抒情"。《旷野》也是如此;不同的是,在《旷野》中,艾青画家诗人的艺术个性,发挥到极致。这种用画家的艺术思维,把写生和素描转换成新诗客观性和间接性,为新诗形式的现代化带来了新鲜感和本土性,产生了强烈的艺术效果。艾青的天才,就在于立足于自己的生命体验和人生经历,把时代性和民族性相融合,并在艺术形式上,把握住世界现代诗的精神,根据自己的艺术个性,进行原创性的新诗形式创造。

还没有一首长诗,像《旷野》这样,

在诗与画的创造性融合上，达到这样一个艺术的极致。《旷野》虽然是128行的长诗，但在艺术上达到了完美的程度，可以说是一种没有杂质的纯净。艾青诗歌所特有的朴素、明快和简洁的风格，也在《旷野》中达到一个前所未有的艺术高度。《旷野》展示了新诗形式发展的多样性。其"新诗现代化"，既不同于同时代的卞之琳、冯至，也不同于更年轻的穆旦和郑敏，表现出更鲜明的民族性、本土性和创造性。

在20世纪新诗史上，《旷野》是独一无二的。

一

在湖南新宁衡山乡村师范，天气好的时候，艾青常常与几个友人，背着画夹到深山的旷野写生。有时诗的灵感来了，便停下速写，迅速记下涌上脑海的诗句或片断，回到家里再整理。这就是艾青当年创作《旷野》的状态，也是艾青在巴黎学画时养成的习惯。那时他经常到郊外写生，同时，"开始试验在速写本里记下一些瞬即消逝的感觉印象和自己的观念之类。学习用语言捕捉美的光、美的色彩、美的形体、美的运动……"④这种画与诗的相互转化和相互融合，其实是艾青"感受世界和艺术地再现世界的基本方式"⑤，也就是说，艾青是用"语言捕捉美的光、美的色彩、美的形体、美的运动"，不断尝试和实践诗与画在艺术上的相互融合和转换。把色彩和音响，转换为文字。《旷野》的文字色彩和造型，达到了新诗前所未有的艺术高度。

面对宁静的旷野，艾青常常陷入沉思，想起童年的经历。作为"地主家的弃儿，农妇家的乳儿"，从小就深切地体验到农民悲剧性的生存状态。后来他到法国留学，读了凡尔哈伦和叶赛宁的诗集，凡尔哈伦对乡村破败的关注和表现，叶赛宁对农民悲剧性宿命的表达，引起他心灵的强烈共鸣。于是，童年经验，就在凡尔哈伦和叶赛宁诗歌的诱发下，悄悄地演变成诗的素材和主题，在无意识中潜藏着、酝酿着……

千百年来，中国的大地上发生了多少天翻地覆的变化，多少沧海变为桑田。但这深山中的旷野，仿佛亘古如斯，没有变化。"旷野"这种永久不变的特点，让艾青联想到农民千年不变的悲剧性命运。世世代代生存于此"旷野"的乡村和农民，两者仿佛有一种共同性。

眼前的旷野，悄悄在艾青的无意识中，转换成诗的大意象——"旷野"。在旷野里，时间仿佛是凝固不变的，空间也是恒定不变的，这样"旷野"就成为一种亘古不变的时空结构，成为暗示农民千年不变的悲剧性命运的隐喻，这是一种写实的隐喻。不是单一的形而上的象征。这样，艾青笔下的"旷野"，既不是凡尔哈伦"原野"的翻版，也不是艾略特"荒原"的变形，而是来自艾青乡村童年生活的体验，而直接的诱发和灵感，则是湖南新宁深山里的旷野。这就是"旷野"这个大意象的本土性和创造性。

"旷野"是个大视角，从"旷野"看农村和农民，就不会拘限于农村一隅，有一个宏观的远眺效果。旷野，不仅给人一种阔大的空间感，而且旷野的寂静，也给人以一种历史感。眼前的一切似乎是静止的，没有变化，仿佛农村和农人永远是一代又一代的宿命轮回。于是，空间感与时间感融合成一个宏大的时空结构。艾青自称是"旷野的儿子"，就是因为他在旷野中得到诸多的联想、感悟和启示。

在诗境中，"旷野"不同于"土地"。"土地"的历史感已经在《雪落在中国的土地上》和《北方》中，已经得到精彩的表现；而"旷野"不仅包含了"土地"，还有农屋和农人，还涵盖了旷野中自然界的诸多景物：道路、沼池、薄雾、山坡等。从"旷野"看农屋和农人，比从"土地"看农屋和农人，具有更大的视野和更长久的历史感和空间感，也更适合绘画性的表现。"旷野"也有别于"北方（北方当年正面临着日军侵略的危险，所以有一种特殊的暗示。）但"旷野"与"北方"，都是地域性的大意象，一南一北。也就是说，艾青喜欢并且擅长在大时空中，展开对民族和农民命运的思考，这是艾青作为大诗人所特有的宏大而深邃的艺术思维。

艾青对"旷野"意象创造，并不止于此；也就是说，"旷野"并不是单个的意象，而是一个"客观对应物"，是由现代生活场景组成的。艾青不仅写了旷野上的景物，而是写生存在旷野中的乡村和农民。更重要的是，艾青把"旷野"的意象，发展为"薄雾在迷蒙着旷野"的整体性的大意境。薄雾迷漫着旷野，应该是艾青在新宁山野冬天见到的景象，但写在诗中，却是诗人的创造。如果只有"旷野"的大意象，虽然能隐喻农民千年不变的悲剧性命运，但不如加上"薄雾在迷蒙着旷野"，更能形象地暗示着农民未来命运的难以辨清和前途莫测。也更能潜藏艾青对抗战时期农民悲剧性命运无法预测的忧虑、悲慨和迷茫。这是艾青奇瑰的想象和博大沉思相融合的卓越创造。

"薄雾在迷蒙着旷野啊……"

《旷野》的开篇，以这一句为第一行，并作为第一节，就是以"写实隐喻"，奠定了这首诗的整体性意境；而是在句尾加上"啊"成为感叹句，奠定了这首长诗的抒情基调。

《旷野》第一部分从第2节到第7节，是旷野的各种自然画面。叙述者隐藏着，写实的画面仿佛是自动呈现出来。诗中没有叙述者，只是一个个画面的横向展开，有如长卷般缓缓打开，从远到近、又从近到远，以画卷中的道路为线索（"道路"也是一种隐喻），把一个个画面连接起来，暗示主题。

《旷野》的第二节，就是一个新鲜而明朗的场景：

看不见远方——
看不见往日在晴空下的
天边的松林
和在松林后面的
迎着阳光发闪的白垩岩了；
前面只隐现着
一条渐渐模糊的
灰黄而曲折的道路，
和道路两旁的
乌暗而枯干的田亩……

这是对"旷野"从远到近的眺望，虽然冬天早晨迷漫着薄雾，但艾青用"看不见"的过去式，照样写出晴朗的日子，远眺旷野的怡人景色：远方天边的松林、和阳光照得发闪的白垩岩。这就是诗比画的表达有着更自由的特性。同时，这是先扬后仰的写法，与此时的薄雾迷蒙着冬天旷野的衰败：模糊而灰黄的道路，乌暗而枯干的田亩，形成一个鲜明而强烈的对比。

田亩已荒芜了——
狼藉着犁翻了的土块，
与枯死的野草，
与杂在野草里的
腐烂了的禾根；
在广大的灰白里呈露出的，
到处是一片土黄，暗赭，
与焦茶的颜色的混合啊……
——只有几畦萝卜，菜蔬
以披着白霜的
稀疏的绿色，
点缀着
这平凡，单调，简陋
与卑微的田野。

在艾青的笔下，文字显然比色彩有更多更

大的表现力，其色彩感更加丰富。如"乌暗"、"枯干"，传神地写出冬天暗淡无光和毫无生气的田亩。蒙着薄雾的旷野，整个背景是"广大的灰白"，而田亩的整体色彩是"土黄""暗赭""焦茶"的混合，这三种色彩都是偏暗而灰的调子，于是冬天田亩枯萎和荒芜的景色，被精确地描绘出来。如果不是画家，根本无法区别和选择这三种色彩；如果不是大诗人，也无法用文字来表现这三种色彩感。但田亩也不是全部都是灰暗，还有几畦菜园，"披着白霜的/稀疏的绿色"，给这灰暗的田亩，增添了一点变化和些许生气。正是对色彩的精确的观察和表达，写生式的艺术效果，才鲜明地呈现出来。

田亩旁的池沼，又是另一种景色：

那些池沼毗连着，
为了久旱
积水快要枯涸了；
不透明的白光里
弯曲着几条淡褐色的
不整齐的堤岸；
往日翠茂的
水草和荷叶
早已沉淀在水底了；
留下的一些
枯萎而弯曲的枝杆，
呆然站立在
从池面徐缓地升起的水蒸气里……

作为语言艺术家的艾青，用文字表现景物的能力，超过了作为画家的艾青。或者应该这样说，是作为画家的艾青对景物色彩和形体的敏感，升华了作为语言艺术家艾青的文字表现力。写久旱而枯涸的沼池，"往日翠茂的/水草和荷叶/早已沉淀在水底了"。艾青只用两字"翠茂"，就写出了夏天池泽里大片水草和荷叶，繁盛生长的盛况。它唤醒读者丰富的想象。如今，这些繁茂的绿色，早已消失，只剩下一些"枯萎而弯曲的枝杆，/呆然站立在/从池面徐缓地升起的水蒸气里……"枝干不仅枯萎，弯曲，而且是"呆然站立"，严冬中荷梗与水草的形与神，都被精确地表现出来。更令人惊异的是，诗人还有更细致的发现，沼泽池上的水蒸气是"徐缓地升起"。这是一幅用文字写活了的冬天沼泽图。

这种写生式的精确观察，和文字浮雕式的表达，是艾青艺术思维的特征。它有三个特点：一是形体感，对景物形体的客观观察和刻画；二是色彩感，对景物色彩准确而细微的描绘；三是距离感，对景物的空间分布和排列，有精确的再现。假如只有前面两点，可以写出精彩的意象，但难以构成完整的画面，因为画面需要距离感。有了这三点，才构成《旷野》中一幅幅完整的画面和场景。

山坡横陈在前面，
路转上了山坡，
并且随着它的起伏
而向下面的疏林隐没……
山坡上，
灰黄的道路的两旁，
感到阴暗而忧虑的
只是一些散乱的墓堆，
和快要被湮埋了的
黑色的石碑啊。

此段写"山坡"，更增加了旷野的阴暗和忧虑，因为道路两旁散乱着墓堆和黑色的石碑。但此段在结构上还有一个功能，是准备过渡到第二部分有关"道路"的联想而作的铺垫。"和快要被湮埋了的/黑色的石碑啊。"句末"啊"字的出现，是在预示着隐藏在后台的叙述者准备走上前台，因为这是叙述者在感叹。所以下面二行的小节，不同于前面几段纯客观画面的呈现，悄悄变成一种叙述者带有概括的语吻：

> 一切都这样地
> 静止，寒冷，而显得寂寞……

这一小节，是叙述者对前面写生式的旷野客观展示的概括，在结构上，以叙述者对旷野"静止，寒冷，而显得寂寞"的主观评价，作为第一部分的结束。

二

第二部分从第 8 节至 12 节，由第一部分的客观性转为主观性。这在叙述方式上，是一个很大的变化。因为《旷野》的主题是对农民悲剧性命运的思考，艾青不可能一直保持着"无我之境"的客观态度；相反，艾青对农民的命运，充满着强烈的大爱情感。所以，第一部分原本隐藏的叙述者，在第二部分，直接走到前台抒情和议论：

> 灰黄而曲折的道路啊！
> 人们走着，走着，
> 向着不同的方向，
> 却好象永远被同一的影子引导着，
> 结束在同一的命运里；
> 在无止的劳困与饥寒的前面
> 等待着的是灾难、疾病与死亡——
> 傍徨在旷野上的人们
> 谁曾有过快活呢？

从前面写实的道路，过度到这一段有关道路的抽象思考，极为巧妙。虽然不同农民在旷野所走的方向也是不同的，但他们的命运，却是"同一"："在无止的劳困与饥寒的前面/等待着的是灾难、疾病与死亡——"这个叙述者沉郁的形象和悲痛的抒情语调，是我们在《北方》和《雪落在中国土地上》所熟知的，是从艾青"嘶哑的喉咙"发出的沉重叹息：在充满着忧虑、沉痛、悲愤的语调后面，是对以农民为主体的民族苦难的思考。

但青年艾青对于有关农民"民族性"的思考，是诗的直觉，是旷野所引发的想象力和对农民命运洞察力的结合。艾青的天才，就在于这种诗的直觉，对时代本质的直觉把握。蔡其矫曾对笔者说过：艾青能一下子把握住事物的本质，而我们一般人常常是绕来绕去，很难认识事物的本质。所谓直觉，就是不通过繁琐而复杂的逻辑推理，一下子就洞察到隐藏着的事物本质（底蕴）。

青年艾青这种想象力和洞察力相融合的直觉，在诗中化为高度概括和凝聚的坚实有力的语言，并充满着新鲜感：

> 然而，
> 冬天的旷野
> 是我所亲切的——
> 在冷彻肌骨的寒霜上，
> 我走过那些不平的田塍，
> 荒芜的泥沼的边岸，
> 和褐色阴暗的山坡，
> 步伐是如此沉重，直至感到困厄
> ——象一头耕完了土地
> 带着倦怠归去的老牛一样……

通过叙述者所走过的田塍、泥沼、山坡的提示，对第一部分所出现的几个画面，很巧妙地进行呼应。这样就把第二部分的主观性，与第一部分的客观性连为一体。同时，叙述者的忧郁形象和面对旷野的沉痛态度，也鲜明地表达出来。但不能过多议论，接下来，又转为对"旷野薄雾"的写实和抒情，是对"薄雾在迷蒙着旷野"的整体性意境的营造。其叙述方式是不断地转换，但转换过程非常自然而巧妙，表现了艾青娴熟而高超的现代诗叙述艺术。

> 而雾啊——
> 灰白而混浊，
> 茫然而莫测，
> 它在我的前面

> 以一根比一根更暗淡的
> 电杆与电线，
> 向我展开了
> 无限的广阔与深邃……

冬天的旷野，不仅寒冷、荒芜而且灰暗，而且迷蒙着薄雾。"而雾啊——"，叙述者以强烈的感叹句，呼出内心的痛楚。《旷野》创造性的艺术转换之一，就是把诗的绘画性转换成诗的隐喻。整首诗几乎都是这样：处处是写实，处处是暗示的隐喻，前后呼应，不断变化又能融为一体。主观情感抒发之后，又转为写实的意象刻画。远远望去，道路两旁的电杆和电线因距离的不同，"一根比一根更暗淡"。通过色彩的浓淡变化，非常鲜明地写出旷野的空间距离感和纵深感，暗示出旷野无比的广阔与深邃，但茫然莫测，富有抒情的意味。雾中的电线和电杆，还暗示着村庄即将出现。

> 你悲哀而旷达
> 辛苦而又贫困的旷野啊……

第二部分的结束，与第一部分一样，同样是以二行一节，以叙述者对"旷野"的主观评价和感叹而结束。叙述者把"旷野"作为审美对象，直接称之为"你"。如此动情的主观呼唤，倾注着叙述者的丰富情感。表面上，是对"旷野"呼唤，其实是对乡村和农民悲剧性命运的沉痛的感概。不直接对乡村和农民抒情，而对"旷野"说话，这样就保持一种"间接性"，在艺术上产生一种间离效果。"旷野"的大意象，在整首诗中，是起了这样"间接性"的作用。所以，叙述者对情感的抒发，虽然强烈，但严格控制，不作大段的抒情和议论，以保持《旷野》的整体客观性和间接性。

从结构上讲，第二部分是过度和转换：从客观画面，过度到主观抒情，由客观性过度到主观性，同时又融入客观性和间接性，也就是说抒情性与客观性和间接性融合，表现出现代诗艺术的综合性。

《旷野》最突出的艺术成就，是把画转换成诗，其实也就是画与诗的融合过程。这种转换的一个关键，就是融入了现代小说的叙述艺术。通过不断转换诗歌的叙述角度，把各种客观化的画面、情境、场景和主观抒情融合成一个整体。换言之，各种不同的艺术要素，通过叙述艺术的不断转换，自然而巧妙地融合成一个完整的艺术世界。

这就是《旷野》"新诗现代化"的奥秘之一。

三

第三部分，写乡村和农人。但一开始，并没有直接入题，而是先写一段乡村前面的灌木丛和鸟雀。这既是一种空间的过度，又是一种艺术的"间接性"，也是一种"兴"手法，能引发联想和暗示：由畏惧于严寒的鸟雀，联想到同样畏惧于严寒的农民，比直接就表现农屋和农人，更加意味深长。

> 没有什么声音，
> 一切都好象被雾窒息了；
> 只在那边
> 看不清的灌木丛里，
> 传出了一片
> 畏惧于严寒的
> 抖索着毛羽的
> 鸟雀的聒噪……

雾的写实隐喻和暗示，又一次在这里得到强化："没有什么声音，/一切都好象被雾窒息了"。薄雾不仅迷蒙旷野的事物，而且似乎使旷野的一切窒息了，这就进一步增加了薄雾整体性隐喻的具象和内涵。

第三部分从第13节到16节，是生活场景，写农屋和农人。此时的叙述者采用

"我"看"他"的叙述方式。虽然"我"没有直接出现,但用第二称的"他"和"他们"叙述,又分明让读者明白叙述者的存在,暗示此时的叙述不是纯客观,而是内含悲楚的深情。换言之,既不是客观性,也不是主观性,类似一种"间接性"的叙述。

> 在那芦蒿和荆棘所编的篱围里
> 几间小屋挤聚着——
> 它们都一样地
> 以墙边柴木的凌乱,
> 与竹竿上垂挂的褴褛,
> 叹息着
> 徒然而无终止的勤劳;
> 又以凝霜的树皮盖的屋背上
> 无力地混合在雾里的炊烟,
> 描画了
> 不可逃避的贫穷……

这一节,貌似客观化的叙述和刻画,但在句法上有变化。已经不再是前面那种纯写生的客观刻画,而是悄悄渗透进主观情感,叙述者对于农村和农民,充满着强烈的同情和评价,但又保持着一种客观的态度。如"竹竿上垂挂的褴褛","叹息着/徒然而无终止的勤劳"。这是叙述者情感的明显流露。后面一句写完盖屋顶的树皮和炊烟之后,转为议论句:"描画了/不可逃避的贫穷"。

> 人们在那些小屋里
> 过的是怎样惨淡的日子啊……
> 生活的阴影覆盖着他们……
> 那里好象永远没有白日似的,
> 他们和家畜呼吸在一起,
> ——他们的床榻也象畜棚啊;
> 而那些破烂的被絮,
> 就象一堆泥土一样的
> 灰暗而又坚硬啊……

> 而寒冷与饥饿,
> 愚蠢与迷信啊
> 就在那些小屋里
> 强硬地盘踞着……

这二节,又是我们所熟悉的艾青抗战诗歌中的叙述者,那种沉痛而悲概的语调,又再次激荡着读者的心胸,唤起我们的良知、情感和思考。如此深情而沉重的人生叹渭,具有震撼读者灵魂的力量。

前面三节,是用"他们"叙述农民群体的生存环境,下面则转为对单个农民形象的刻画,用的是类似绘画的"素描":一幅简洁和传神的人物素描。

> 农人从雾里
> 挑起箢箕走来,
> 箢箕里只有几束葱和蒜;
> 他的毡帽已破烂不堪了,
> 他的脸象他的衣服一样污秽,
> 他的冻裂了皮肤的手
> 插在腰束里,
> 他的赤着的脚
> 踏着凝霜的道路,
> 他无声地
> 带着扁担所发出的微响,
> 慢慢地
> 在蒙着雾的前面消失……

叙述者一连用了6个"他",就把叙述者"我"与"他"截然分开,这是"间接性"的一种强化,即保持客观的叙述态度。这是令人心痛的一幅素描,先是视觉意象:从雾中出现的农人,挑着只有几束葱和蒜的空箢箕(隐喻农人的极度贫困);接着是触觉意象,农人赤脚踏着凝霜的路上;最后是听觉意象,沉默的农人,只有肩上的扁担发出的微响,最后无声地消失在雾中。这个充满感觉的典型画面,胜过多少空洞的说教。农人徒然无望的勤劳和无法逃避的贫穷,以及赤脚走在凝霜的路上,那种冰冷和刺痛的触觉，也冰冷和刺痛了读者的心灵，让人永远不会忘记。

农民从雾里来，又消失在雾中，这是写实，又是隐喻农民走向不可知的未来。不但把农民命运的不可预测和悲剧性的未来，形象地呈现出来，而且也把艾青对农民命运的焦虑和忧郁，鲜明地暗示出来——抗战，能给千古不变的农民悲剧命运带来什么变化？

似乎没有。

于是，叙述者又再一次对着"旷野"呼唤：

旷野啊——
你将永远忧虑而容忍
不平而又缄默么？

虽然是对"旷野"的反问，这样的反问句，也是一种间接性，是一种间接的叙述方式。其实是间接表达出叙述者（作者）对农民悲剧命运的思考：换言之，这其实是对农民的反问：农人啊——你将永远忧虑而容忍/不平而又缄默么？"这是两个矛盾句：忧虑而容忍，不平而缄默，是艾青对农民悲剧性的命运之所以千年不变的原因的思考，说出了深藏在叙述者内心对农民千年不变悲剧性命运的忧伤和悲慨。

在结构上，叙述者对"旷野"三次概括式的感叹和反问，是这首诗的悲怆而沉重的基调，形成不断强化的主旋律。饱含着诗人对千百年来，农民命运永久不变的悲悯，以及无力改变这种历史宿命的沉痛，这是《旷野》内含的深厚而持久的情感力量。

最后，再次以"薄雾在迷蒙着旷野啊……"的感叹，与首句呼应，再次强调，让读者联想农民悲剧性命运未来的无法预测……

四

《旷野》的本土性，首先是主题，不是表现主观预设的"现代性"，而是思考中国农民久远不变的悲剧性命运，既"民族性"的问题。更重要的是，艾青能根据素材的特点，来融会贯通地创造适合素材特点的艺术形式。

表现农民的悲剧命运，岂能无情？对于农民悲剧命运强烈的忧虑和悲慨，构成了《旷野》内在激情和抒情基调。但现代诗又不能仅仅是抒情，而是既要保持抒情性，又要与现代诗的客观性和间接性相融合，形成一种新的诗歌艺术。具体而言，《旷野》抒情性的特点，就是用感叹句来抒情。《旷野》一共有12个感叹句，"啊"都置放在句尾而不是句首，多是描述句的句尾；如果不加上"啊"，就是描述句，加了"啊"就是感叹句，叙述者的情感态度，就是通过感叹号而传达出来。

《旷野》第一部分是写生式的客观画面，所以只有两个感叹句，是对客观写生的一种调节，也暗示着叙述者虽未出现，但不是没有而是潜藏着。从表现上看，是客观写实的画面和场景，实际上暗含着内在抒情。如"到处是一片土黄，暗赭，/与焦茶的颜色的混合啊……"在客观写实中，最后悄悄加一个"啊"，就成了感叹句，就有强烈的内在抒情，这是一种写实和抒情的巧妙融合。第二部分，叙述者从幕后走向前台，一出场就感叹："灰黄而曲折的道路啊"。这个部分共有三节，每节都有"啊"：第二节的"而雾啊——"，第三节"你辛苦而贫困的旷野啊……"三个感叹句，强烈表达出叙述者的主观情感。第三部分，是边描述乡村，叙述者边感叹，一共有五个感叹句，再加上最后小节的"旷野啊——"，感叹句不断增多增强，形成悲痛而沉郁的抒情主旋律。

李翠瑛认为：新诗是以感叹句开始抒情的，后来以其它现代手法的客观性和间接性，取代过于直露的感叹句。⑥《旷野》也大致反映出这种趋势，但不是简单的取代，而是更高的综合：即感叹句仍然保持，但减少了。《旷野》128行，感叹句只有12句，占10%多；更多的是客观性和间接性的描述句。整首诗是以客观性和间接性为主，抒情性为辅。叙述者的强烈情感，潜藏着，不时通过感叹句而抒发和爆发出来；形成抒情性与客观性和间接性相融而成的综合性。

《旷野》的客观性和间接性的艺术，也极具创造性。艾青不是简单地借鉴西方现代诗的手法，而是充分利用自己作为"画家诗人"的艺术个性，把画家对旷野的观察和写生，转换为诗的客观画面和写实场景，以此创造诗的整体意境。最后形成一种"写实象征和隐喻"。《旷野》的主题，是对农民命运的关注和思考，但艾青并没有一开篇就直奔主题，而是先从外在的"旷野"写起，借用绘画的"写生"方式。所谓"写生"，就是以野外景物为对象进行描绘的作画方式，具有对客观景物的精细观察和写实临摹。在诗中借用这种"写生"手法，就是追求画面的客观真实和自然呈现，并且没有叙述者，即"无我之境"。第一部分是以写生式的客观性，来刻画冬天旷野的景物；第二部分是叙述者走到前台，直抒和思考生存在旷野中农民的生存方式和命运；第三部分，才写到乡村和一贫如洗的农民。

整首诗从远而近，从旷野、中经叙述者，再到乡村和农民。

推向前面是"旷野"，"旷野"作为整体性的"写实隐喻"，是由一个个画面的隐喻所组成的。这些自然画面和生活场景，是用写生的方式，来呈现写实的特点。如灰黄而曲折的道路，乌暗而荒芜的田亩，枯涸而破败的池沼，散乱着墓堆的山坡，雾中的电线和电线杆，灌木丛中传出的抖索着羽毛的鸟雀的聒噪，破旧的农屋，挑着空担在雾中走来的赤脚农人。这八个画面和场景的最大特点，既是写实，又是隐喻。比如，灰黄而曲折的道路，象征农人的人生道路的灰暗而艰难，一看就明白。田亩的乌暗和荒芜，是农民徒劳无望的劳作和贫困的隐喻……这八个画面，单个画面的隐喻意义虽然明朗单纯，但它们连成一个整体，其整体性的隐喻却变成复杂而丰富。"旷野"这个大意象，就是由八个画面和生活场景成一体的长卷。这八个画面和生活场景虽然各不相同，但有一个共同点，就是千百年似乎都是这样，没有根本性的变化。旷野这种亘古不变的特点，与农民悲剧命运的千年不变，有共同性。这就是"旷野"整体性的深层隐喻。正是这种"千年不变"，引起艾青强烈的悲慨和沉痛的叹喟。

但"旷野"意象，又不是传统抒情诗那种只有单一内涵的"意象象征"；而是现代诗的"写实隐喻"，即艾略特的"客观对应物"。所谓"写实"，就是前面所分析的客观性和间接性。从意象的象征，到写实的隐喻，是艾青抗战时期诗歌艺术的一个探索过程，即把视觉意象组成的画面，升华为主题性的象征，这是艾青前期诗歌的基本特征。因为它最适合也最擅长传达"群体性的呼唤"。像"乞丐""吹号者""向太阳""火把"。因为它最适合表达抗战时代的"群体性呼唤"。所以主题性象征，其追求的象征功能是单纯、明朗、直接和有力。但《旷野》则不同，因为要表达的是"个体性思考"，是独特、丰富和深邃，靠的不是主题性的象征而是整体性的隐喻。它力求在整体意境的呈现中，浑然一体地暗示出来。也就是说，主题性的象征，常常是单个意象的象征，如"吹号者"、如"火把"，读者很容易把握；而整体性的象征，不是单个意象，也不是单幅画面或场景，而是整幅的长卷，如空阔无垠的"旷野"。换言之，整体性的隐喻，是依靠整体性结构来体现。读者很难一下子就感悟到"旷野"所蕴含的多义。"旷野"的隐喻意义，藏在由诸多景物和人物所组成的整体画面和意境中。所以，"旷野"这样无所明指的整体性隐喻，更为深沉和含蓄，也更加引人思索。

具体而言，《旷野》是用"薄雾"来创造整体意境。"薄雾"是核心意象，既是旷野上的自然景物，又是一条线索，把旷野上的八个画面和场景连在一起：薄雾笼罩着旷野的一切景物和人物。这就是"薄雾在迷蒙着旷野啊……"的整体性意境：如果说，"旷野"是隐喻农民悲剧性命运的千年不变；那么，"薄雾在迷蒙着旷野"，则是隐喻农民悲剧性命运的未来，像"薄雾"笼罩下的旷野，无法看清，既不可知，也不可预测。并以此作为结构的一头一尾，相互呼应，形成一种构架，统摄全篇，形成《旷野》整体性的隐喻。

《旷野》的意象、画面和场景，都是南方地域性的景物，仍然是传统抒情诗的"近取譬"。而艾略特的"客观对应物"，多为"远取譬"。换言之，"远取譬"是西方现代主义诗歌意象创造的基本特点，同时也影响了那些借鉴西方现代主义的中国诗人，比如穆旦和郑敏的现代诗，常常也是"远取譬"。而艾青的现代诗，虽然与西方现代主义有相似相通之处，比如追求客观性和间接性；但他诗歌的意象，如"旷野""薄雾"等等，都是"近取譬"。因为"远取譬"可以表现一种艺术的知性化和陌生化。但任何一种艺术手法都有长处和局限，"远取譬"和"近取譬"都如此。关键在于诗人的独创性，从《旷野》看，"近取譬"比"远取譬"更能表现地域性和本土性。

《旷野》共128行，首尾都以"薄雾在迷蒙着旷野"一行为一节，形成一种首尾呼应的框架。中间分成三个部分，第一部分49行，写旷野；第二部分29行；第三部分48行，写农屋和农人。第一部分49行与第三部分48行，行数相当，是重点；中间部分29行写叙述者的思考和对薄雾的描述，行数只有第一、三部分的一半多，是过度。三个部分，都是以叙述者2至3行为一小节的主观概叹为结束。整个结构是精心构思，具有一种现代建筑美。

具体而言，《旷野》的结构很独特，富有民族的美学特性。是一种类似中国画长卷式的横向展开的结构，如《清明上河图》。《旷野》也是这样，通过横向展开，把一个个的自然画面、情境和生活场景，很自然地连成一个整体，呈现冬天清晨薄雾迷蒙的旷野的全景图。表现的是时间的共时性，而不是时间的历时性，如叙事诗的时间。这种共时性的结构，还有一个深层的意蕴：就是通过充分描绘和刻画"旷野"这个恒古不变的、似乎是静止的自然大意象，来暗示生存在"旷野"中的农人的悲剧性命运，也像"旷野"这样千年不变。也就是说，《旷野》是用共时性的结构，来暗示农民亘古不变的历时性主题，既整体性隐喻。艾青超凡的想象力，就在于创造了这样一种具有宏大气象的时空结构，而且富有民族性、本土性和独创性。它在新诗史上是罕见的，就是在艾青的诗歌中，也是特例，所以特别值得珍惜。

《旷野》整体性结构的艺术功能，就是创造整体性意境。现代诗的意境创造，不同于古诗。古诗表现意境，有二个特点：一是篇幅短小，二是以自然的空灵境界为主。而现代诗却是篇幅长，并且必须以表现现代生活场景为主。艾略特的"客观对应物"，就是指现代生活场景。既要是现代生活写实的细节和场景，又要具有象征和隐喻的暗示，要做到这一点，非常困难。《旷野》的解决办法，就是用整体性结构来产生整体性的意境功能。开头和结尾，都采用相同"薄雾在迷蒙着旷野啊……"的句式，形成结构的框架；中间是"没有什么声音，/一切都好象被雾窒息了"的具体场景，形成"薄雾迷蒙着旷野"整体性意境的创造。

五

《旷野》在艺术上的启示是：外来的影响，必须诱发或唤醒诗人自己独特的生命体验和人生经验，和艺术个性，然后进行艺术的创造，这样的现代诗，才具有本土性和创造性，而不是简单地移植西方现代诗的意象和形式，所以没有现代诗那种常见的晦。

《旷野》的主题：关注中国农民永久不变的悲剧性命运，在抗战的当年，好像是不合时宜的，曾遭到一些人的误解和批评。但没想到的是：在21世纪九十年代，中国一批又一批农民，离开乡村和土地，走向城市，变成农民工。而一些乡村破败了，土地荒芜了，城郊的农民失去了世世代代赖以生存的土地。农民的生存状况产生了巨变……

在今天的语境中，《旷野》产生了意想不到的新的重大意义。农民在改革开放之后的命运，既是时代内容又是民族性问题：它是不是农民千年不变的悲剧性命运的延续，并以新的形态出现？还是在社会转型中，农民必须付出的代价？

七十年过去了，我们好像又回到艾青当年的困境：身处薄雾迷蒙的旷野，一时找不到方向和出路……

当下已经有一批诗人在关注当代农民的命运，但像《旷野》这样，以一种独创性的艺术形式表现农民悲剧性命运的震憾人心的大作，太少太少了。

所以谢冕在一次诗会上，"呼唤艾青归来"！

重读《旷野》，青年艾青对中国农民未来命运的焦虑和忧郁，再次感染和警醒我们；让我们永远无法忘却他那悲痛而沉重的感叹：

"薄雾在迷蒙着旷野啊……"

注释：

①蓝棣之：《现代诗的情感与形式》华夏出版社1995年版，第45页。

②骆寒超：《艾青评传》，重庆出版社2001年版，第141页。

③彭燕郊口述，易彬整理：《我不能不探索：彭燕郊晚年谈话录》，漓江出版社，2014年版，第121页。

④艾青《母鸡为什么会下鸭蛋》，转引自黄子平《沉思的老树的精灵》，浙江文艺出版社，1986年版，第91页。

⑤黄子平《沉思的老树的精灵》，浙江文艺出版社，1986年版，第91页.

⑥李翠英《流动的语词——从"感叹修辞"到诗歌语言之创新与变化》，《诗探索》理论卷，2016年第4辑，第39至45页。

升华苦难的精神探寻：评曾卓的诗

● 罗振亚

在 20 世纪的新诗史上，曾卓称不上影响广远的大诗人，论思想幽深他无法和闻一多、穆旦比肩，讲境界宏阔他难以同郭沫若、艾青抗衡；但却是一位重要得不能忽视的个性化诗人。说其重要不仅是因为他诗龄长久，七十余年的沧桑变幻里始终诗心常在；也不仅是因为他一生历尽磨难仍然心境澄明的人格魅力，已成一首婉转的无字诗，他卓然不群的诗风总能在时尚外别开异花，光彩迷人；还因为他的人与诗作为新诗历史的"精神化石"，隐现着新诗沉浮曲折的生命轨迹，每一阶段的风雨潮汐与纹理走向，包孕着诸多可待开拓的经验启迪。

与那些下笔千言的高产诗人相比，曾卓的诗不算多，漫长的创作生涯中只留下五本诗集：《门》《悬崖边的树》《老水手的歌》《曾卓抒情诗选》《给少年们的诗》。作为以质取胜的诗人，他的诗说不上字字珠玑，却首首真纯厚实，虽然从未有时髦诗走俏的殊荣，却也没有时髦诗速朽的悲哀，而这一切凭借的正是他硬朗的诗歌特质与人格精神的统一。

上篇 "精神炼狱"与情思喷发

常言道，愤怒出诗人。实际上忧郁、孤独才是离诗最切近的心理感觉。从这一向度上说曾卓当属于天性的诗人。五岁即被生父遗弃的人生际遇，黑暗苦难的社会氛围，臧克家与艾青诗歌情绪基调的渗透，这家、国、艺术因子合力影响铸就的不乏纯真浪漫而更多忧郁的心理气质结构，使曾卓与诗歌存在着本质精神的相通；所以 14 岁时的试笔之作《生活》虽有仿作之嫌，但其敏感、幻想、忧郁的内在品质却使曾卓顺利进入了诗的大门。至于他日后的曲折创作道路更是这一诗学判断的有力佐证。1939 年正式踏入诗坛后，曾卓曾两次长时间搁笔，"一次是 1944 年前后，一次是 1962 年前后"①，两次皆为生活相对稳定、风平浪静时期；而他诗歌生命的三次喷发则是 1939-1943 年、1955-1961 年和 1979 年之后，三次都正值诗人生命的悲剧情境中，即艰苦寂寞的飘泊、受意外政治风暴牵连蒙冤和懂得人生与诗的庄严却几乎无力歌唱的"悲哀"时期。也就是说，曾卓的诗与人生困厄密不可分，是生命苦难历史的审美凝结与人格光辉的释放，在艰难境遇中，他往往"能奋起全部精力，而在平静的情况下，却容易为懈怠所俘虏"②。这反常的"错位"现象无法不令人深思。

为何曾卓的诗花都采自人生的炼狱边？是那些苦难的记忆深刻得难以抹掉，还是诗人比他人对苦难有更敏锐的体悟力，抑或是诗人天性嗜好品尝悲剧的滋味？他的自白道出了个中原委："在我受难的年间，诗是我的生命，在诗里我找到了寄托。"③通过诗的抒发"减轻了自己的痛苦""高扬起自己内在的力量，从而支持自己不致倒下，不致失去对未来的信念"④，诗"使我的生活不至于那么黯淡和空虚",支撑并激励着诗人"度过了漫长的灾难的岁月"。可见,诗于曾卓已不是可有可无的点缀与谋取什么的方式,而成了一种生命的内在需要,成了诗人黑暗困境中的明灯、精神支柱与灵魂栖息的港湾。

诗人说,一个人的诗的道路也反映着他的生活道路,反映着他的人格和他的人格的成长。作为抒情主体与客体撞击的精神产物,其诗中自然有诗人情思的投影与凝结。尤其是曾卓,他强调"诗的本质就是抒情的。真情实感是诗的生命,是真诗与非诗的分界线"⑤"诗必须要有真诚的感情,没有感情就没有诗,诗是心的歌"⑥。认为情乃诗之动因与安身立命所在,诗必须以自我的内视点给世界以"诗意的裁判",外部生活只有经过心灵的溶解与重组才会产生诗意,这无疑抓住了诗的本质特征。因此,他的诗都"带有自白或自传的色彩;都是从他'骚动的灵魂'辐射出来的光焰"⑦。按说,曾卓长期跋涉在现实的泥泞与荆棘中,诗外人生满含孤寂与迷惘、冲突与矛盾,他的诗内自然少不了忧伤的悲哀情绪。而事实上曾卓的诗呈现着怎样的情思呢?

曾卓1939-1944年间的作品多为炽热激情的结晶,非但谈不上美学厚度,某些篇什还属于个人情爱真诚又忧郁的咀嚼,染着感伤的时代情绪。单是《病中》《寂寞外》《断弦的琴》《别》等题目,与乌鸦、残叶、伤疤、血渍等意象语汇,就已透出这一心灵信息。但诗人的艺术良知、坚定信念与敏锐直觉,使他仍能在人间烟火气十足的现实境域中,昭示人生的苦难,张扬抗争的伟力,瞩望希望与未来;因此以多元色调切入了诗人个体与乡土中国的命运、情感旋律,把握住了社会片断的本质真实。那忧患的人生担待,那对芸芸众生的终极关怀,那对现实的诗性介入,都闪烁着传统人文精神光彩。如《拍卖》仿佛一幅下层人血泪挣扎的炭素画。

几个苗族少女为了生活,被迫在小城的街上拍卖民族艺术,不但没得到一个铜元,反遭"轻薄的调笑",貌似客观的细节场景里,淌动着一腔同情愤慨的心理潜流,那是一种惋叹一种控诉一种对弱小生命的挚爱关怀和沉思。《狱》《一撮土》等诗则发掘了民众身上潜存的伟力,抒发革命者的战斗情怀。《不是囚徒》写道:"灵魂是能禁锢的吗?/梦想是能监视的吗?"的确,有形的监狱与无形的锁链都无法囚禁革命者的梦想和意志。那些革命者正如铁栏中的猛虎,"扑出去的姿势/使笼外发出一片惊呼"(《铁栏与火》),它怀念大山草莽丛林和峭壁悬崖深谷,它深夜悲愤的长啸好似铁栏锁着的"火"。凶悍愤怒之虎分明是不畏强暴的战士的象征,其身体中蕴藏的灵魂力量令人感奋。如果说《拍卖》《疯妇》充盈着对土地、人民的爱心,《门》则喷射着对叛变者憎恨的怒火。面对曾经用美丽的谎言前进的姿态吸引"我们"、后来投入"残害我们的兄弟的人的怀抱"的女郎,诗人喊出"莫正视一眼""让她在门外哭泣,/我们的门/不为叛逆者开!"那是爱与憎的宣言,门就是爱与憎的分界线,它昭示在革命路上没有优柔寡断、心慈手软,只有爱憎分明才不会迷失方向。至于《要——》对"火把"、《英雄》对"明天"、《沙漠和海》对"海"、《那人》对"北方"等象征性意象的专门讴歌,都可视为对光明、希望、解放区的婉曲憧憬、呼唤与礼赞。曾卓这一时期的诗,折射了具有良知的敏感又迷茫的知识分子在历史风暴中的心路历程,其中的淡淡的忧郁是个人的也是时代的"公民情绪",那也是当时中国的自然与历史本色。

1955年"奇怪的风"把曾卓吹到社会最底层,理想之路的突然中断,使铁窗下痛苦迷惘的他"有炽热的感情要倾吐,要发泄"⑧,这样分手近十年的缪斯奇迹般回到他身边,成为他此后厄运连绵的20

年间的精神依托。这些"沉重的激情"下心口苦吟（开始几年无纸和笔）的"潜在写作"，最为赤裸真挚地展露了诗人的内心和灵魂。这些诗的主体构成为情感诗、励志诗和少年诗；寂寞而不甘沉沦，充满矛盾的困惑更执著于希望的追求，身在"深谷"心欲"飞翔"，是其共同的情思基调与主题旋律。曾卓此间失去许多，却得到了充满理解与温暖的爱，这爱因身处困境有几分严峻苦涩，却更见庄严与坚定。若说《灯》《别》尚是儿女私情服从于革命的道德观念标准，原则又理念化；此时的组诗《有赠》则情思丰盈。在狱中诗人无时不挂念着音讯全无的妻子，一个黄昏，他望着窗外落雪不禁睹物思人情随景生（其妻姓薛，与雪谐音），于是以妻子姓氏与自然景物偶合点为契机写下《雪》，其间那份忆念、牵挂、无声的轻呼极为殷切缠绵。1961年诗人终于与共处一城却全然不知的妻子联系上，六载分别一夕团聚使诗人感慨万千，《有赠》就真切地表现了这次令人高兴又辛酸的相聚情景。诗在描述爱人开门、凝视、引路、让座、倒茶等连续动作后，喷涌出由大悲到大喜的激情，"我全身颤栗，当你的手轻轻地握着我的。/我忍不住啜泣，当你的眼泪滴在我的手背。/你愿这样握着我的手走向人生的长途么？/你敢这样握着我的手穿过蔑视的人群么？""你的含泪微笑着的眼睛是一座炼狱。/你的晶莹的泪光焚冶着我的灵魂。"诗中有宗教色彩的圣母似的"你"，背后隐含着神性、善良、诗意的光辉，对诗人构成的精神再生，给了诗人"力量、勇气和信心"，使他将爱转化为爱的动力，愿为爱人献出一切，"只要你要，只要我有"（《我能给你的》）。这种患难与共、用奉献与坚贞铸就的爱情，对杯水主义、肉欲享乐的情爱观无疑是一种净化与洗涤。那些励志诗承载着诗人的理想和信念。身陷囹圄的曾卓如搁浅岸头的海螺，充满被生活隔绝的"海一样深的寂寞"（《海的向往》）；但仍然渴望家的温暖、友谊的呼唤与"更崇高的东西"——永远的青天、欢乐的歌声、冶炼生命的"熔炉"（《我期待，我寻求》）。所以他的这些诗取境偏重于能给人以生命力量的事物，如翅膀紧贴白云自由歌唱之鹰让他顿生飞翔的"鹰的心"（《呵，有一只鹰》），在狂风中愈烧愈旺的"理想的烈焰"让他倍增生活的勇气（《火与风》）。尤其被誉为受难知识分子灵魂活雕塑的《悬崖边的树》，更隆起了一种强悍的生命哲学，"它倾听远处森林的喧哗/和深谷中小溪的歌唱/它孤独地站在那里/显得寂寞而倔强//它的弯曲的身体/留下了风的形状/它似乎即将倾跌进深谷里/却又像是要展翅飞翔"。任何生命面临死亡的深渊时，都会本能地爆发出一股超乎寻常的强劲之力。悬崖边的树随时会跌下深谷，并遭受"风"的损伤摧残；但它却孤独而倔强地渴望"展翅飞翔"。那绝境中坚韧不拔的生命意志，与命运抗争的不屈精神，是悲壮而崇高的人格写照。曾卓此时的少年诗写作本身就属于艰难而快乐的诗性行为。艰难的是诗人已搁笔多年又远离少时，"要为少年们写诗，特别需要一种单纯、明洁、欢乐的心情"⑨，这令困厄中的诗人极难办到；快乐的是诗人写下的每一首诗都如驱赶单调痛苦的阳光，证明诗人还能爱还有爱的能力，意味着意志的胜利，因此它超越了艺术上的好坏本身。作为人类蒙昧时期的象征，孩子是大人施爱的主要对象，所以在《给少年们的诗》中，诗人一变《有赠》中的被保护者形象，而以保护者的角色寄托对孩子的思念和关怀。尽管不能完全抑制住的孤寂在个别诗中时有流露，但少年意象的介入仍给曾卓的诗增添了明朗欢快的情调，呈现出凝结深沉父爱的宁静。诗人愿孩子像大山一样坚稳朴实豪犷（《我是大山的儿子》），更希望孩子不要"在柔和的灯光下与平庸安居"，而要"在电闪雷鸣的大海上出没"（《最老的朋友的关怀和祝福》),在人生战场上英勇搏击。曾卓此间的"潜在写作"因不能也不为发表,反倒规避了当时流行诗虚假风气的侵染,成为那段历史最为真实隐蔽的心灵日记。

1979年,被彻底"解放"的曾卓又迎来了心灵与诗的春天。与当时诗坛潮流相应,他的诗树枝头也重新绽开了希望的花朵。诗人自拟为眷恋晴空之鸟,渴望将生命"融于春天的阳光"(《鸟和春天》),在迎春的欢欣泪光中把爱与祝福推向每片"新叶"和"幼苗"(《春的跃动》)。但这份情感"却比年轻时爱得更深沉",沧桑经历的打磨、老年情感的凝定,使诗人歌唱春天的主题激情外又多了几许智慧深邃的理性沉淀,对生命、死亡、生活等抽象命题的凝眸。《心的颤栗》借一位临死者的心灵忏悔,提出"向这个世界告别的时候能问心无愧地面对自己的一生吗?"这一人类该如何面对人生大限的严肃问题,令所有的灵魂颤栗又深省,最能充分表现这一倾向的,莫过于愈到晚年愈浓得化不开的"大海情结"。诗人少时就做过向往海的梦,直到六十初度才真的看到天地边缘之海,从此诗人就执著地以之作为心灵自我突围的永恒存在,构筑阔大的精神家园,以求获得现实性超越。这位饱经生活风雨的"老水手",面向大海敞开心灵回望生命来路时,其生命已与大海叠合同一,不辨泾渭,"在你的波涛和我心中的波涛/交流中,我更深刻地/理解了生命、人生/理解了你,和我自己"(《生命的激流》),在人与海的精神对话里,海是实指又有象征性包孕,成了梦想、生活、生命与人生的代码。"生活就是海,那是比幻梦中的海更深沉、更辽阔,有着更多的巨浪和风暴,因而是更美丽、更庄严的海"⑩,诗人对大海的向往实质是对宽阔自由生活的向往,对风暴、雷电、巨浪——对斗争的向往。应该说,曾卓关于海的借喻在许多诗人那里都似曾相识,诗人的"成功全在于从借喻中化入了深刻的人生体验"⑪。他一再写海不是纯粹观赏更不是逃避现实,而是借海展开对社会与人生的思考。洞悉了诗人这一心理后《海之谜》也便不再是谜,原来许多人在海洋中沉没而仍有许多人奔向海并在离开海后又怀念海,是因为海充满险恶也充满诱惑,人类具有一种执著追求的精神,也只有在征服"海"的斗争中才会产生快乐。《无题》则宣示了一种生命价值观,诗人在海滩上写的字被浪卷去,在海边唱的歌被风带走;但"我在海涛上读到了我的诗/在海风中听到了我的歌声"。因为字与歌在浩淼时空中只存在瞬间,而海和海风却指向永恒,生活的智者当超越物质琐屑去寻求精神的不朽。曾诗中的海已超高地理意义上的海而飞升为诗化的永恒空间,诗人对海的融入,使他诗的智慧发现有别于居高临下的教诲,因此平和亲切。

纵向梳理表明:曾卓的情思基调与价值取向,经历了浪漫率真、质朴深沉、明朗乐观的阶段性转换,但却始终有种恒定性特质——一以贯之其创作的始终,那就是在苦难沧桑相伴生的悲怆语境中张扬坚定达观的生命精神。不论是抗战时期的惆怅飘泊,还是五六十年代的思想迷茫;不论是置身"悬崖"边的厄运中,还是走向大海后无力歌唱的无奈里,忧愁与绝望从来不是他的主题,"他的诗即使是遍体伤痕,也给人带来温暖和美感……节奏与意象具有逼人的感染力,凄苦中带有一些甜蜜"⑫,一种异常的宁静与和谐。这种意味走势,与诗人历经逃难、"胡风反革命集团"冤案、"文革"等大大小小炼狱的多舛人生形态恰好形成了截然的反差。

诗人的诗外人生与诗内人生为何没有达成完全统一,它岂不是有悖于诗如其人的古训?我们认为这是由诗人的诗歌观念、观察视点与心理气质的综合性因素决定的。诗人说只有真正的人生战场上的战士,才能无愧于诗人,诗人是善于梦想的人,他总"在黑暗现实里歌唱美好的明天"⑬，曾卓正是这样的诗人。因为有坚定的理想信念和"我还爱着"的赤子之心支撑，所以虽然他一直处于命运的"深谷"，但却从没有过多地去抚摸伤痕，而总能以高昂乐观的态度拥抱生活，即便是灼人的炼狱烈火，也只能炼掉精神上的杂质，激发他更加坚守理想的热情，风来不惊，雨来泰然。他一直力主"诗的感情应该是一种纯净、向上的感情，一种美的感情"⑭，因此，具有浪漫气质的诗人在诗歌由实情向诗情转换的滤淀中，自然会尽可能地剔去那些生活和心理中阴暗的乃至丑恶的因子，最大限度地在精神王国与美善事物之间寻求、构筑诗意。于是一个温暖的、宁静的、和谐的情思世界，便悄然地展现在了读者面前。这个苦难升华的精神世界，这个爱与向往混凝的诗意空间，引你驻足，令你沉思，催你心灵感动，促你精神提升。

下篇　　隐晦与明白之间

曾卓"心胸总是坦露在外"、不戴甲胄的性格特点，将情思之根视为诗歌枝繁叶茂前提的理论主张，与注重切入现实的传统儒教精神，使他对那些过于朦胧的诗风敬而远之。他心怀坦荡，年轻时更浮躁高傲，不习惯也不愿意隐藏自己的思想感情；他多次倡言感情真挚乃诗的第一要素，只有带着真挚的感情才能走近诗，始终恪守着没有真切感情或感情未达燃点则绝不轻易落笔的信条，因此他的诗或爱或憎，情感饱满强烈真诚，"从来没有说过一句假话"，表现了一个诗人最宝贵的审美情操。曾卓的诗无一字不生发于现实，他无法模糊主题，故弄玄虚，而喜欢用动感较强的语言、结构传情，这种更近于浪漫主义的心智和艺术结构机制，使他的诗并不晦涩。但是，他"从来没有认真地学习过技巧"⑮的创作谈，使某些人误认为感情化的思维方式势必使诗人笔随心意，疏于精致技巧的讲究，艺术上平淡席常。事实上，曾卓始终坚持严肃的诗歌立场，视诗为不能随便损害的"圣所"，主张诗歌要创新。正因如此，他才对缺乏吸引自己力量的"革命诗"不甚喜欢，而偏偏钟情于主张诗歌的战斗性与艺术并重的胡风和坚持现实主义并适当融合现代派诗风的艾青，以及让他深入理解怎样才是诗的卞之琳、何其芳、曹葆华。曾卓从他们那里学到了具体技法，更学到了艺术独创的精神，这种精神使他处于少受非诗因素影响的政治中心外的边缘，不刻意现代又在表现上下功夫，注意调试与变化艺术上的技巧、手段，从而以人生与艺术的综合平衡释放出一种介于隐晦与明白之间的诗美：朦胧而亲切，人人能读；质朴又耐咀嚼，诗味浓郁。

曾诗的首要特征是一直致力于寻找形随意移、意形相彰的艺术效果。诗人在七十余年的创作进程中题材多种多样，手法变化多端。但是"技巧不是独立自在的东西，（它）服从和服务于一定的内容的需要"，采用什么样的技巧，关键是决定于诗人"所要表现的题材，所要表达的感觉和感情"⑯。以题材与情感决定手法，即尽管有直抒胸臆的《门》，有象征性的《铁栏与火》，有朦胧诗似的《沙漠和海》，有抽象的《断章》，其诗情或热烈或冷峭或含蓄或奔放，使众多诗在艺术上各臻其态；其诗作并不是脱离意味的纯形式操作，而常常能形随意移，随意赋形，达到意味与形式的共融共生。如"当我年轻的时候/在生活的海洋中，偶尔抬头/遥望六十岁，像遥望/一个远在异国的港口//经历了狂风暴雨，惊涛骇浪/而今我到达了，有时回头/遥我年轻的时候，像遥望/迷失在烟雾中的故乡"（《我遥望》）。诗所传达的是老诗人对人生历程与人生滋味达现平和的沉思，所以它的情思基调与意象选择都带有宁静清淡的色泽。一个饱经沧桑的老水手回望人生是慨叹多多、梦想与怅惘多多，可谓百感交集。然而诗却以出奇平静的态度出之，两个生动贴切的视觉意象"异国的港口""烟雾中的故乡"，素朴平易，但是它们与同样不涉美丽圆润色调的、随意浅白的口语"偶尔抬头""有时回头"相呼应后，却把人生的况味抒发得既浅近又深致，既平易又浓郁，煞是奇妙。诗中那种外冷内热外静内动的风格形态，恰好和人情练达世事通明的老人沉思内涵达到了高度契合。《熟睡的兵》也是形意结合得融洽无间的佳构。为表现国民党当局黑暗腐败、展示下等兵士悲惨命运的复杂主题，诗巧妙地向叙事文学扩张，起用小说化、戏剧化技巧，创造了集流动性与雕塑感为一体的事态空间。它仿佛一个个从远到近、由全景及特写的镜头连缀转换，摄录了枯瘦绝望的"二等兵吴祥兴"因病躺倒在黄昏路边的污泥里颤抖挣扎以至死去的片断，若干连续的具象细节把诗演绎成了一个过程，人物、性格、背景兼有，动作、声音、感觉俱出，质感逼真。但叙述因素背后的情绪渗入却把批判揭露的指向表现得淋漓尽致，不着一句怨愤之词，控诉的力量却已力透纸背，以不说出的方式达到了说不出的效果，潜隐的比表现的内涵要多得多。《有赠》的戏剧化情境设置，也与《熟睡的兵》异曲同工，实现了外在诗美与内情运动状态的同构。诗人这种形神一致的艺术追求，抗拒了那种形式至上倾向，再次证明形式的风筝在一定范围内能花样翻新美不胜收，但若挣脱内容之线的牵拉，必然会走向毁灭的命运。

曾诗艺术上的第二个特征是建立了传统与现代交错的情思言说方式。一味重视生活或一味重视情感都乃诗之大忌，所以曾诗在表达情感时便综合了主观表现与客观再现，以直抒为主兼容其他，创造了一种融合事物与心灵的情思言说方式，把情感传达得既不全显也不全隐，而是介于表现与隐藏之间。例如那首托物言志的《断弦的琴》，借断弦的琴抒发了"不愿让时代的洪流滔滔远去/却将我的生命的小船/系在你的柔手上/搁浅于爱情的沙滩"的昂扬情绪。分手的痛苦抑制着情感直泻，但它的直接坦率仍是灼人的。《是的，我还爱着》更是心理波涛的喷涌，对生活热爱的情思烧灼与扩张，使绝顶风景、平凡的劳动者、生育万物的大地等一切事物都染上了诗人的主观化痕迹，洋溢着明亮向上的气韵，仿佛真有了"登山则情满于山，观海则情溢于海"的神力。曾卓大量直抒的诗都呈现着这种"真"状态，袒露无遗的恳挚令虚伪造作者无地自容，有股炽热的冲出力，这也可以说是诗人不戴甲胄性情的生命外化。

如果一味采用直抒胸臆的方式，于诗并非是一件好事，因为过于强烈的情感易使诗的内容流于粗疏，信马由缰的传达也会导致情感的迷失与泛滥。曾诗在情思言说方式上的闪光点是没有固守传统的直抒天地，而是应和内容需求的呼唤，合理吸收现代诗艺中意象、象征、暗示等技术手段，走情感的具象表现路线，为诗的审美空间吹送进一缕陌生化风气。或者说就是不把情思和盘托出，而是将之诉诸饱含诗情的意象，以意象收敛感情，使情感获得隐曲含蓄的表达，幽婉又灵动，在物象与情感的兑化中拥托出一片内在的美丽。如"在海边的一座礁石上/栖息着一只老海鸥/它已无力展翅了/静静地匍匐在那里/没有忧愁没有哀伤/也曾呼啸着穿越暴风雨/也曾欢唱着扑抓海的波/一生都在浩瀚中飞翔/此刻，它用依然清澈明亮的眼睛/望着白云　望向远方//浪潮一阵一阵向礁石涌来/一声一声亲切的呼唤/它突然迸出高啸，纵身一跃随着波涛起伏的/它的身影，仍在翱翔"（《老海鸥》）。诗意欲表达"志在千里"的高远求索精神；但诗人没有让其沦为赤裸的生命流喷射，而是找到从形到神同老诗人酷肖的老海鸥这一情思对应物，以其眺望、高啸、腾飞曲现诗人生命不息、搏击不止的意趣，既不全隐也不全露，有种半透明的朦胧美。曾诗选择意象的特点，是大多具体可感，内涵明确，且在意象组合时注意同传统诗歌的意境谐和，注意各个意象之间的内在一致，从而给人提供一个完整的精神情调或者氛围。如《鸟和春天》一诗，随着早晨、小鸟、大树、田野、歌声、天空、阳光等缤纷意象花瓣的飘落挪移，曲折地暗示出诗人进入生命春天的欣悦情绪，这种以象示意的写法间接含蓄，但它的意象全出自于生活与自然中，稔熟亲切，相互间联系密切和谐，共同向欣悦情思定点敛聚成了一个物我交融的复合画面与共享空间，其内涵明朗而定型，令人瞬间即可唤起心中的审美积淀，体会到诗人内在生命的亮色情绪内核。

象征意识的介入使曾诗中的许多意象都有言外之旨，只是由于诗人注意设置想象路标，其形上内涵相对单纯清晰。如曾诗中最朦胧的《沙漠和海》，只要将其与1945年重庆写作的具体时代语境结合就较容易把握。那壮丽广阔的蓝色之"海"和布满风暴沙石的"沙漠"，应该是解放区与国统区的喻指；至于海上远航者与沙漠跋涉者一致的目的的"圣经上没有记载过的新大陆"暗示意义更不言自明。象征的运用使诗情飞动于写实与象征之间，统一了人间气味与形而上学，暗合了现代艺术的趋势。曾诗在这一点上的创新是接受艾青意象群落构筑的艺术启迪，使象征出现了高度私人化倾向。且不说"悬崖边的树"和连绵出现的"海"几乎成了曾卓的专利，成为其倔强不屈精神品格和人生意向的象征符号；就是《铁栏与火》中"虎"的意象也都属于不可重复的独创，贮藏着由偶然苦痛与执著、危厄与倔强构成的动人蕴含。"虎"在笼中旋转、注视，怀念庄严无羁的生活，深夜的长啸如一团火光划过。现实性画面后有超越性内蕴，那一团火似的虎是本来的虎么？否。

它分明是虎的人化，虎要冲出铁栏更让人联想到不屈生命的焦灼、抗争以及在艰难境遇中爆发出的强大的力量。曾诗中的私人化象征意象多浸渍着悲剧质素，不论是凝重者还是静穆者都处于困境中，内隐着一股奔突的力量，诗人从它们那里获取了生命的自由、意志、尊严的启迪。或者说，作为诗人人格、生命与诗情的高度集结，它们是诗人独特情感最高意义上的表达；它们既是诗人创造力的弘扬，又有化抽象意念为具体的艺术效果，能让人获得清晰质感的印象。

曾诗的第三个特征是呈现着朴素自然的语言态度。诗"始于意格，成于字句"，最终必须依赖语言形态的物化。曾卓在谈到诗歌技巧时说，真正的技巧是使读者看不出技巧，"朴实和自然原是诗——是一切艺术的最高境界"⑰，他的诗歌语言技巧抵达了这一理想的智慧之境。他的诗语不求苦心孤诣的粉饰雕琢，也不关注高深冷僻的字眼；而是常任语言在笔尖上真诚自然地流淌，没有喧哗，没有矫揉造作与装腔作势，来自生活的语汇物象已很质朴，由它们组成的画面更如出水芙蓉，透着洗尽铅华的平易和清新，明白如话，朴素如泥，有种不着技巧的自然美。如"我从海泳中起来/疲倦地躺在沙滩上/我的身上紧裹着阳光/我的脚边跳跃着波浪/我闭着眼……一瞬间，我感到自己轻轻地轻轻地飘升了起来/与大自然融为了一体"（《瞬间》），口语式的叙述仿佛从诗人生命泉眼中直接流出，平淡自然，毫无矫饰。但那平静的语言却轻轻道出诗人要把生命个体融入自然的感受和追求，细腻而浪漫，想象奇丽又合情入理。自然舒展的语言姿态与自然质朴的生命调适得天衣无缝。这种语言本色、简洁又天然率真，清淡而有诗意，朴拙又意味深长；同时使曾诗少了大幅度的意象跳接与畸形肢解变形的艺术夸张。这种从容不迫和返朴归真的气度，在如今诗几被凋零的时代无疑充满了警示作用。

当然曾诗语言都是量体裁衣，随不同的内容变换而变换。他最擅长的抒情短诗多精炼纯净言简意赅，如"我常常微笑/为了掩饰我的伤痛/我常常沉默/而波涛在我心中汹涌"（《断章》）"希望的顶点是含笑的坟/震动旷野的群众的歌声是弥撒/我的诗是我的碑"（《誓》），全然是情理交映的箴语与格言；但也做过回旋复沓的铺排尝试，如《是谁呢？》在短短的十行诗内竟有五句"是谁呢？"似乎有悖于诗歌凝炼的本义，实则将诗人对那位能和自己同甘共苦、精神上永远关注自己的"谁"之追问与向往情怀，抒发到了浓郁缠绵得无以复加的程度，曾诗语言多用朴素的口语，但也不乏《来自草原的人们》的美丽飘忽，不乏"它的歌声也闪着绿色的光"（《鸟和春天》）"让我将自己的怀念与祝福/从窗口掷出去"（《病中》）等通感与虚实嵌合的陌生化探寻。曾诗一般不搞大幅度的诗思与意象的跳接，但《母亲》为表现繁富的生活、复杂的情感，也动用了时空的大跨度组合、多角度的抒情方式，展示了错综复杂的魅力。诗人正是以语言的多向度追求，为千变万化的情思世界找到了恰当的感性寄托。

曾卓诗歌的命运恰如他一首诗的题目，是"寂寞的小花"。它尽管也出过两次不大不小的风头，一次是全国第四次文代会上柯岩诵读了《悬崖边的树》，那时诗人尚未完全走出"另册"；一次是80年代中期《老水手的歌》获全国第二届诗集奖，但它却从未领骚过诗坛潮流，更没有过轰动、流行的热闹。这倒与诗的本质达成了内在的契合，因为诗原本就是一项寂寞的事业。

寂寞的原因是多方面的。曾卓在检索创作历史时感慨道："在时代的雄亮、豪壮的歌声中，我的应和的歌声是如此低微，如此嘶哑。我不能不为自己的寒怆而有愧"⑱。这不无自谦的话语也表明他的

诗确如人批评的那样"天地不大"，视域略显狭窄，它很少在时代现实的风景线上驰骋诗思，因此企图在他的诗歌世界中寻找宏阔主题与微言大义者会大失所望。曾卓的艺术探索也并非高度理想化的模式，自然化的语言追求给人亲切淳朴感觉同时也因过分的散文羁绊时而淡化诗意，滑入平庸境地。对情感"趁热打铁"的直抒，也常因缺少必要的距离观照，使诗与一览无余的浅露搭界。残酷的时间使曾卓身心俱入淡漠的老境，不能及时汲纳生活与艺术的养料，已有的积累又与瞬息万变的现实脱节，所以在唱出《老水手的歌》，他陷入了无奈的困窘。这些无疑都限制了曾卓诗的影响冲击力。最重要的原因还不是缘于曾卓诗的缺憾，而是与他的艺术个性相关。曾卓不是横刀立马直入时代洪流的斗士，而是充满浪漫气质、以心灵折射现实风云的诗人，他重视真实的人生感受和内心情思，这与不愿放弃自己的独立见解以趋时势的艺术观念遇合，使他的诗从不随波逐流，而在时尚外别开异花。炸弹与旗帜效应被极力张扬的抗战时期，他的诗够不上匕首投枪，却是透过心灵一隅关注青年人的生活与精神世界，并且写下《青春》《断弦的琴》等他人羞于涉足发表的恋情诗，与战歌时代难以谐调。五六十年代的颂歌时代和以阶级斗争为主调的战歌时代，浪漫而粗豪的男性化理性叙事盛行，可曾卓却在生活的最底层以《凝望》《有赠》《给少年们的诗》，感性地抒唱着得到的与付出的爱，一种男女、血缘、信念之爱，其不乏忧郁的格调与当时的情绪流行色反差强烈。到了直面生活弊端的政治抒情诗与艺术新奇的朦胧诗唱主角的新时期，通行抚摸伤痕、反思悲剧历史的公共叙述，或对历史、人生抒发智慧的思考；但曾卓在《悬崖边的树》因切入时代悲剧精神的深邃备受好评后却毅然转向，不再涉猎悲剧性社会内容，以空前的博大从容超越悲剧意识，走向充满高远憧憬的

大海。也就是说，曾卓的跨时代写作不论外界如何变化始终恪守着真诚的心灵本色与原则，在时尚的合唱队伍之外进行个人化的艺术独唱。这种与时尚错位的"时间差"的歌唱，一方面表现了诗人坚持艺术立场的优秀审美情趣；一方面也注定了在从众意识强烈的国度里，媚俗的评论者们对他诗歌冷落的必然。他的诗歌命运似乎也揭示了一个道理：在喧嚣的时代，追逐时尚的艺术之花易光彩夺目，但常常开放期短暂；与时尚保持距离的艺术之果，也许会被人忽视，但其滋味却耐于咀嚼。从这个意义上说，曾卓诗歌的命运是幸运的。

注释：

① 《曾卓文集·从诗想到的……》第一卷406页，长江文艺出版社1994年版。

② 《曾卓文集·从诗想到的……》第一卷399页，长江文艺出版社1994年版。

③⑥陈曦《曾卓先生访谈录》，《诗探索》1996年第三期。

④ 《曾卓文集·在学习写诗的道路上》第一卷418页，长江文艺出版社1994年版。

⑤曾卓《诗人的两翼·和大学生谈诗》第25页，三联书店1987年版。

⑦⑫牛汉《一个钟情的人：曾卓和他的诗》，《文汇月报》1983年3期。

⑧ 《曾卓文集·生命炼狱边的小花》第一卷380页，长江文艺出版社1994年版。

⑨ 《曾卓文集·从诗想到的……》第一卷398页，长江文艺出版社1994年版。

⑩ 《曾卓文集·我为什么常常写海》第一卷394页，长江文艺出版社1994年版。

⑭叶橹《生命融入大海：曾卓写海的诗赏析》，《名作欣赏》1990年4期。

⑬⑭曾卓《诗人的两翼·和大学生谈诗》第28页，三联书店1987年版。

⑮⑯《曾卓文集·在学习写诗的道路上》第一卷422页，长江文艺出版社1994年版。

⑰曾卓《诗人的两翼·绿原和他的诗》第67页，三联书店1987年版。

⑱ 《曾卓文集·〈曾卓抒情诗选〉后记》第一卷375页，长江文艺出版社1994年版。

历史·记忆·诗歌
——《杭州大学校园诗选》序

● 汪剑钊

历史与记忆堪称一对欢喜冤家,它们始终不离不弃地纠缠在一起,既相互欣赏、陪伴和依赖,又相互对峙、争斗与销蚀。那么,诗歌呢?或许是它们的一位最亲密的朋友,目睹双方生生死死的一切,并不时地摄取其中的精华片断,又以反哺的形式做出回馈,由此竖立了一个藉由美通向真和善的路标,指向精神乌托邦的未来。

谈论这部诗选,我们首先需要回溯一下历史。1916年8月23日,胡适在日记中随手写下了《朋友》一诗。该诗后来以《两只蝴蝶》为题,发表于次年二月号的《新青年》。这就是说,新诗或现代诗的正式亮相,迄今已有百年的历程。期间,新诗的发展有高峰,也有低谷,有加速度,也有停滞,既出现过狂飙突进,也经历了不少坎坷与曲折;不过,经历了近一个世纪的涤荡与淘洗,这种以白话和自由体为主导的诗歌形式的确立已是不容否定的事实,它的光荣与伟大必能庇荫后世,终将赢得时间的公正裁判。

纵观整个二十世纪,中国新诗史上的诸多杰出人物几乎都来自校园,他们或是任教于某高校,或是就读某专门系科,在新式教育的各个花园和苗圃中或绽放或生长,其中如二十世纪二十年代的北京大学、燕京大学、辅仁大学、清华大学,三四十年代的国立中央大学、浙江大学、震旦大学、武汉大学和西南联大,走出了不少独具个性的优秀诗人,书写了一部群星璀璨的诗歌史。可以说,新诗的流变与繁荣与中国高等教育的发展有着密不可分的关系,实可谓休戚与共、荣辱同担。

这本诗选的作者为杭州大学1977级至1998级的大学生,他们是中国高等教育在新时期复兴和发展的见证人和受益者;同时,也是中国新诗发展的重要参与者和推动者。这里,有必要提及的是,杭州大学与1949年前的浙江大学和之江大学着实有"剪不断、理还乱"的渊源关系。五十年代初,仿照苏联的高等教育模式,教育部对全国高等学校进行院系调整,原本为综合性的浙江大学被拆分成了多所单科性大学,部分系科甚至被并入省外的兄弟院校,其中留在杭州的一部分院系则拆分成了四所大学——浙江大学、杭州大学、浙江农业大学、浙江医科大学。1998年,在全国高校的合并大潮中,当年被拆分的四校又合为一体,组成了号称中国高校"航空母舰"的新浙江大学。这其中分分合合的是非,已逸出本文的题旨,此不赘言。不过,校园的文化传承却或隐或现地贯穿于诗的传播与书写,这自然有赖于师辈的教诲与提携,其中如被目为"一代词宗"夏承焘,声韵与敦煌学专家姜亮夫,1930年代前期即以"诗孩"著称的孙席珍,译诗界著名的飞白、唐宋词研究界的吴熊和等诸位先生,无疑对锻造莘莘学子的文学精神和诗魂起着不可忽略的影响。

十年文革期间，中国文学艺术界完全笼罩在陈旧的艺术观念和政治挂帅的思想之下，整个创作状况几可说是千人一面、万众同调，诗歌也基本沦落为纯粹的宣传工具，粉饰现实、虚假抒情、语言浅俗的作品随处可见。记得1970年代初有一首题为《理想之歌》的长诗颇为流行，它的作者署名为"1972级创作班工农兵学员集体创作"（实际作者为四人）。该诗的基调激昂慷慨，充满青春昂扬的气息，节奏明快，但主题单一，词藻浮夸，意象陈旧，是一首典型的伪浪漫主义作品。1976年，《诗刊》所刊登的一篇文章却如是称赞这部作品："《理想之歌》是一曲以阶级斗争为纲的雄壮的战歌，它描绘我国一代新人'虽没有赶上战火纷飞的年代，身边仍然是暴雨急风'，他们在两个阶级、两条道路、两条路线的反复、激烈搏斗中，诞生，成长，入伍，上阵。幼年间，就捡了'碎铁小钉'，研了'又黑又浓'的墨汁，参与了对右派分子、对右倾机会主义分子的斗争。"从这段文字中，我们即可发现，政治的定性是首要的考量，阶级的划分、斗争力度的大小，显然成了评价的绝对标准，它们不由分说地将艺术的分析远远地甩在了后面。

由此可见，1970年代末1980年代初，中国诗歌亟需复归艺术的本位，明确自己的文体特性和语言的探索功能。1978年12月，民刊《今天》在北京的横空出世，为现代诗赢得了一次正名的契机。创办者在发刊词上宣称："过去的已经过去，未来的尚且遥远，对于我们这代人来讲，今天，只有今天。"但也毋庸讳言，这个阶段的诗歌（包括《今天》所刊登的一部分作品）依然承担着一部分政治的功能，企望发出那些久被压抑的正义呼声，呼唤人性的复归，伸张对美好、崇高、公正的追求。这个阶段涌现的一批名作《回答》《宣告》《祖国啊祖国》《一代人》《致橡树》《中国，我的钥匙丢了》等，在大众的情感阈上引起了共鸣，同时又因显示了较为独到的诗意表达，很快赢得了读者的青睐。当年，由辽宁大学几位学生编选的《朦胧诗选》之畅销，便是特定时期下一个辉煌的例证。

正如北岛在日后的回忆文章《〈今天〉三十年》中所指出的那样：杂志的出现与文革中成长的一代人有关，"他们在迷失中寻找出路，在下沉中获得力量，在集体失语的沉默中呐喊，为此甚至不惜付出生命的代价。……它反抗的绝不仅仅是专制，而是语言的暴力、审美的平庸和生活的猥琐。"显然，对语言的关注，已与政治清明的呼吁一起被提及。这种审美上的觉醒，在"今天"派诗人的一部分政治抒情诗中已初露端倪，我们也更可以在恢复高考后进入的前两届大学生中看到更普遍的影响。

1977级和1978级两届大学生，包括一部分1979级的大学生，在年龄上与朦胧诗一代相仿，大多为五十年代出生的一代人，他们的价值观、生活方式也大致相似，很多人都具有理想主义和英雄主义的情结，其接受诗歌营养的渠道相对单一，甚至偏狭；因此，在创作上多少留有"理想之歌"写作模式的影响，政治的正确，豪迈的情怀，大词的运用，集体主义的歌颂，青春的展示和挥霍，等等，都在他们的创作中烙下了极深的印迹。

事实不容回避，1970年代末期进入高校的中国大学生，无疑是时代的骄子。经历了十年的浩劫，他们重新返回校园，犹如蜜蜂走进百花盛开的园圃，贪婪地吮吸着知识的新养料，并渴望一展身手，奉献他们酿造的芬芳的花蜜。在他们的作品中，历史的畸变以及重回正轨的跋涉也在诗歌中得到了体现。1977级中文系费君清的诗作《祖国，我要告诉你》所表达的是一个青年与生俱来的爱国主义情感，对生于斯长于斯的那片土地的赞美：

> 我愿是优美的诗节
> 把你几千年艰难奋斗的行程
> 写成宏伟的篇章
> 但是我的语言非常的笨拙

从句式和用词上，我们明显可以看到普希金、裴多菲、海涅等西方浪漫主义诗歌的影响，该诗首句为"我愿"带起的祈使句，随后的铺陈和演绎，展现抒情主人公的情绪与希望，而由"但是"作出转折，以铺垫随后的深入，进一步赞美所歌咏的主题。这是一种当时常见的扬抑手法。

与他同一年级的张德强在校时即已显露了诗歌才华，他的《我崇拜自己》令人想起惠特曼的《自己之歌》，诗中对自我的确认是一种浪漫主义精神的弥散，同时也是对社会事件的即兴性反应，诗人在字里行间泄露着小我融入大我的时代意识："为了崇拜科学/为了崇拜真理"。而毛建一的《奔马》则是那个时代青春颂歌的一首代表作。作者以马自喻，通过对草原和旷野的向往，传达了一种理想主义极其浓厚的情愫，但同时也仍然谨慎地压抑着个性与自我的释放：

> 有时候，也许我会仰天长啸
> 这不一定是不满与牢骚
> 而是对这片土地深沉的爱
> 霹雳一般地爆炸
>
> 偶尔，我也会翘翘不驯服的尾巴
> 这不一定是骄傲与狂妄
> 只是要将征途上的阴风浊雨
> 统统甩在脚下

当时，从整个诗歌界来说，与创作上的锐意探索相伴随的是理论上的正本清源。1980年5月7日，《光明日报》发表了谢冕的文章《在新的崛起面前》，1981年第3期的《诗刊》发表了孙绍振的文章《新的美学原则的崛起》，1983年第1期《当代文艺思潮》发表徐敬亚的文章《崛起的诗群》，文学史上称之为"三个崛起"论。三位作者敏感于诗歌新的气象，不满于单一的形象、模式化的表达和思想的贫瘠，致力于为鲜活的诗风鼓与呼。尽管他们三人以及所撰写的文章随后都遭到了不同程度的粗暴批判，但凛冽的冰层已经破裂，解冻的春水已不可阻挡，一种迥异于政治宣传，向着瓦雷里所称的"纯诗"迈进的诗歌已倔强地生存了下来。

必须肯定的是，二十世纪八十年代是中国诗歌发展一个不再的黄金时代，据说，那时的《诗刊》发行量达到了上百万份。朦胧诗曾经席卷神州大地，在工厂、田野上被广泛传诵，尤其在校园里，更是大学生们心目中的圣物。据当时负责杭州大学校团委日常工作的诗人毛建一回忆，中文系最早办有《扬帆》《初阳》等油印刊物，随后，其他系科也办有《他山石》《咖啡夜》等刊物，并成立了一些同仁性质的诗社。后来，学校整合资源，创立了《晨钟》诗社。曾举办空前规模的朗诵会《新一代理想之歌》，仅嘉宾就近200人，参加的师生约1500人，一些著名诗人，如臧克家、徐敬亚、田地、王小妮、薛家柱、龙彼德、杨牧、赵丽宏、李小雨、张德强、孙武军、程蔚东等有诗寄来，此事甚至引发了团中央一些领导的关注，胡耀邦、胡启立、王兆国、陈昊苏、王炽昌发了问候，浙江省的领导王家扬、杨海波、宋振庭、商景才有赠诗和来信。省委宣传部的于冠西、团省委书记鲁松庭、杭大校党委书记黄逸宾、教务长杨招棣、宣传部长顾思九和中文系教授刘操南、飞白也先后登台朗诵。整场活动持续了三个半小时，形成了师生共襄诗事的一番盛举，为杭州大学留下了一份空前绝后的诗歌记忆。

本着历史主义的观点来看,杭州大学诗歌的发展与整个中国现代诗的嬗递有着基本相同的路径。众所周知,朦胧诗出现不久,就受到了来自两个不同方向的驳难,当一部分人因读不懂而感到气闷的时候,另一部分人则觉得他们的写作太纯情、太理想主义,但同时也引发了一批反对者。可以说,对北岛、舒婷们的"超越和 pass"是六十年代出生的诗人中相当一批人的企望。这种反抗在杭州大学的学生中也有反映,有意思的是,与费君清、张德强等同为1977级的余刚,在他的诗歌中显示了语言上的创造性追求,其作品较早地在进行超现实主义式的实验,从选入本书的有限几首作品中,我们便可以读到这样的句子:"草地上挤成一团羊群和雪""美人吐出/搽满胭脂的微笑""裹起马蹄的月夜""撕心裂肺的落日""时间的原始森林长出绿叶"。他的创作中那些词与词之间自由的组合,对理性和工具逻辑的破坏,在当时是不能不引发美学的"陌生化"效果的。至于他的作品《在神话上宣读》,既保留了北岛《宣告》一诗的气势,又在词语的组合上跨出了更大的一步。我们知道,超现实主义曾在世界诗歌史上引发了革命性的震动,把写作的快感还给了作者,同时调整了人们对诗歌的观念和接受方式,余刚的作品再一次印证了这一点。

随着前面三届大学生的相继入学,因十年动乱而被耽搁的所谓"老三届"毕业生已大多重新获得了接受高等教育的权利。自1980级开始,同级大学生的年龄差也基本抹平。自八十年代开始,中国的高等教育逐渐归于正途,每年录取的大学生中,应届生和复读一年的历届生(考虑到以前不正规的中小学教育,实际也是应届生)占有绝对的比重。与老三届学生的老成持重、世事洞明相比,他们无疑是稚嫩的、易冲动的,但这稚嫩中却散发着生命的朝气,透露了一股初生牛犊的憨劲。

从文学史的流变来看,诗歌的艺术本位意识虽说在六七十年代有所滋生,但真正的勃发则不能不推定于1980年代,从政治的拨乱反正起始,对西方思潮的大量译介与引入,传统文化的趋热与反思,人文精神的探索与重建,等等,都对现代主义文学和艺术在中国的登陆起到了推动的作用,艺术的形式主义也不再是洪水猛兽而受到了一部分诗人和艺术家的青睐。

浏览整部诗选,我发现,1981级中文系陈水和的作品《宇宙的儿子》仍然令人不由自主地联想到郭沫若的《天狗》,它同样洋溢着浓重的青春气息,以高强度的音量发声,在一系列夸张的用词中铺陈、渲染、呐喊,将牺牲与创造糅合到了一起:

我拥抱整个宇宙,因为我是宇宙的儿子
说宇宙里的星星,如同娘腹里的婴儿
从不安宁,却孕育着无限的生命
…………
宇宙啊宇宙
什么时候,你向地球发布
躁动的婴儿已经诞生

而比他低一届的外语系的陈也东,在骨子里有着极其浪漫的情怀,但他的早慧与对经典的熟稔却引导他走上了另一个方向,其创作表现出明显的现代主义诗风,他娴熟的诗歌技巧在《关于这个夏天》《南方城市》《消失》等作品中均有较好的展示:

一切都是过程
最动人的情节在语言之外
空气漂浮在身体四周
我们像树那样生长
却不是人人都能学会站立

可以说,相对于北岛的《一切》,这

首诗的语言已经脱离了箴言和警句的写作，也不再有早期朦胧诗的宣泄与抒情，而表现出了节制与沉思的特征，诗的意旨越出了日常语言的单一性而指向一个更丰富的世界。

在我的印象中，黄亚洲在我们未上大学时即已成名。因此，当我看到1983级这一届赫然有他的名字，多少有点意外，估计是因为创作成绩突出而以插班生或干训生的身份免试入学的。或许，正是有着此前的积累，他的作品也较同届的大学生显得更为成熟，如《月亮》一诗：

　　我的手伸过树梢，把月亮
　　从一片云，抱进
　　另一片云
　　夜路走累的时候
　　月亮的长睫毛格外温柔
　　面对月亮
　　你不能说什么都不怕
　　那夜，我偶然抬起脸
　　不经意之间，就被击穿了

作者把一个古老的意象用平淡的叙述和描绘激活了诗的想象力，击穿了读者内心那根敏感的神经。

同为1983级，外语系的潘亚军、教育系的王平和中文系的尹剑锋则在词语的创造性方面更多地显露了天才。潘亚军出生于海南，他对大海、对三亚有着无法割舍的情感，他的诗歌灵感也与之有关，其语言似乎常有水波荡漾，冲刷着思想的岛屿：

　　在你我的骨头都变成水之前，在春天的
　　园中再也开不出一朵鲜花之前，我们就说
　　无论如何我们得走上这片黄昏的彩色波浪
　　于是，这座高塔，看见遥远的海上升起一座岛
　　那不是供奉历史和遗迹的纪念碑，不是
　　痛苦的土地留给我们的一块伤疤，不是
　　越过了波浪，收罗我们的生命之光的拱门
　　这是你的雕像的基石，是海的杰作

王平在骨子里是一个唯美主义者，他的个性内向、温和、谦逊，但对艺术形式的追求又十分执着，有时简直到了苛刻的地步。他善于把具象性寓于抽象，在物象中植入人性，由此发现生命的悖论，《诗人的隐空间》展示了其实验的成果：

　　梦肯定有许多小手
　　写字台被悄悄地移进了夜里
　　我放弃蜡烛的念头
　　矮小的房间变得无边无际
　　雨随时都可以下来
　　只要我闭上眼睛　在我的周围
　　呵　那么多的诗人光着身子在雨中走来走去
　　他们是哲人更是一群哑了的孩子

尹剑锋成名很早，就读杭大时即已小有诗名，他的《南方》在物质现实之外重塑了一个精神的南方，瑰丽、芬芳、甜蜜，而且蕴含着小小的躁动：

　　南方这只玲珑的柚子
　　或橙黄或青翠的柚子
　　装满烟柳画桥晓风残月的柚子
　　唐琬陆游谈情说爱的柚子
　　吸引各式口味各色人种
　　剥开柚子，一只甜甜的南方柚子
　　饮也饮不完的亚热带细雨
　　啖也啖不尽的野草莓和台风的气息

1986年10月，《深圳青年报》和《诗

歌报》联合，推出了"中国诗坛'1986现代诗群体大展"，当时"展出"的诗歌流派和团体，主要有"非非主义""他们""海上""北回归线""莽汉主义""整体主义""新传统主义""极端主义""撒娇派""咖啡夜""病房意识""情绪流""东方整体思维""城市诗""新感觉派"等六十多家。作为一次诗歌事件，"大展"对朦胧诗之后诗歌发展的新生力量进行了收容和整编，给予了及时的鼓励和推动，为中国现代主义诗歌的嬗变树立了明显的标帜。此后，人们多以"新生代""第三代""实验诗""后朦胧""后崛起"等命名之，以区别此前由《今天》派辐射而成的朦胧诗。此后，现代主义在中国尚未站稳脚跟，就被当作古典而被摒弃。

诗歌仿佛一夜之间由远方回到了身边，对日常生活的关注，在细节中挖掘生活的诗意。当时，浙江诗人伊甸、柯平等倡导"生活流"的诗潮，对年轻一代有不可忽视的影响。诗人们不仅反思过往的教条和信念，而且切入了对人生的意义和语言的可能性思考。这些特点在更晚入学的诗人那里有了更充分的体现。北岛有一句流行甚广的名言：在没有英雄的年代里，我只想做一个人。平心而论，这看似平常的句子仍然渗透着强烈的英雄主义情结，因此，北岛和他的诗歌受到年轻一代的批判和挑战并不奇怪。例如：1984级经济系的陆火亮写下了《遥远的她》一诗，他这样写道：

> 紫罗兰丛中一垛黄墙
> 你坐在芭蕉叶上手衬在脑后
> 用眼神织出一张张情网
> 撒满我的一个个空隙
>
> 我没有做英雄
> 在最女人的怀里
> 只做了回出色的俘虏

相比自己的前辈，陆火亮要走得更为彻底，他不仅不再期望成为英雄，甚至愿意做一个平庸的人，回归世俗，只要拥有平淡的爱情即可，在惯常为人不屑的温柔乡中找到了生活的意义。

1980年代中期，尼采的哲学曾风行一时，他在《查拉斯图拉如是说》中以"骆驼""狮子"和"婴儿"作比喻，暗示生命的三个层次，由忍辱负重到与命运搏斗，再回归原初的自然，以童心直面纷繁的世界，其名言"重估一切价值"为徘徊中的大学生带来了理论上的依据。或许受到了这种启迪，1985级中文系的章锦水则在诗歌《脉管里的血》中写下了他对世俗的怀疑和人性的复杂：

> 一个穿黑衣的大夫
> 误把我送入眼科的手术室
> 我接受治疗
> 而这个世界却在病房外面溃烂

必须承认的是，从整体上考察，1980年代后期进入杭大的诗人在语言的实验性和对诗性的呈现明显要高于他们的学长学姐们。但与此同时，他们的诗名却因为水涨船高而不如前辈们那样较易获得，不少诗人在漂泊诗海的途中自行放弃或流散了。另外，1980年代后期人们在观念和生活方式上的改变也极大影响了他们的后续努力，遂导致了一大批优秀诗人仅停留在少年的风华展现上而缺乏智性与诗思的最终登顶，在一定程度上也削弱了他们的影响力。这不能不被认为是一件极其遗憾的事情，可是，遗憾也抹不去石刻般的事实。

《龙井茶》一诗是1986级旅游系魏志锋的作品，他由眼前的事物起兴，将诗笔落在了那些身份卑微的茶农身上，从茶的清香嗅到了后者灵魂的洁净：

大概这就是世上最清纯的茶香了
那些淳朴的乡音
还有从鱼尾纹里流露的笑容
那些清脆的犬吠声
渲染一种与泥土相关的氛围

这些靠得土地最近的农人
用一种最粗糙的方式
表达他们
对于那一片属于自己的园地
最真切的理解

这个阶段,中国新诗的面貌呈现了多元化、小众化和专业化的趋势,它们自然也反映在校园诗歌的写作中。更年轻一代的诗人的个性也在此背景下逐渐确立。例如,1986级的翁凯在写作中体现了一个历史系学生特有的专业性清醒,他的《阳光和另外一些声音》展示了抒情的歌喉,但在《红卫兵》中却是祭奠式的姿态,进入《雷锋》一诗则以对话的口吻寄托了自己的缅怀:

你很偶然地离去
于是你成了一条标语
贴在那些让人感动得流泪的日子
我应该在一片纷乱的墓地里
找到一块属于你自己的碑石
然后对你说,作为朋友
我想和你生活在一起

与前述相似的是,1987级中文系的陈灿在《给雷锋的信》中对英雄的神话进行了进一步的解构,剥除了人们附加其上的神光,将他还原为普通的人,为其被偶像化感到痛心:

在中国你已锈迹斑斑
你的名字长满苔藓
听说你手背上的那块刀疤
现在又发炎了

而且一下雨就淌黄水
很像铜被锈蚀的那种水
不发光的日子
你更是一个标准的中国人
极普通
所以人们再难从人群里发现你

1989年是中国历史的一个重要分水岭,它对中国知识分子的精神品格作了一个划分,这自然也影响到了诗歌的面貌。该年,海子的死亡催醒了人们对麦地的想象,在众多的诗歌中,1987级新闻系的吕小利的作品显得非常突出,他赋予麦地一种自然的节奏,让它在文字中重新挥发土地的芬芳,朴素而耐人咀嚼:

在春天,麦地是一种哲学
走入麦地
你要经得起两种诱惑的考验
要是象我幼年时候那样
投身扑入麦地
就会象今天的我一样
忘怀不了麦地的温馨

现代生活把人们带进了一个与田园山水迥异的空间,这使得诗人的乡村想象与城市的现实发生了激烈的碰撞,对生态的思考逐渐进入了人们的视野。1988级中文系的徐惠林在《城市之夜》中表现了在都市里建造村庄的良好愿望:

象一尾鳞片剥蚀的鱼
我颤栗曳于街巷之间
路灯通红的眼睛打亮着我
身影似珊瑚堆积
夜很深了,海水很咸

灰色的屋子是灰色的蚌壳
只只排列着,窗口呼吸阳光
人们一开一合,温润生活其中
不露半点珍珠的星光

1989级中文系梁慧的《那时候，我就想回到海边》有着女性特有的柔情，她在一只鞋中放入了自己的乡愁，取得了以小写大的效果：

岸，我的海岸，没有一只飞鸟的海岸
谁在日子的岩缝里哭泣？
仿佛丢失了一只心爱的鞋
不知道什么时候返回故乡

同样是追忆似水年华，为友谊和爱情歌唱、与梁慧同级的新闻系的林煜则表现出了另一种风格：

所有的落叶都是我的兄弟
每年秋天我都为兄弟们送行
枯枝望不到头
土地是我们的母亲
我们唱歌，跳舞，怀念去年
春天酒吧里
那个黑色马甲的女孩子

虽说都在面向远方，生发的也都是对消逝之物的纪念和感叹，但她和他的写作路径并不相同，前者渗透着感伤和希望，后者似乎更多的是沮丧和绝望。

进入1990年代，中国人的日常和文化几乎被后现代思潮席卷了。崇高、理想、美、善、真理，这些传统意义上的概念都受到了质疑和颠覆，仿佛一夜之间贬值，成为某种被嘲弄的事物。与此同时，从诗歌内部来看，人们从现实主义到现代主义，再到后现代主义的反省与张扬，跨越了欧美一百多年的历史。现代诗的进程沿循的是由非诗向诗的边界回归，再经历由外延向诗的内部发展，对诗的艺术之探讨。一方面，1991级城规专业的林普友仍在《秋夜诗稿》中继续传统的抒情，为农业文明投去伤感的叹息：

即使我被城市的梦收留
你在南方的村庄里还会想起我
尘土有尘土的悲哀
我们试着在彼此的脸上领悟一切
…………
我想我是无法回去了
一个平淡如常的下午
乌鸦在我视线的尽头悄悄死去

另一方面，一部分诗人考虑到诗与真之间的近邻关系，属意于在哲学和宗教中汲取营养。收入本书的吕群峰的作品无疑具有此种特色，他是1997级哲学系的学生。在写作中，他无疑借助了逻辑与思辨训练上的便利，有着比1980年代诗人更高的起点，《不朽》一诗由尘世的死亡事件进入到了形而上的思考。父亲的病床给了至深的人生体验：

仿佛我并非来自子宫
而是诞生于你的死亡。
好吧，请听我说，一切到此为止。
十四年来，我从没捉摸到本质
而只有虚无，和虚无的不同形式。

诗歌的哲理性在同为1997级的中文系的祝建清也可见一斑。更值得称道的是，他在理性的骨骼上附丽了感性的肌肤，其人生的思考伴随诗的节奏，如旋律在读者的感知神经上振动：

秋天深了，叶子淹死在里面
秋天深了，一棵树就是
一截孤独的木头　就是
木头上孤独的吹拂

我要说的是一片秋风
就是一片疼痛的失落
淡薄的夕光里，一棵树
就是一道深长的疤痕

杭州大学于1998年9月因并入浙江大学而成为历史，但并不意味着它彻底在世界上消失了。历史仍然是有生命力的，它类乎于一种灵魂的存在。而灵魂，是不灭的，哪怕到了世界的末日。历史所孕育和滋养的人与诗依然会在各个角落发挥作用，更何况我们还有与历史并存的记忆。诚然，对诗选中的很多作者来说，诗歌写作仅与他们的青春紧密联系在一起，其中相当一部分人已经辍笔，从事着与诗歌、与文学并不相关的行业，将诗的创造力转移到了其他领域，但诗的血液还在他们的脉管里流淌，诗性的思维仍然有助于他们工作上的决策和执行，或者为时人和后辈提供创作的素材。可贵的是，一部分诗人依然在现场坚持着诗的书写，甘于清贫和平淡，在语言的抑扬起伏中进行诗意的呼吸。

　　另外，从选入本诗集的作品中，我们可以看到，这部诗选的丰富、开阔和活跃等特性，恰好对应了二十世纪八十年代、九十年代诗歌的繁荣和兴盛，可以说，杭州大学的校园诗歌构成了二十世纪后期中国现代诗发展的一个重要组成部分，它清晰地折射着诗歌内外的进程，记录了中国诗歌由喧嚣进入沉潜、平静，抒情言志的倾泻式向着沉思、反刍、解构的智性推进的各个阶段，印证着杭州大学的校园歌者与国内其他院校和其他领域的诗人们一起承担了整个现代诗发展的光荣与梦想。

　　末了，或许也需要作一个交代。自1981年进入俄语专业学习，后来考入中文系比较文学与世界文学专业攻读硕士学位，直到1988年7月毕业，我在杭州大学总共呆了有七年时间。遗憾的是，由于自身某种狭隘的孤傲，我从来不曾参加校内的任何一个诗歌组织，因此而失去了与本书绝大多数作者交流的很多机会，这是一个莫大的损失。有幸的是，此次蒙编选者的厚意，嘱我为序，为各位诗友充一回马前卒，这诚然是一种缘分，也是我莫大的荣幸，并且，更是一次珍贵的弥补。因此，我也把这本书看做杭州大学诗歌友谊的再一次缔结。祝愿朋友们诗心永在！杭大诗魂永存！

稿　约

一、欢迎抒情诗、叙事诗、散文诗、诗剧等不同体裁的新诗创作,欢迎诗学理论、新诗史探、个案专论、文本解读、史料钩沉、诗坛掌故、诗人访谈及域外译作。

二、欢迎自由体新诗,也欢迎格律体新诗,尤其欢迎自由格律体新诗。

三、欢迎与新诗建设有密切关系的中国传统诗学、域外诗学专论。

四、抒情诗一般不超过 30 行,叙事诗一般不超过 200 行,长篇抒情诗和长篇叙事诗不受此限。

五、来稿文责自负,本刊保留技术性处理权。

六、本刊人手有限,一律不退稿。凡来稿三个月内不见录用通知,作者可另作处理。

七、本刊只收电子稿件,来稿邮箱:
18969025677@163.com

八、联系电话:0571-88083536
　　　　　　　18969025677

扫二维码进入《星河》

征 订 启 事

大型新诗丛刊《星河》于 2009 年创刊,全年四期,国内公开发行,每期定价 39 元,全年起订。需订阅者请直接和本编辑部联系。

电话:0571-88083536,18969025677

邮编:310012

地址:浙江省杭州市天目山路浙江大学西溪校区内